T0282958

ENTES DE HUESOS

ENTES DE HUESOS

EMILY LLOYD-JONES

Traductora de Natalia Navarro Díaz

Argentina – Chile – Colombia – España
Estados Unidos – México – Perú – Uruguay

Título original: *The Bone Houses*
Editor original: Little, Brown and Company
Traducción: Natalia Navarro Díaz

1.ª edición: julio 2024

Reservados todos los derechos. Queda rigurosamente
prohibida, sin la autorización escrita de los titulares del
copyright, bajo las sanciones establecidas en las leyes, la
reproducción parcial o total de esta obra por cualquier
medio o procedimiento, incluidos la reprografía y el
tratamiento informático, así como la distribución de
ejemplares mediante alquiler o préstamo públicos.

Copyright © 2019 *by* Emily Lloyd-Jones
This edition published by arrangement with Little, Brown and Company, New York,
New York, USA.
All Rights Reserved
© de la traducción, 2024 by Natalia Navarro Díaz
© 2024 *by* Urano World Spain, S.A.U.
Plaza de los Reyes Magos, 8, piso 1.º C y D – 28007 Madrid
www.mundopuck.com

ISBN: 978-84-19252-83-8
E-ISBN: 978-84-10159-55-6
Depósito legal: M-12.097-2024

Fotocomposición: Urano World Spain, S.A.U.

Impreso por: Rodesa, S.A. – Polígono Industrial San Miguel
Parcelas E7-E8 – 31132 Villatuerta (Navarra)

Impreso en España – *Printed in Spain*

A mis abuelas

LOS VIVOS

L os hijos del enterrador eran escandalosos. Perseguían gallinas por los jardines de los vecinos; blandían palos como espadas, gritaban que las aves eran monstruos disfrazados. Corrían al campo y regresaban con los labios manchados de bayas y semillas aplastadas entre los dientes. Daban tumbos por la casa, golpeando las paredes y rompiendo una de las tradicionales cucharas de amor de madera que había tallado su padre. Y un día amarraron una carretilla pequeña a un cerdo y corrieron con él por el pueblo, gritando con una mezcla de miedo y alegría. Se pensaba que la mayor, la única hija por entonces, no hacía más que diabluras y que el hermano menor seguía sus pasos.

Ya se calmarán, decía Enid, la posadera. Los hijos criados tan cerca de Annwvyn poseían una chispa de salvajismo. Sus padres eran considerados gente honrada. Los hijos también lo serían.

Y si no, decía Hywel, la niña sería una excelente recluta para el ejército del cantref.

Su padre cavaba tumbas y, cuando volvía a casa por la noche, tenía las uñas llenas de tierra y las botas de barro. Cuando no se producían muertes en el pueblo, el hombre se perdía en el bosque y regresaba con setas gordas, vinagreras y toda clase de bayas. Nunca fueron ricos, pero en su mesa hubo siempre buena comida. Su madre llevaba las cuentas, hablaba con los dolientes y plantaba aulagas frescas alrededor del cementerio para protegerlo de la magia.

A pesar de todas las libertades, los niños tenían una regla: no seguir a su padre al bosque. Lo seguían hasta que las sombras de los árboles caían sobre el suelo rocoso, y entonces el padre levantaba la mano, con los dedos extendidos: «adiós» y «hasta aquí» expresados con un solo gesto.

Los niños obedecían. Al principio.

—¿Qué haces? —preguntó el hermano cuando la niña pasó por debajo de las ramas de los árboles.

—Quiero ver el bosque.

El hermano le tiró del brazo, pero ella se lo quitó de encima.

—No puedes. No tenemos permiso.

Pero la niña hizo caso omiso.

El bosque era hermoso, rebosante de helechos y musgo. Al principio, todo fue bien. La niña recogió flores silvestres y se las introdujo en el pelo enredado. Intentó atrapar peces pequeños en un río. Se rio y jugó hasta que cayó la noche.

Con la creciente oscuridad, las criaturas despertaron.

Había una figura cerca, observándola. Por un momento, pensó que era su padre. El hombre era alto y de hombros anchos, pero con cintura y muñecas demasiado delgadas.

Y cuando el hombre se acercó, comprendió que no era un hombre.

No podía serlo. Tenía en la cara solo hueso, con los dientes al descubierto y las cuencas de los ojos vacías. Ya había visto cadáveres antes, pero siempre los envolvían cuidadosamente en telas limpias y los bajaban a la tierra. Estaban en paz. Esta criatura se movía despacio bajo el peso de una armadura y una espada sobresalía del cinturón. Y apestaba.

La niña tuvo el pensamiento vago de tomar una rama del suelo para defenderse, pero el miedo la paralizaba.

La criatura muerta se acercó tanto que podía ver las pequeñas marcas de viruela y las grietas en los huesos, y los lugares de donde se le habían caído los dientes. Se arrodilló delante de ella con la mirada vacía fija en su rostro. Tiró de ella.

Y entonces inspiró. Inhaló el aire entre los dientes, como si tratara de saborearlo.

La niña gritó de miedo. Cada jadeo estaba impregnado de terror. La criatura muerta retrocedió y ladeó la cabeza en una pregunta silenciosa. Entonces se levantó y miró más allá de la niña. Con el corazón acelerado, ella miró por encima del hombro.

Su padre estaba a pocos metros de allí. Sostenía en una mano una cesta con vegetales del bosque y en la otra empuñaba un hacha. La amenaza era silenciosa, pero clara.

La criatura muerta retrocedió y la niña temblaba tanto que no podía hablar. El padre se arrodilló a su lado y buscó heridas.

—Te dije que no me siguieras.

Las lágrimas anegaban los ojos de la niña.

—No hay que temer a la muerte —aseguró el padre—. Pero tampoco se la puede abandonar. Hay que ser consciente de ello.

—¿Qué era eso? ¿Estaba muerto de verdad?

El padre posó una mano en su hombro.

—Un ente de hueso —respondió—. Perduran más allá de la muerte. Por eso los aldeanos no perturban el bosque.

—Pero tú vienes aquí —repuso ella.

—Sí. Aquellos de nosotros que nos dedicamos al negocio de la muerte estamos familiarizados. No los tememos, y siempre y cuando tú sepas cómo moverte por el bosque, tampoco deberías.

La niña miró los árboles, las ramas retorcidas envueltas en niebla, el frío de la noche que se asentaba alrededor de ellos. No tenía miedo; algo parecido a la emoción se desplegó dentro de ella.

—¿Me enseñas? —preguntó.

Su padre sonrió. La tomó de la mano.

—Te lo mostraré. Pero aguanta y no renuncies.

Durante dos años, le enseñó a buscar caminos entre los árboles, donde los conejos hacían sus madrigueras; a distinguir entre las bayas dulces y las venenosas. Siempre llevaba el hacha con él. Los días que no se adentraban en el bosque, la llevaba al cementerio. La niña aprendió a romper la capa superior de la tierra rocosa, a envolver un cuerpo y a presentar sus respetos a los muertos.

Los inviernos eran duros y fríos, y sus provisiones de alimentos menguaban. Aguaban la sopa y el recuerdo de las moras maduras y las verduras con mantequilla mantenían a los niños despiertos por las noches. El pueblo se hizo más pequeño; los granjeros reunieron a sus familias y se marcharon a otro lugar, dejando casas vacías y campos áridos. Y menos gente requería los servicios de un enterrador.

La madre se quedó embarazada por tercera vez y, cuando ofrecieron un trabajo de explorador al padre, lo aceptó. El lord del cantref quería investigar una mina derruida y la única forma de llegar allí era por el bosque. Por ello se lo pidió al hombre que no temía adentrarse en él.

La hija le suplicó ir con él, pero el padre se negó. Cuando ella protestó, él le dio la mitad de una cuchara de amor de madera. Había tallado varias para su madre durante el cortejo y esta se rompió cuando la hermana y el hermano se pelearon en la cocina. Las espirales de la madera oscura eran suaves en sus dedos y la niña trazó la forma de los corazones solapados y las flores.

—Toma —le dijo el padre. Tomó sus manos con las de él, más grandes, y depositó la cuchara—. Quédate esta mitad y yo llevaré la otra. Siempre que la tengas, sabrás que te encontraré.

Ella se la llevó al pecho y asintió. El padre besó a sus hijos y a su mujer embarazada y se internó en el bosque.

Nunca regresó.

Por la noche, la hija dormía con la mitad de la cuchara bajo la almohada y por el día, la llevaba en el bolsillo. Volverá, decía cuando nadie preguntaba.

Algunos días, la hija regresaba al bosque. Permanecía allí, bajo la sombra de las montañas, y esperaba. Esperaba para ver a otro hombre muerto.

El bosque no le asustaba. Quería ser como él: eterna e insensible, cruel y hermosa.

La muerte no podía tocarlo.

I

El aire de la noche poseía un agradable olor a tumba nueva.

Ryn inspiró, la dulzura de la hierba escarbada, el rocío que la cubría y el humo de la madera que provenía del pueblo. Se sentía cómoda con la pala en la mano, encajaba entre los callos de la palma. Arremetió contra la tierra húmeda, cortando rocas y raíces finas. Había marcado la forma de la tumba con cordel y clavos y ahora solo tenía que cavar en la hierba y el suelo.

La pala rebotó en el borde de una roca y el ruido le chirrió en los oídos. Hizo una mueca, agarró la roca con las manos desnudas y tiró de ella. Un gusano salió con ella y se retorció con el fastidio de una criatura desacostumbrada a la luz del sol. Lo tomó entre el pulgar y el índice y lo tiró por encima del hombro.

Alguien hizo ruido detrás de ella.

Ryn levantó la mirada.

Su hermano estaba allí, con el gusano entre los dedos manchados de tinta.

—Perdona —dijo Ryn—. No te he oído llegar.

Gareth le dirigió una mirada cansada, dio varios pasos a su izquierda y dejó el gusano en la hierba.

—No se te ha ocurrido dejar al gusano aquí de nuevo, ¿no?

—Normalmente, si sale algo de la tumba, lo atajo con el hacha —respondió Ryn—. Ese gusano tendría que estar agradecido.

Su hermano frunció el ceño y se le marcaron las arruguitas de alrededor de la boca. A pesar de ser el más joven de los dos, soportaba el agotamiento de un viejo.

—No te tienes que molestar en cavar, Ryn.

Ella soltó una risotada.

—¿Porque lo vas a hacer tú?

La ropa de Gareth estaba impecable. No había una sola mancha de tierra en la túnica ni una brizna de hierba en las botas.

—Porque esta mañana vino el señor Turner a informarnos de que ya no necesita nuestros servicios para la señora Turner. Han decidido incinerar el cuerpo.

Durante un segundo, Ryn se quedó inmóvil en un punto entre la realización de la tarea y la información de que ya no era necesaria. Le ardían las manos por la necesidad de seguir cavando.

Se meció sobre los talones y se limpió las manos llenas de tierra en los pantalones. Gareth soltó un gemido de dolor al ver las manchas de mugre, pero ella no le hizo caso.

—Qué desafortunado.

—Esa tumba era nuestra última esperanza. —Gareth reculó un paso—. Contábamos con los peniques de Turner para pasar el invierno. —Soltó un suspiro entrecortado con los dientes apretados—. Vamos. Ceridwen habrá terminado ya la cena.

Ryn se levantó. Era tan alta como su hermano, algo que siempre la había hecho sonreír a ella y a él fruncir el ceño. Alta y desgarbada como un brote, comentó su madre en una ocasión. Y con la gracia de un potro ebrio, añadió su padre con afecto.

—He visto un ente de hueso esta mañana —informó—. Solo de pasada. Fui a por el hacha, pero el sol salió antes de que regresara. Seguramente cayó entre la hierba alta, porque no lo encontré. —Se encogió de hombros—. Esperaré a que anochezca y dejaré que me encuentre.

—¿Un ente de hueso? —Apareció una arruga entre las cejas pobladas de Gareth.

—Sí. Ya, ya lo sé. Vas a decirme que los entes de hueso no abandonan el bosque. Que probablemente mataré de un susto a un vagabundo.

Gareth hizo una mueca.

—No —repuso—. Te... te creo. Es que es el segundo ya. —El chico tenía los ojos de su madre, del tono marrón saludable de la tierra. Y su forma de ver más allá de las personas hacía que a Ryn le dieran ganas de aferrar sus secretos contra el pecho—. Antes nunca salían del bosque.

Sonaba a acusación. Ryn se cruzó de brazos.

—No he entrado en el bosque. —Las palabras eran duras—. Bueno, solo he estado en los alrededores. —Una parte de ella deseaba recordarle que la razón por la que seguían teniendo comida en la despensa era su disposición a aproximarse a los límites del bosque.

—De acuerdo. Encárgate del ente de hueso. Pero si Ceri llora porque no se me da bien contarle cuentos para dormir, es culpa tuya.

—Léele tu libro de cuentas —sugirió Ryn—. Con eso seguro que se duerme enseguida. —Suavizó las palabras con una sonrisa y una palmada en el brazo.

Gareth puso mala cara, con los ojos fijos en el punto de la camiseta que le había manchado.

—Que no te maten, ¿de acuerdo? —Se dispuso a macharse, pero entonces le habló por encima del hombro—. Y aunque mueras, no es excusa para llegar tarde al desayuno.

* * *

El cementerio de Colbren estaba ubicado a las afueras del pueblo. Cuando Ryn era más joven, le preguntó a su padre por qué enterraban a los muertos tan lejos de los vivos. Todavía se acordaba de sus dedos gruesos atusándole el cabello y la sonrisa en su boca al responderle:

—La mayoría de las personas temen la muerte. Les gusta poner un poco de distancia entre la eternidad y ellos. Además, los muertos merecen privacidad.

El cementerio se construyó antes de que el rey del Otro Mundo huyera de las islas. Por consiguiente, las protecciones antiguas seguían allí: brotaba aulaga en los bordes del cementerio, espesa y con flores amarillas. Las matas espinosas ocultaban las barras de hierro que había clavadas en el suelo. Aulaga y hierro. No evitaba que un humano entrara en el cementerio, pero sí otras cosas.

La luz se difuminó en el cielo y se escondió detrás de las montañas envueltas en niebla.

Ryn atisbó la forma familiar de un hombre que avanzaba por el camino que provenía del pueblo. Tenía los hombros hundidos por los años de duro trabajo y llevaba una espada oxidada. La hierba húmeda y crecida le acarició a Ryn las puntas de los dedos cuando se aproximó a él.

—Parece un poco pesado para usted, señor Hywel.

El viejo Hywel resopló.

—He llevado cosas más pesadas que esto desde antes de que nacieran tus padres, Ryn. Déjalo. —Habló con un afecto brusco.

—¿Para qué necesita un molinero una espada? —preguntó ella.

El hombre gruñó y había en sus palabras un matiz astuto.

—Ya sabes para qué.

18

Ryn hizo una mueca.

—No han ido a por sus gallinas, ¿no?

—No, no. Mis gallinas pueden valerse por sí mismas. —Le dirigió una mirada—. Tu hermano ha estado aquí hace unos minutos. Parecía un poco indispuesto, si no te importa que te lo diga.

—Si Gareth no estuviera preocupado, no sería mi hermano.

Hywel asintió.

—¿Alguna noticia de tu tío?

Era una pregunta envuelta en otra pregunta, una preocupación que ninguno de los dos quería pronunciar en voz alta.

Ryn negó con la cabeza.

—No hemos sabido nada de él. Pero ya sabe cómo es el viaje de aquí a la ciudad.

La piel flácida de alrededor de la boca de Hywel se hundió en señal de desaprobación.

—Yo nunca he estado. No confío en esos tipos urbanitas.

En Colbren había quienes nunca habían salido del pueblo. Bien podrían haber brotado del suelo rocoso, como los árboles; parecían extraer su vida de la tierra y era imposible desarraigarlos.

—¿Cómo está tu hermana? —preguntó Hywel.

—Probablemente esté cocinando algo que dejaría en evidencia a los mejores cocineros. —Cuando salió de casa esa mañana, Ceri ya estaba de harina hasta los codos.

Hywel sonrió, dejando a la vista el hueco de un diente.

—Esas conservas de serbas que hace… no quedará nada ya, ¿no?

Quedaba, en realidad. Ryn pensó en las bayas esparcidas por encima de unos pasteles dulces y se le contrajo el estómago de hambre.

—El tejado de casa tiene goteras —comentó ella—. Sería una pena que los estupendos pasteles de mi hermana se echaran a perder la próxima vez que llueva.

Hywel ensanchó la sonrisa.

—Ah, conque esas tenemos. Eres dura, Ryn. De acuerdo, dos tarros de conservas por la reparación del tejado y tenemos trato.

Ella asintió, no tanto complacida, sino más bien satisfecha. Últimamente, se había vuelto muy común intercambiar comida por favores. Suspiró y se llevó los dedos a la sien. Notaba un incipiente dolor de cabeza y un nudo detrás de la mandíbula por el estrés.

—Deberías volver —dijo Hywel, interrumpiendo sus pensamientos.

Ryn inclinó la cabeza hacia el campo de hierba alta.

—He visto uno. Necesito ocuparme de él antes de regresar a casa.

Hywel le dirigió una mirada algo desesperada.

—A ver, chica, ¿qué te parece si volvemos los dos al pueblo y paramos en el Red Mare? Puedo entretenerme una hora antes de tener que regresar al molino. A tomar un trago.

—No. —Apareció entonces la duda—. Gracias. No debería volver a casa a oscuras. Esta noche no.

—Tu familia te necesita —señaló él con tono más amable del que esperaba Ryn.

Ella se irguió un poco más. El sol estaba a punto de ponerse y proyectaba una luz dorada en el campo. Las sombras se arrastraban entre los árboles y una brisa fría susurraba en la camisa holgada de Ryn.

Pensó en los montículos de las tumbas. En los huesos que dormían calientes y a salvo bajo la tierra.

—Lo sé —respondió.

Hywel negó con la cabeza, pero no protestó. Asintió una última vez antes de retirarse en dirección a un riachuelo cercano y el molino, alejados del pueblo. Arrastraba la espada; era demasiado pesada para el anciano.

El pueblo estaría preparándose para el anochecer. Todas las puertas cerradas con llave. Gareth soplaría las velas y el olor a mecha quemada seguiría en la cocina. Ceri se estaría alistando para ir a la cama.

Ryn miró en su bolsa. Había traído un hatillo con pan duro y queso, y también el hacha. Le gustaba comer aquí, en medio de la naturaleza y las tumbas. Se sentía más cómoda aquí que en el pueblo. Cuando regresara a casa, el peso de su vida volvería a recaer sobre ella. Un alquiler sin pagar, armarios que llenar de comida para el invierno, un hermano nervioso y un futuro que resolver. Las otras jóvenes de Colbren estaban buscando esposos, se unían al ejército del cantref o se dedicaban a un oficio socialmente aceptable. Cuando ella intentaba imaginarse haciendo eso mismo, no podía. Ryn era una criatura medio salvaje y le encantaba un cementerio, la sensación del aire fresco de la noche y el peso de una pala.

Ella sabía cómo morían las cosas.

Y en sus momentos más lúgubres, temía no saber cómo vivir.

Se sentó al borde del cementerio y contempló cómo desaparecía el sol detrás de los árboles. Una luz tenue y plateada bañaba el campo. Se le aceleró el corazón. No estaba del todo oscuro, pero sí lo suficiente para la magia.

El sonido de unos pies arrastrándose hizo que se levantara. No eran los andares de un animal, sino de una criatura de dos piernas, una que no podía caminar bien.

Ryn aferró el hacha con una mano.

—Vamos —murmuró—. Sé que estás ahí.

Y lo sabía. Había visto a la criatura en la madrugada: un ser medio fracturado que desapareció entre las briznas altas de la hierba.

Lo oyó aproximarse. Era un paso lento, tambaleante.

Golpe. Arrastre. Golpe.

La criatura se alzó en la noche.

Parecía sacada de las historias que solía contarle su padre: una criatura de carne putrefacta y ropa ajada. Le costaba caminar y cada paso que daba le hacía tambalearse.

Arrastre. Golpe.

Fue una mujer en el pasado. Arrastraba un vestido largo por la tierra. Ryn no la reconoció, pero debía de haber muerto recientemente. Tal vez se trataba de una viajera. Un tobillo torcido podía matar a una persona en el bosque si se encontraba sola.

—Buenas noches —saludó Ryn.

La criatura se detuvo. Su cuello hizo un sonido sordo escalofriante cuando lo giró para mirarla. Ryn no sabía cómo podía ver, los ojos eran siempre las primeras partes que desaparecían.

El ente de hueso no habló. Nunca hablaban.

Así y todo, Ryn se vio obligada a decir algo.

—Lo lamento —dijo y entonces asestó un golpe con el hacha en las rodillas de la mujer muerta.

La primera vez que hizo esto, apuntó a la cabeza, pero los muertos eran como los pollos: no necesitaban la cabeza para seguir andando. Las rodillas eran un punto mucho más práctico.

La hoja afilada se hundió en el hueso.

La mujer se tambaleó hacia Ryn y esta reculó, pero los dedos frágiles de la criatura le agarraron el hombro. Ryn sintió las uñas, los dedos agarrotados por la muerte. Sacó el hacha y se produjo otro sonido nauseabundo, como el de un pañuelo que se rasgaba. La mujer muerta cayó al suelo. Rodó, hincó los dedos huesudos en la tierra y empezó a arrastrarse hacia Colbren.

—¿Podrías parar, por favor? —Ryn arremetió con el hacha una segunda vez y después una tercera. La criatura se quedó inmóvil por fin.

Ryn se enfundó unos guantes de piel y se dispuso a rebuscar en el cuerpo. No tenía monedero ni ningún objeto de valor. Espiró con fuerza en un intento de controlar la decepción. Ella no era una profanadora de tumbas y no les quitaba monedas a los muertos que enterraba a cambio de dinero. Pero estas criaturas que moraban por el bosque eran una presa fácil. A fin de cuentas, a los muertos malditos les importaba poco el dinero. Solo los vivos lo necesitaban.

Y Ryn lo necesitaba.

Recogió lo que quedaba de la mujer, introdujo las partes en un saco de arpillera y se las llevó al pueblo para quemarlas. Solo la forja ardía lo suficiente para quemar huesos.

Era la única paz que podía ofrecer a la mujer.

Apretó los dientes mientras arrastraba el saco de arpillera hacia el cementerio. Lo cerró para asegurarse de que no escapara ninguna parte. Le ardían los músculos del esfuerzo. A pesar del frío de la noche, tenía la camiseta sudada.

El saco se retorció.

—Para.

Otra sacudida.

Ryn se agachó en el suelo, al lado del saco. Le dio una especie de palmada, como si estuviera calmando a su hermana pequeña.

—Si te hubieras quedado en el bosque, estarías bien. ¿Me explicas por qué la muerte tiene esa imperiosa necesidad de salir a pasear?

El saco se quedó quieto.

Ryn se quitó los guantes y le dio un par de bocados a un *bara brith*. El pan oscuro era dulce y estaba relleno de fruta deshidratada. La comida calmó la sensación de estómago vacío.

Miró el saco y le dieron ganas de ofrecerle un pedazo de pan.
Echó la cabeza hacia atrás y cerró los ojos.

Este era el problema de ser enterradora en Colbren.

Nada permanecía enterrado para siempre.

2

A Ellis le gustaba viajar.

Cuando salió por primera vez del castillo de Caer Aberhen, pasó un tiempo en las ciudades portuarias del sur. Había considerado navegar al continente en uno de los elegantes barcos repletos de anguilas y abadejos recién pescados. Hizo un mapa de los muelles para un supervisor de puerto mientras contemplaba el curso que debía de tomar su vida. Había disfrutado de una cama cómoda en la casa señorial, lejos del ajetreo y los ruidos de la ciudad, y se consideraba un chico de mundo por haber dejado Caer Aberhen atrás.

Pero se encontraba ahora en los bordes de un bosque, completamente solo, y fue consciente de su error.

Le encantaban los lugares nuevos, pero el viaje que implicaba era una pesadilla.

Su tienda estaba hundida.

Colgada entre dos árboles pequeños, debería de tener un aspecto robusto y cálido, pero parecía en cambio una barra de pan desmigada. Ellis frunció el ceño y trató de ajustar la forma de la lona, pero le dolía la clavícula izquierda.

El aire frío de la noche agravaba la vieja herida. Siempre se acercaba a los fuegos, rondaba cerca de las estufas de lecha y buscaba la luz del sol. Solo cuando se escondía entre las estanterías de la biblioteca de Caer Aberhen tenía que soportar el frío que se le adhería a las articulaciones. Incluso entonces, seguía teniendo manos hábiles. Tenía que ser así si quería dedicarse a confeccionar mapas.

Con un suspiro resignado, alcanzó su bolsa. De ella asomaban rollos de pergamino. Sacó uno. Los mapas eran viejos amigos que le hablaban con líneas y grabados con la misma claridad que la gente hablaba con palabras. Miró este mapa en particular; era más pequeño que el resto, manchado de tierra y huellas de dedos. Tenía ciertas rarezas: unas criaturas pequeñas y sombreadas asomaban entre las ramas de los árboles de un bosque y había un dragón apostado encima de una montaña. Le recordaba a los mapas que usaban los navegantes, cuyos bordes del pergamino estaban marcados con serpientes. *Aquí hay dragones.*

Ellis nunca había creído en los monstruos. Y, aunque así fuera, este mapa no iba a conseguir que diera media vuelta. Quien fuera que lo hubiese esbozado había hecho un trabajo irrisorio con los marcadores de distancia. Si este mapa fuera preciso, habría llegado a Colbren por la tarde y estaría cómodamente dormido bajo el techo de alguna taberna.

Y no en las inmediaciones de un bosque, pasando la noche bajo una tienda torcida.

Hizo una bola con la capa para usarla de almohada y cerró los ojos. Los insectos chirriaban y el viento susurraba entre los árboles. Intentó concentrarse en cada sonido para apartar la mente de su incomodidad.

Y entonces todo se quedó en silencio. No había sonidos de animales ni susurros del viento entre los árboles.

El cambio avivó un instinto en él que no sabía que poseía, una reacción animal de puro miedo, de pulso acelerado y respiración entrecortada.

A la luz titilante de su lámpara de aceite, tardó un segundo en ver al hombre. Este se arrodilló por encima de Ellis tras haber entrado en la tienda en un perfecto silencio.

Le rodeó la garganta con unos dedos fríos, tan suave al principio que parecía casi una caricia. La mano del hombre estaba resbaladiza como un pez recién pescado, fría como el agua de la lluvia. Y entonces apretó.

El pánico invadió a Ellis. Buscó la única arma que poseía: un bastón para caminar. Arremetió contra el hombre y trató de golpearlo en los hombros y la cabeza, pero no sirvió de mucho. El corazón le latía con una presión cada vez mayor y se le empezaba a difuminar la visión por la periferia.

Ellis pudo hacer poco más que agitar brazos y piernas cuando el hombre lo sacó a rastras de la tienda. Tardó un momento en darse cuenta de que lo estaba alejando de su campamento, de la luz de la lámpara y lo poco que había de civilización.

Lo arrastraba hacia la sombra del bosque.

Iba a morir. Iba a morir solo, apartado del pueblo que no había encontrado porque alguien había dibujado marcadores de distancia incorrectos en su mapa.

La desesperación le confirió una fuerza nueva y asestó un puñetazo a la cara del hombre. En su frente se abrió un corte, pero no salió sangre. Parecía más sorprendido que herido; aflojó los dedos. La frente herida del hombre se hundió de una forma extraña y la repulsión ascendió por la garganta de Ellis incluso cuando se liberó y volvió al círculo de su pequeño campamento. La luz de la lámpara proyectaba unas sombras extrañas en la cara del desconocido: había huecos donde debían de estar las mejillas y tenía los ojos vacíos.

Este dio un paso hacia Ellis con los dedos estirados.

Fue entonces cuando apareció la chica.

Miró a Ellis y luego al hombre. Llevaba puesta una túnica holgada y unos pantalones ajados y sucios por las rodillas. Tenía el pelo oscuro recogido en una trenza despeinada y sostenía un hacha en una mano.

—¡Sal de aquí! —jadeó Ellis sin saber si se hablaba a sí mismo o a la chica.

Ella no le hizo caso. Cuando el hombre se acercó a ella tambaleante, la joven giró como para tomar velocidad y luego balanceó el hacha con más fuerza de la que podría haber reunido él. La hoja se hundió en el pecho del hombre y le destrozó parte de la columna. Entonces, este cayó al suelo, retorciéndose.

La chica apoyó el pie en la cadera del hombre para inmovilizarlo y arrancarle el hacha.

El silencio cayó en el pequeño campamento. Ellis respiraba con dificultad, con la vista fija en el hombre muerto. No parecía un bandido o, al menos, no era como los bandidos sobre los que había leído. La ropa era demasiado elegante, aunque estaba empapada de agua mugrienta. Tenía la piel demasiado pálida y un extraño tono azulado en la punta de los dedos.

—Lo lamento —dijo la chica.

—No tienes que disculparte conmigo —respondió Ellis, sobrecogido.

La chica alzó la mirada y luego volvió a bajarla al hombre.

—No lo estaba haciendo.

El hombre se retorció de nuevo. Ellis ahogó un grito cuando intentó incorporarse. No podía seguir con vida después de un golpe como ese. Pero ¿cómo...?

La joven volvió a golpear con el hacha. Se oyó un golpe sordo y lo siguiente que vio Ellis fue un brazo en el suelo. Se quedó mirándolo. Nunca antes había presenciado una batalla, pero seguro que el desprendimiento de una extremidad originaba más sangre.

—Eh —dijo la chica, como si hablara con un niño travieso. El hombre rodó y extendió el brazo que seguía pegado al cuerpo hacia ella—. Tienes que parar. —Otro golpe sordo.

El hombre intentó moverse hacia ella impulsándose con las piernas.

—Por todos los reyes caídos —exclamó Ellis, asqueado por la imagen—. ¿Cómo es posible que no esté ya muerto?

La chica hizo una mueca y lanzó el hacha a la rodilla del hombre.

—Sí lo está. Ese es el problema.

—¿Qué?

Por fin el extraño dejó de intentar avanzar, pero movió los ojos como si fuera un animal enrabietado.

—¿Tienes un saco? —preguntó la joven.

Durante un segundo, Ellis no pudo más que quedarse allí inmóvil. Sacudió la cabeza, entró en la tienda torcida y empezó a tirar de la lona.

—¿Funcionará?

La chica asintió. Y sin un ápice de recelo, se agachó y empezó a recoger las partes del hombre que acababa de desmembrar ella misma.

Ellis se quedó mirándola y pensó si no sería mejor huir de allí.

—Siéntate —indicó la chica—. Pareces a punto de desmayarte.

Se puso de cuclillas.

—¿Quién...? ¿Quién eres?

La joven arrastró la cabeza y el torso del hombre hacia la tela de la tienda. El muerto seguía mirándola y movía la boca en silencio.

—Aderyn verch Gwyn —respondió—. Enterradora. ¿Y tú?

Ah, con razón no le afectaba ver un cadáver.

—Ellis —se presentó—. De Caer Aberhen.

Ella esperó un apellido, pero Ellis guardó silencio.

Aderyn miró al hombre muerto y se dispuso a juntar los bordes de la lona. En su mano apareció un trozo de cordel y lo enrolló alrededor del bulto.

—¿Qué le has hecho?

Ellis frunció el ceño.

—¿Qué?

—Has tenido que hacer algo. —La chica terminó de amarrar la lona—. ¿Llevabas hierro?

—¿Qué? —repitió Ellis—. No.

—Pues deberías. ¿Has pronunciado el nombre del rey del Otro Mundo tres veces?

—Eh... no. Por supuesto que no.

—¿Algún intento de magia?

—La magia ya no existe —replicó él y parte del miedo se transformó en irritación.

No obstante, si no existía la magia, ¿cómo podía estar este hombre...?

—Muerto —terminó en voz baja. Sentía como si todo su ingenio se hubiera derramado por el campamento y lo buscara a tientas—. Estaba muerto y andaba. No puede ser.

Aderyn estudió su trabajo.

—Fuera del bosque no. Dentro del bosque sí. —Le dirigió una mirada dudosa a su saco de dormir—. A lo mejor solo quería compartir tu campamento.

Ellis sonrió.

—Podría haber encontrado un alojamiento mejor en otra parte si se hubiera molestado en buscar. —Aderyn se rio. Lo miró a los ojos y no apartó la vista. La sostuvo durante demasiado tiempo, pero no era como las miradas coquetas que le dirigían algunas jovencitas. Parecía más bien que lo estaba descuartizando con la misma facilidad con la que había desmembrado al hombre muerto.

Ellis bajó la mirada a las manos.

—Gracias —dijo al reparar en que no se las había dado aún—. Por salvarme la vida.

Ella exhaló un suspiro.

—Si te soy sincera, si el ente de hueso te hubiera matado ya, te habría robado el dinero.

Él parpadeó.

—¿Sucede a menudo? —Alzó una mano para que le dejara hablar un momento—. Me refiero a que salga gente muerta del bosque. No a que profanes cadáveres.

—Nunca. Hasta la semana pasada. Un tipo muerto salió del bosque y entró en el patio del molino. Yo volvía caminando al pueblo de recoger bayas, oí gritos y ayudé a derribar al ente de hueso. —Se encogió de hombros—. Los muertos tienen el bosque. No sé por qué están saliendo de él ahora que la magia ha menguado.

Hablaba como si nada. Como si el muerto viviente fuera una plaga de ratas que estuviera tratando de expulsar de su casa.

—¿Y qué haces aquí? —Señaló con la cabeza el campamento y las pertenencias desperdigadas, los mapas en la tierra, los restos de la hoguera que había intentado encender—. ¿Qué trae al bosque a un chico de ciudad?

Ellis se cruzó de brazos.

—¿Cómo sabes que soy de la ciudad?

—Porque has intentado encender un fuego con leña verde —contestó—. Porque tienes más pergamino que comida. Porque te puedes permitir suficiente aceite para dejar encendida una lámpara toda la noche. ¿Me equivoco?

Él asintió.

—No te equivocas. Y en cuanto a qué hago aquí... —Bajó el brazo y tomó uno de los rollos—. Soy cartógrafo.

Ella frunció el ceño.

—¿Por qué no pasas la noche en el pueblo?

Ellis miró a su alrededor, buscando una explicación.

—Eh... era mi intención.

—Te has perdido.

—No.

—Eres un cartógrafo que no sabe encontrar un pueblo.

—Estaba usando el mapa de otra persona —explicó él—. Si lo hubiera dibujado yo, esto no había sucedido. —Se rascó la frente—. ¿Me puedes llevar al pueblo? Tengo dinero, si es lo que cuesta.

Vio la chispa del deseo en los ojos de la joven. Se extinguió rápido y de nuevo apareció su expresión neutra.

—De acuerdo, pero no regresaré hasta la mañana, por si alguna otra criatura de estas decide salir del bosque. ¿Te parece bien?

—He sobrevivido a un ataque de un muerto viviente —respondió Ellis—. Creo que puedo pasar una noche sin tienda.

Desvió la mirada a la oscuridad de los árboles, a solo unos metros de distancia.

—Supongo que ya veremos.

3

E l camino a Colbren era poco más que tierra apisona-
da. La luz del sol se reflejaba en la hierba dorada que
reviviría con las lluvias del otoño. Desde ahí se podían atisbar los indicios del pueblo: árboles talados para hacer leña y el olor terroso del estiércol de caballo que flotaba
desde los campos cercanos.

Ryn llevaba un ente de hueso y medio. Lo consideraba
uno y medio porque arrastraba al hombre, que era el más pesado, con la mano derecha y ayudaba a Ellis a arrastrar a la
mujer con la izquierda. Aunque el chico era más alto que ella
y parecía capaz de transportar un saco de harina sin dificultad, puso mala cara cuando probó a levantar al ente de hueso.
Tal vez había resultado herido en su forcejeo con el hombre
muerto.

Incluso tan temprano, había humo en el aire. Humo de las
estufas, de la taberna, de los panaderos que encendían los
hornos. Siempre era un olor acogedor para ella, el olor a casa.

La verja de hierro de Colbren rodeaba el pueblo. Era sen-
cilla, unas barras de metal viejo dispuestas lo bastante separadas para que un niño o un adulto delgado pudiera pasar entre ellas. La verja tenía un tono rojo sangre por el óxido y de
ella colgaban varias cuerdas con ropa dispuesta para secarse.
Ryn vio la mirada de sorpresa de Ellis por la barrera.

—¿Hay muchos ladrones? —preguntó.

Ella negó con la cabeza.

—Las ciudades desecharon las protecciones de hierro cuando los habitantes del Otro Mundo se marcharon. Nosotros, los campesinos, somos un poco más precavidos.

Ellis emitió un sonido que bien podría ser una risita ahogada.

—¿Todavía os preocupan los *tylwyth teg*?

Ryn no sonrió.

—Ellos no. Lo que dejaron. —Señaló los sacos con la cabeza.

—Te refieres a la magia.

—Lo que queda de ella.

—¿Y qué vamos a hacer con estos? —Su voz tenía un tono ronco y débil. Como si quisiera inclinarse para decir algo importante.

—Quemarlos. Conozco a la herrera. Nos ayudará.

La forja estaba en el sur del pueblo, donde el viento podía llevarse el olor del metal quemado. Ryn no se molestó en llamar a la puerta y rodeó la herrería hacia la forja.

Morwenna estaba entre la treintena y la cuarentena. Con la piel oscura y el pelo áspero, era evidente que no procedía de Colbren, normalmente una ofensa imperdonable. Pero Morwenna apareció cinco años antes, se hizo cargo de la herrería abandonada y unas pocas semanas después ya daba la sensación de que llevaba allí toda la vida.

En este momento llevaba un pesado delantal de piel y guantes de trabajo. Se detuvo cuando aparecieron Ryn y Ellis arrastrando los sacos. Morwenna asintió con la vista fija en los bultos.

—Ryn. —Pronunció el nombre con cierta exasperación—. Por favor, dime que los lobos han atacado a las ovejas de Hywel.

—No —repuso Ryn—. Otro ente de hueso. Bueno, dos.

Morwenna se quitó los guantes de piel y se arrodilló al lado de los sacos. Posó una mano estropeada por el trabajo encima, como si buscara sentir la vida.

—No sé si creerte o no. ¿Seguro que no es un vagabundo muerto que te has encontrado en el camino?

Por supuesto que no creía a Ryn, Morwenna no era de Colbren. Ella no había crecido con historias antiguas, de pie en puertas con una rendija abierta mientras las velas se consumían y los ancianos murmuraban historias del pasado. Pero también los habitantes más jóvenes habrían coincidido con ella. El rey del Otro Mundo abandonó las islas en los tiempos del bisabuelo de Ryn y los recuerdos se habían convertido en mito. La generación de Ryn no creía en la magia. Eso debería de haber sido un consuelo para ella; incluso con estos extraños avistamientos de entes de hueso, podrían haber acudido a ella por sus servicios de enterradora en lugar de quemar a los muertos.

Pero los ancianos recordaban. Y eran ellos quienes, a menudo, necesitaban los servicios de una sepulturera.

Tenía el monedero vacío en la cadera y pasó los dedos sobre el borde de piel.

—Puedes creerme o no. Los cuerpos son reales y necesito quemarlos antes del anochecer. Si quieres pruebas, quédate una mano y fíjate en qué pasa cuando se ponga el sol.

Morwenna le dirigió una sonrisa.

—Tal vez lo haga… y puede que la meta por la ventana de Eynon la próxima vez que venga a pedirme el alquiler.

Ryn intentó reprimir una sonrisa, pero no mucho.

—¿Quién es? —preguntó Morwenna, mirando a Ellis.

—Un viajero —respondió Ryn—. Busca un lugar donde quedarse.

Morwenna recorrió el cuerpo de Ellis con la mirada.

—El Red Mare. A menos que uno de esos entes le haya robado el dinero. —Pronunció las palabras con tono burlón y una sonrisa en los labios.

Ryn soltó un suspiro.

—Quémalos, por favor.

Incluso después de tanta burla, Morwenna inclinó la cabeza. Con un chasquido de los dedos, avisó a su aprendiz, un muchacho que parecía tener unos diez u once años. Ryn dio media vuelta para marcharse, pero Morwenna le habló.

—Espera.

Ryn se volvió.

—Tienes hierro, ¿no? En tu casa.

—Por supuesto. —Había una herradura de caballo incrustada junto al marco de la puerta de su hogar, igual que en las casas más antiguas del pueblo.

—Si necesitas más, ven. Siempre tengo restos.

Era un gesto de buena voluntad. A pesar de que Morwenna no creía, a pesar de que bromeaba y sonreía, ofrecía a Ryn todo lo que podía. La chica asintió como agradecimiento.

—Gracias.

Justo antes de dar media vuelta para marcharse, vio que el aprendiz comenzaba a meter la lona y su contenido dentro de la fragua. Saltaron chispas en el aire y Ryn salió de la habitación antes de que las llamas prendieran. Quemar a los muertos malditos era un acto de bondad, pero también apestaba.

* * *

El Red Mare era una casa grande reconvertida en taberna. Las habitaciones de arriba se alquilaban y la planta inferior tenía un comedor y una taberna. La gente solía acudir para enterarse de los cotilleos del pueblo.

—Entra. —Ryn señaló la puerta con la cabeza—. Pregunta por Enid. Dile que te envío yo y te cobrará un precio razonable.

Enid había estado siempre en el Red Mare. Siempre con las mejillas sonrojadas y sonriente, siempre viuda, siempre con el pelo gris encrespado. Probablemente echaría un vistazo al cartógrafo y decidiría que el muchacho necesitaba engordar.

—Gracias por traerme aquí —dijo Ellis—. Y de nuevo gracias por salvarme de esa... cosa.

Ryn le tendió la mano con la palma hacia arriba.

Ellis sonrió y se la estrechó. Tenía los dedos más fríos y suaves que ella, faltos de los cayos que le habían salido en las palmas. Cuando Ellis se la soltó, la mano de Ryn siguió allí parada. Él la miró y entonces comprendió.

—Ah, sí. —Metió la mano en su bolsa y sacó varias monedas. Se las dejó en la mano.

Ryn asintió, se guardó las monedas en el bolsillo y se retiró.

—Si fuera tú, seguiría los caminos. Al menos hasta que encuentres unos mapas mejores.

Oyó el resoplido del chico y sonrió para sus adentros. Aumentó entonces el ritmo mientras avanzaba por el pueblo. Todo pensamiento de Ellis se esfumó.

Su casa estaba a las afueras de Colbren. Tenía el mismo aspecto que cualquier casa antigua: muros de madera, tejado de paja y humo saliendo de la chimenea. Había un patio grande donde tenían las gallinas y la única cabra que podían permitirse. Las gallinas paseaban felices alrededor de la casa, buscando comida en la hierba.

Fue como si un puño aflojara su corazón cuando abrió la puerta y entró. Saboreó las pequeñas cosas conocidas: humo, ropa limpia tendida, las complejas cucharas de madera que le había tallado su padre a su madre colgadas de la pared y la cabra...

La cabra.

Había una cabra en el pasillo.

Esta miró a Ryn, abrió la boca y la saludó con un balido.

—Ceri. ¿Qué hace tu cabra en la casa?

Oyó un repiqueteo de metal, una maldición, y entonces Gareth salió de la cocina a trompicones. Tenía puesto un delantal y llevaba una cuchara en la mano. Movió la cuchara en dirección a la cabra.

—Ah, otra vez no. ¡Largo! ¡Fuera de aquí!

La cabra lo miró.

—¡Ceri, tu cabra está otra vez en la casa! —gritó Gareth.

No hubo respuesta.

—¡Ceridwen! —Esta vez, Gareth gritó tan fuerte que Ryn y la cabra se sobresaltaron—. ¡Saca a tu cabra de la casa!

Unos pasos resonaron en el suelo y Ceri entró corriendo en la habitación, la cinta del pelo ondeando tras ella.

—Buenos días —saludó Ryn con tono cortante—. Veo que las cosas han ido bien en mi ausencia.

Ceri agarró con cuidado a la cabra y tiró de ella hacia la puerta de entrada.

—¡Buenos días!

—¿Por qué Ryn recibe un «buenos días» y yo un «qué hay para desayunar»? —protestó Gareth. Tenía todavía la cuchara en la mano y, por primera vez, Ryn se fijó en la masa que tenía en los dedos. Estaba preparando tortitas.

—Porque anoche no tuviste otra idea para contarme un cuento que sacar tu libro de cuentas —respondió Ceri con una sonrisa. Cuando pasó por su lado, arrastrando a la cabra, se puso de puntillas y le dio un beso en la mejilla a su hermano. Él suspiró y movió la mano antes de volver a la cocina.

Ceri tenía una facilidad para mostrar afecto que Ryn envidiaba. Le daba besos a todo, desde las gallinas hasta las hogazas de pan recién horneadas. Para Ryn, los besos eran…

Una presión de los labios contra la trenza de su cabeza. La tos seca de su madre cuando se llevó un pañuelo a la boca, los pliegues manchados de sangre.

... despedidas.

Apartó los pensamientos de la cabeza y siguió a su hermana pequeña al patio. La cabra tiraba inquieta de la cuerda y miraba con avidez unas vezas que había al lado de la verja de hierro.

—La cabra debería estar en el gallinero —dijo—. Dejar que se mueva a sus anchas va a meternos en...

Se quedó callada.

Había un hombre en el patio. No podría parecer más fuera de lugar entre la hierba crecida y las gallinas. Llevaba la ropa pulcra y limpia de un noble. Tenía el pelo gris y postura regia, erguida.

—... problemas —terminó Ryn—. Ah, hola, señor Eynon.

Nunca le había gustado lord Eynon. Era de esos que atropellarían al gato de una persona con su carro y luego entregarían tranquilamente el cuerpo con la advertencia de que, si volvía a ocurrir un incidente así, lo llevaría ante los tribunales del cantref.

Ryn lo sabía. Tenía diez años y adoraba a ese gato.

—Supongo que ya sabes por qué estoy aquí. —Su voz tenía un tono sedoso que puso a Ryn de los nervios. Pensó en su hacha y decidió que probablemente era bueno que no la llevara encima.

—Lo sé —respondió sin titubear—. Y me temo que tendremos que posponer el pago.

Eynon deslizó los dedos por su manga impecable. La alisó y examinó el tejido elegante con cuidado.

—No sé a qué te refieres, mi querida niña.

Ryn contuvo las ganas de decirle que ella no era su querida niña.

—Los Turner han decidido no hacer uso de nuestros servicios. Y si le entregamos ahora el pago, sin la seguridad de que enterraremos a alguien antes del invierno, puede que no tengamos para comer. —Fue consciente a medias de la puerta que se abrió detrás de ella, de Gareth que salía al patio. Ceri se acercó con la cuerda de la cabra todavía en la mano. Ryn no sabía si se trataba de una muestra de fuerza, si sus hermanos se sentían mejor al estar entre su hermana mayor y el noble puntilloso.

—Ya veo. —Eynon le dirigió una mirada fría y suspiró—. Es una pena. Vuestro tío se ha retrasado al devolverme el pago. Me temo que si no recibo el pago completo pronto… tendré que buscar el dinero de otro modo. —Retrocedió y miró la casa—. Tal vez vendiendo esta casa.

Ryn torció los dedos.

—No puede…

—Puedo —la interrumpió—. Y si no recibo el pago en quince días, lo haré.

La rabia la invadió; era la clase de rabia que surgía de la impotencia, que hacía que los animales salvajes rugieran y mordieran. Quería amenazar a Eynon como él la había amenazado a ella y las palabras salieron antes de que pudiera detenerlas.

—Seguro que roba suficiente dinero de las arcas que debería entregar al príncipe. Las deudas de nuestro tío no serán inconveniencia ninguna.

La expresión de Eynon se tornó seria y la miró.

Ryn oyó la inspiración fuerte de Gareth. Este se adelantó y se colocó entre Eynon y ella.

—Una deuda anula la otra —se apresuró a decir—. Si perdona las deudas de nuestro tío, no tendremos nada que reclamarle.

Eynon le dirigió una mirada fría.

—¿Qué?

—El dinero que debe a nuestra familia —respondió Gareth—. Por el trabajo que encargó a nuestro padre. —Si Ryn no lo conociera tan bien, no habría oído el ligero tono agudo de su voz—. Del cual no regresó.

—No completó el encargo —indicó Eynon con voz más sedosa que nunca—. Pagué a aquellos que sí lo hicieron.

—Murió —exclamó Ryn.

—Sus compañeros no pueden confirmarlo. —Eynon se sacó un poco de hierba seca de la manga—. Según su testimonio, vuestro padre entró en la mina y no salió. Tal vez estaba cansado de vuestra familia y decidió esperar a que cayera la noche para huir.

—Él nunca haría...

—Y todo es discutible —prosiguió Eynon—. Sin un cuerpo, no se puede demostrar su muerte. Y no tengo obligación ninguna de pagaros por una expedición que no se completó. En cuanto a vuestro tío... tiene deudas conmigo. Nunca fue un buen apostador. Estáis obligados a pagar esa deuda.

Les ofreció una sonrisa y se volvió para marcharse. Ryn inspiró, contuvo el aliento como su madre le decía que hiciera, y luego espiró despacio. Tenía que calmarse. Tenía que encargarse de esto como una adulta. Tenía que...

—Suelta a la cabra —dijo en voz baja.

Ceri la miró, confundida. Después soltó la cuerda. El animal parpadeó ante su repentina libertad y miró a su alrededor. Las cabras eran criaturas bastante obstinadas, y cuando tenían algo en mente, disuadirlas podía ser una batalla. La cabra de Ceri había decidido tiempo atrás que el patio era suyo, y también la gente que había en él. No toleraba a los intrusos.

La cabra miró a Eynon y bajó la cabeza. Golpeó con las pezuñas la tierra y el hombre la oyó acercarse justo a tiempo.

Se volvió y vio a la cabra corriendo hacia él. La sorpresa fue evidente en su rostro. Echó a correr, con el elegante abrigo ondeando tras él. Las gallinas se apartaron de su camino cuando se alejó a toda velocidad con la cabra rabiosa tras sus talones. Eynon bramó, buscó algo para defenderse y acabó lanzando un puñado de hierba seca al animal.

La cabra no se dejó disuadir. Lo persiguió fuera del patio y los dos desaparecieron en una esquina.

—Oh, no —se lamentó Ceri con tono neutro—. La cabra se ha soltado.

—Deberías traerla de vuelta antes de que empiece a merodear por la panadería pidiendo migas —le dijo Ryn.

Ceri sonrió y se alejó saltando, con las cintas del pelo todavía ondeando sobre los hombros.

Ryn temblaba de la rabia y Gareth se acercó a ella.

—No sé si ha sido buena idea —murmuró el chico con voz suave.

—¿Qué parte? ¿Mencionar que roba al príncipe o soltar a la cabra para que lo persiga?

—Ninguna de las dos. Pero la primera me preocupa más.

Ryn dio media vuelta y regresó a la casa con Gareth detrás.

—Todo el mundo sabe que se llena los bolsillos con el dinero que debería enviar al castillo.

—Sí —afirmó Gareth—, pero hay una diferencia entre saber algo y amenazar a alguien con esa información.

Ryn entró en la cocina y se encontró varias tortitas humeando. Las raspó de la piedra caliente con los ojos llorosos por el humo acre.

Era solo por el humo.

Nada más.

Gareth se apoyó en la pared para observarla y se puso a girar la cuchara entre los dedos.

—Podríamos hacerlo.

—¿El qué? —Le quitó la cuchara de la mano y echó una cucharada de masa en la plancha. Una gota se deslizó por la piedra caliente.

—Vender esta casa.

Ryn levantó de golpe la cabeza.

—¿Qué?

Gareth se encogió de hombros.

—Siempre ha sido una posibilidad y lo sabes. Necesitamos dinero por culpa de las deudas del tío. Y con el extraño comportamiento de los entes de hueso... No sé. Me sentiría mejor si empezáramos en otro lugar. —Su tono de voz se tornó más amable—. Ceri podría ser aprendiz de un panadero. Yo podría trabajar para un comerciante. Y estoy seguro de que hay cementerios cerca de las ciudades que necesitan una enterradora.

—No vamos a vender nuestra casa. —Soltó las palabras y cada una de ellas le resultó dolorosa—. Mamá vivió aquí... murió aquí. A papá le encantaba este lugar. Y...

—Y nada de eso importa ya. —Gareth tomó aliento—. Entiendo que no quieras marcharte, pero si no tenemos qué comer cuando llegue el invierno...

—Encontraremos la forma. —Le dio la vuelta a las tortitas, que estaban ya perfectamente doradas por una parte.

—Pero ¿y si no podemos...?

—Yo puedo.

—Tú no eres una adulta todavía y yo soy un año menor que tú. —Se pasó una mano por el pelo oscuro y se lo manchó de harina—. No puedes encargarte del cementerio otro año. La gente nos lo ha permitido, pero Eynon es un mal enemigo. ¿Y si...?

Ryn estampó la mano en la pared. Le dolió, pero era mejor que escucharlo. Pasó por al lado de su hermano y salió de la cocina en dirección a su dormitorio. Había una ventana en la pared de madera y miró por ella.

Ceri estaba en el patio, cepillando el lomo de la cabra. Hablaba con el animal, le decía que estaba mal perseguir a los extraños, aunque no podía culparla por querer perseguir al señor Eynon.

Ryn observó a su hermana pequeña. Ceri estaba bien aquí, con su cabra y sus amigos, en una casa construida por su bisabuelo. Dormía bajo una colcha confeccionada por su madre y comía a una mesa tallada en un trozo de madera que su padre había talado de un roble. Este lugar no era solo su casa, era su historia.

No iban a marcharse.

4

ños atrás, la madre de Ryn le contó historias sobre cómo nació Colbren.

El pueblo se fundó en las raíces de las montañas de Annwvyn, antes de que el rey del Otro Mundo huyera de las islas. En sus primeros días, era común oír ruidos extraños por la noche. Por la mañana, la tierra mojada estaba marcada por huellas de garras y a menudo desaparecía el ganado y solo quedaban mechones de pelo ensangrentado.

Un día, una mujer se adentró en el bosque montañoso con una cesta llena de sus mejores productos. Llevaba mantequilla dorada, hogazas de pan rellenas de frutas deshidratadas y manzanas que sabían al sol del otoño.

Dejó la cesta en el suelo cubierto de musgo y esperó hasta que oyó el susurro de los arbustos. La mujer habló al aire vacío.

«Si nos dejas en paz, te traeremos más ofrendas», dijo.

Dio media vuelta y salió del bosque sin mirar atrás. Pero al día siguiente, la cesta estaba en la puerta de la casa de la mujer, vacía.

La desaparición de ganado cesó después de aquello. No había más huellas ni ruidos extraños y Colbren permaneció en paz. Cada otoño, uno de los granjeros dejaba una cesta con sus mejores alimentos en el bosque.

Incluso después de que la magia se esfumara del resto de las islas, Colbren seguía prosperando.

Cuando encontraron una veta de cobre en unas montañas cercanas, el pueblo floreció. Eynon, un pariente alejado del príncipe del cantref, se fue a vivir a Colbren y se hizo con el control de la mina. Era una fuente de riqueza para todos; los hijos de los granjeros se hicieron mineros y las casas que estaban hechas de madera se construyeron con piedra. Los centinelas vigilaban el pueblo por la noche por miedo a que los bandidos pudieran intentar robar los almacenes de cobre.

Se decía que, en aquellos tiempos fructíferos, la gente de Colbren se volvió olvidadiza. Con la barriga llena y los monederos pesados, no recordaron dejar en el bosque las ofrendas anuales. A fin de cuentas, la magia había desaparecido. ¿Por qué iban a dejar regalos en el bosque?

Pero entonces uno de los pozos de la mina se derrumbó.

Dieciocho hombres quedaron sepultados y, por miedo a perder a más, cerraron la mina. La riqueza que había llegado al pueblo se redujo. Los campos producían menos cultivo, el ganado se marchaba con una frecuencia alarmante, los caminos que conducían al pueblo quedaron en mal estado.

Ryn recordó los dedos de su madre en el pelo, firmes y seguros, tejiendo con los mechones una corona de trenza. «Solo es una historia. Un relato con moraleja para asustar a los niños», decía su tío. Era el hermano de su madre, que se había ido a vivir con ellos cuando su padre desapareció. Era un hombre que se volvía más frágil con cada año que pasaba. Apenas se levantaba de su mecedora, excepto por la promesa de un trago o de unas tortitas. Y siempre se burlaba de las historias.

El otoño posterior a la desaparición de su padre, Ryn tomó unas cuantas manzanas de la última cosecha. No tenía una cesta, así que metió la fruta en un paño ajado y lo cerró con torpeza. Se adentró en el bosque, donde las sombras eran profundas y las heladas persistían. Dejó la pequeña ofrenda sobre un tronco del suelo.

A la semana siguiente, Ryn encontró una cabra joven en su patio. Era una criatura huesuda y estaba mordisqueando una de las botas viejas de su tío. Se apresuró a apartar de la vista al animal, lo amarró al poste de una verja y se encaminó al pueblo para comprobar si alguien había perdido una cabra.

Pero nadie la reclamó. Ceri se quedó con la cabra como si fuera su nuevo juguete favorito. Le trenzaba hierba alrededor del cuello y dormía siestas entre sus pezuñas.

—No vamos a ponerle nombre —dijo su tío cuando descubrió el afecto de Ceri por el animal—. Es ganado, no una mascota. Y si pasamos un invierno duro, será lo primero que nos comamos.

—Calla —le amonestó la madre de Ryn y permitió que Ceri se quedara la cabra.

Cada otoño, Ryn dejaba manzanas en el bosque.

Su tío se quejaba por la comida desaparecida y su hermano la miraba con desaprobación, pero Ryn no les hizo caso.

Ellos podían haber olvidado la magia antigua, pero ella no.

Y tal vez, si dejaba suficientes regalos, el bosque podría devolverle a su padre.

* * *

Con la luz del alba, Ryn salió de su habitación.

Sus pies descalzos eran silenciosos en el suelo y se movían sin problemas incluso en la penumbra. Con un saco en una mano y las botas en la otra, Ryn cerró con cuidado la puerta al salir.

El aire helado de la mañana estaba cubierto de niebla; aspiró el olor familiar. El frío era vigorizante y agradable, y sonrió cuando se puso las botas. Se echó una pesada capa de lana alrededor de los hombros y se alejó de la casa. La cabra no estaba por allí y se preguntó si estaría robando nabos en el jardín del vecino.

Le encantaba esta hora de la mañana, cuando todo estaba frondoso y tranquilo. La hierba húmeda le acarició la punta de los dedos mientras giraba a la izquierda y atravesaba un campo.

Ella se retiraba al bosque igual que algunas personas buscaban refugio en las capillas. Le calmaba de un modo que no podía describir del todo: la quietud y la vegetación vibrante, sentir vida a su alrededor, escondida, pero palpitante. El trino de los pájaros en los árboles, la tierra recién labrada por topos y taltuzas, el musgo suave.

Esta era la verdad del bosque: era vida y muerte a partes iguales. Rebosaba bellotas y bayas, pero bajo las hojas caídas estaban los cadáveres de los animales que no habían sobrevivido.

—Te has tomado tu tiempo para llegar aquí.

Ryn maldijo, sorprendida, y fulminó con la mirada a quien había hablado.

—Lo siento. —Ceri estaba a poca distancia, apoyada en un roble. Llevaba el pelo trenzado y la cara recién lavada—. No quería asustarte.

—¿Por qué me has seguido? —Ryn se cruzó de brazos.

Ceri alzó una cesta.

—Vas a buscar bayas, ¿no? Porque no quieres vender la casa.

Debería de haberlo esperado; por mucho que Ceridwen fingiera ser la hermana pequeña inocente, era justo eso: un papel. Era una chica observadora y ocultaba su astucia con sonrisas dulces.

—No deberías escuchar por las ventanas —le amonestó Ryn.

—Gareth y tú nunca me contáis nada. —Se mostró imperturbable—. Vamos, he traído una cesta y me gustaría volver a casa antes de mediodía.

—De acuerdo, vamos. Pero si Gareth pregunta, me has seguido sin que yo lo sepa.

—Es la verdad. —Ceri se apartó del roble y se puso a silbar. Un pequeño animal blanco acudió con paso torpe a ellas.

La cabra.

—Si se come todas nuestras bayas… —gruñó Ryn.

La cabra bajó la cabeza para que Ceri le rascara entre los cuernos.

—No es tan mala —señaló la niña—. Solo un poco protectora. Y algo espinosa. No sé a quién me recuerda.

Ryn no se dignó a responder.

—¿Qué estamos buscando? —preguntó Ceri. La cabra arrancaba hojas de una rama baja y las masticaba con la satisfacción de un animal consciente de que nunca pasaría hambre.

—Hay moras en el lado oeste del río. —Ryn apartó una rama y siguió adelante.

Ceri tiró con suavidad del cuerno de la cabra y esta trotó detrás de ellas, comiéndose todo lo que podía tomar por el camino.

—No sé si podremos hacer suficientes conservas para pagar las deudas del tío —comentó la niña—. ¿O esperabas encontrar belladona?

Ryn soltó una carcajada, sorprendida.

—¡Ceridwen!

—Nadie echaría de menos al señor Eynon. Unas cuantas bayas envenenadas en un tarro de conserva de mora…

—No entiendo cómo puede ocurrírsele una idea tan terrible a alguien con una cara tan dulce.

—Por eso nadie sospecha de mí. —Ceri sonrió, pero entonces la sonrisa desapareció—. Vale, vale. Necesitamos algo menos drástico que el asesinato.

—Mejor.

Una enredadera solitaria les bloqueaba el acceso a las bayas; las hojas parecían dedos extendidos y Ryn se sacó un cuchillo del bolsillo para cortarla antes de que las espinas las arañaran. Los arbustos desprendían un olor maravilloso: la dulzura de las bayas y las hierbas del bosque calentadas por el sol de la mañana. La cabra empezó a desgarrar las hojas sin preocuparse por las zarzas.

—Los entes de hueso son el problema —señaló Ceri y miró a su alrededor—. La mayoría de los jóvenes no creen en ellos.

—Nosotras sí.

Ceri se encogió de hombros.

—Me acuerdo de mamá hablando de ellos y tú dices que los has visto. Pero la mayoría de las personas creen que son historias, Ryn.

—Hywel no. Y aunque el cementerio está protegido, a los Turner les pareció que había suficiente verdad en las historias como para quemar a sus muertos en lugar de enterrarlos. Enid sigue plantando aulaga alrededor del Red Mare.

—Sí, y son todos viejos —dijo Ceri.

—Todo el mundo es viejo comparado contigo. —Ryn alzó las comisuras de los labios—. ¿Qué tiene esto que ver con vender la casa?

—Que nuestras vidas dependen de que la gente muera. —Ceri dejó un puñado de moras en la cesta con los dedos manchados de escarlata—. Y los viejos tienden a morir más rápido que los jóvenes. Pero ellos no van a pagar por tus servicios mientras piensen que los muertos pueden despertar.

—Soy una enterradora a la que los muertos vivientes han dejado sin trabajo. Lo que significa que no puedo pagar las deudas de juego de nuestro tío. —Ryn movió los dedos y se le clavó una espina en el nudillo. Se llevó el dedo a la boca y notó el sabor a cobre de la sangre en la lengua—. Tendremos que encontrar otra solución.

Las palabras de Gareth seguían resonando en su mente. «Una deuda anula la otra». Si pudiera demostrar a Eynon que su padre no había huido del trabajo, si pudiera encontrar la prueba de que había muerto en la mina...

Cerró los ojos. Se metió la otra mano en el bolsillo y acarició la superficie ajada de la cuchara de amor de madera. Rota en dos pedazos, con los bordes todavía un poco afilados. La mitad para ella y la mitad para su padre. La promesa silenciosa de que regresaría.

Los vivos tenían tendencia a hacer promesas que no podían cumplir.

5

Ellis pasó la noche recuperándose en el Red Mare. Sentía como si le hubieran golpeado con un martillo en la parte izquierda del cuerpo; sufría tensión y espasmos en los músculos, un dolor agudo en las costillas que le recorría la columna hasta la parte baja de la espalda. Este era el problema del dolor, pensó. Se negaba a calmarse. Devoraba, igual que las llamas consumían la madera. Atacaba y atacaba, y lo único que podía hacer él era tumbarse en un colchón de paja, dividido entre el aburrimiento y el miedo. El miedo a que esta vez la herida no diera tregua. A que esta vez que dolor acabara conquistándolo.

Masticó corteza de sauce y la tensión quedó entre los dientes posteriores. Ayudó, pero tan solo mantuvo el dolor a raya unas horas. Cuando se sentía lo bastante bien, hizo unos bocetos preliminares de sus mapas. Después cerró los ojos y esperó. A que pasara el dolor palpitante. A que recuperara el control de su cuerpo.

A la mañana siguiente, bajó las escaleras con paso lento y cauteloso hasta llegar a la taberna. Las mesas eran planchas de madera dispuestas sobre barriles de vino y el suelo era irregular, pero la comida olía bien. A pesar de la hora temprana, había un hombre con barba dormido en una esquina, desplomado contra un barril.

Enid sonrió a Ellis.

—¿Te sientes mejor? —preguntó y le pasó un plato con salchichas. Él asintió como respuesta y agradecimiento y alcanzó un tenedor. Mientras comía, escuchó una conversación a dos mesas de distancia.

—… gallinas se han perdido —decía una mujer—. O bien han sido ladrones o un zorro demasiado descarado.

—O puede que Eynon haya decidido empezar a recoger aves en lugar de rentas.

Hubo un resoplido y luego habló otra persona.

—Se ha llevado más hierro. No está bien… cómo lo está sacando. Si fuera gratis…

—Entonces ya habrías robado algo, Rhys. —Una carcajada—. Es propiedad del cantref. Claro que puede llevárselo. Y si alguien se queja, tendrá que enfrentarse a él en los tribunales. Nadie va a protestar.

—He oído que iba a venderlo —comentó la mujer—. A usarlo para aprovisionar los graneros para el invierno.

—Nosotros no veremos nunca esa comida, así que termina de comer, chica. Antes de que se hiele el suelo.

Ellis escuchaba y comía, y todo el tiempo mantuvo la mirada gacha. Podía sentir el peso de la atención sobre él y, aunque no era una sensación desconocida, tampoco le resultaba cómoda.

—¿Quién es ese? —Esta vez la voz habló en un suspiro.

—Un viajero —respondió otro murmullo.

—¿Comerciante?

—Demasiado joven.

—¿Trampero?

—Mira sus botas… las costuras. Solo las llevan los nobles. Debe de ser pariente de Eynon.

La gente no sabía nunca ubicarlo: la mitad veía su ropa y comportamiento y pensaba que debía de ser un noble caprichoso; algunos lo creían un ladrón que había robado sus prendas de vestir. En cualquier caso, los comerciantes siempre le cobraban de más.

Tal vez lo más irritante era que Ellis no podía contradecirlos.

Era todas esas cosas y ninguna de ellas.

* * *

Cuando terminó de comer, Ellis salió para echar el primer vistazo de verdad a Colbren.

La cartografía se basaba en los detalles. En específico, en qué detalles incluir y cuáles obviar. Ellis se acordaba de su primera lección, de las palabras de su profesor cuando dijo que la cartografía era una profesión de responsabilidad. Podían ganarse o perderse guerras con un mapa; los viajeros podían perderse; pueblos enteros podían desaparecer.

En la mayoría de los mapas, Colbren existía como un punto junto al bosque. En la mitad de las ocasiones ni siquiera estaba etiquetado y ahora entendía cómo había afectado esa omisión al pueblo. Había muchas casas abandonadas. Las prendas de ropa estaban remendadas y desgastadas por el tiempo, y muchos jóvenes deambulaban con las rodillas embarradas y sin zapatos.

Las montañas aparecían en el papel, pero nunca como algo más que unos cuantos bocetos rugosos. Eran un lugar que ningún cartógrafo había conseguido capturar. Mientras Ellis caminaba, sacó un diario encuadernado en piel de la bolsa y empezó a dibujar. Una cuadrícula aproximada del lugar apareció en el pergamino y miró el pueblo que tenía delante y el que estaba tomando forma en el papel.

Un balido captó su atención.

Había una cabra al lado de una carreta con media manzana en la boca. El animal miraba a una mujer del lugar, que parecía estar gesticulando de forma exagerada a la manzana. La cabra no apartó la mirada de la mujer mientras masticaba la golosina.

—Perdone —dijo una niña que intentaba tirar de la cabra por los cuernos—. Venga, vamos a buscar comida en otra parte. —Miró por encima del hombro y se dirigió a la mujer—: Mañana le pago la manzana, ¡se lo prometo!

Ellis contempló a la chica que se marchaba y luego se acercó a la mujer del pueblo y le ofreció una moneda.

—Por la manzana. —Ella parpadeó y se guardó la moneda.

—No tienes que hacerlo —dijo una voz detrás de él. Aderyn estaba allí, con el pelo recogido en una trenza y la cara limpia. Esta vez llevaba una cesta llena de bayas en lugar de un hacha, pero no tenía un aspecto menos formidable.

—Buenos días, Aderyn.

Ella metió la cesta de bayas en la carreta de la mujer del pueblo. Esta tomó una mora entre los dedos pulgar e índice.

—¿Del bosque? —preguntó.

Aderyn asintió.

—Tenemos demasiadas para conservas. Pensé que podrían interesarle unas cuantas.

La mujer dijo una suma. Era menor de lo que habría esperado Ellis. Aderyn recogió la cesta vacía y se dispuso a marcharse.

—No hacía falta que pagaras la manzana de mi hermana —señaló—. Puedo hacerlo yo.

—No me importa. —Caminó detrás de ella, sin saber adónde iba, pero encantado por tener un momento de conversación—. Y te pareció bien aceptar mi dinero en otra ocasión.

—Eso fue por un servicio.

—¿Conoces a un buen comerciante? —preguntó Ellis—. Necesito comprar una nueva tienda.

Ella entrecerró los ojos.

—Primero la manzana, ahora una tienda. Si crees que puedes caer en gracia a Colbren mediante sobornos… bien, probablemente tengas razón.

Eso le hizo reír.

—Si recuerdas bien, mi tienda acabó destrozada cuando te ayudé a llevar a un hombre muerto al pueblo.

Aderyn pareció transigir, pero solo un poco.

—Te gustará Dafyd. Es el único que no te cobrará de más. Vamos. —Se colgó la cesta del codo y aceleró el paso—. ¿Qué te parece el Red Mare?

—Cómodo —respondió—. Gracias.

Dirigió la mirada al oeste, a las montañas; apenas podía distinguir los picos a través de las nubes bajas.

—¿Conoces a alguien del pueblo que pueda estar dispuesto a llevarme a las montañas? Creo que será un viaje de una semana.

—A las montañas —repitió ella—. Te acuerdas, ¿no? —Movió la mano—. El hombre muerto intentó arrastrarte en esa dirección.

Le dio un escalofrío, pero logró hablar con voz firme al responder.

—Me acuerdo, sí.

Aderyn señaló las montañas.

—Annwvyn —dijo—. La tierra del Otro Mundo. El lugar de origen de los monstruos, la magia y donde gobernaba Arawn.

—Si tan peligroso es, ¿por qué te acercaste al bosque la noche que nos conocimos? —preguntó.

—Yo nací aquí. Vi a mi primer ente de hueso cuando tenía seis años.

—Entonces parece que he encontrado a mi guía.

—No. —Aderyn negó con la cabeza de forma rotunda—. Tengo un trabajo. Y una familia. No puedo cometer el error de deambular por el bosque, ni siquiera por... —La protesta cesó—. ¿Cuánto estarías dispuesto a pagar?

Le indicó una suma.

Ella la dobló.

Él hizo una mueca.

—Eh... no estoy seguro de que pueda pagar eso.

Aderyn miró su elegante capa bordada y después su cara. Tenía la boca tensa en un gesto de incredulidad.

Ellis no sabía cómo contarle que, aunque había crecido entre nobles, él no era uno de ellos. Sacudió entonces la cabeza.

—Puedo pagarte la mitad ahora y la mitad cuando regresemos.

Le costaría, pero podría. Y si hacía un mapa de esas montañas, podría vender esa información por una buena suma de dinero.

—Hay trato —dijo ella, sonriente—. No podemos salir de inmediato, tengo que prepararme. Pero...

Su voz se disipó al mismo tiempo que desvió la atención. Ellis vio cómo apartaba la mirada a un lado, detrás de él.

Había un hombre junto a la verja de hierro. Vestía las pieles pesadas de alguien acostumbrado a trabajar con metales y llevaba herramientas que brillaban a la luz del sol. Estaba golpeando con un cincel en el punto donde una barra se encontraba con otra y, con un tirón, la liberó.

Estaba desmontándola.

Ellis notó el susurro del aire cuando Aderyn pasó junto a él en dirección a la verja. Tenía la cara totalmente pálida y las pecas resaltaban por el contraste de color. Tomó el poste de hierro e intentó quitárselo de la mano al hombre.

—¿Qué estás haciendo?

—Órdenes de Eynon —contestó el hombre. No era mucho mayor que Ellis, estaría en la mitad de la veintena. Tenía una mandíbula afilada y hablaba con una seguridad que no era, en absoluto, tranquilizadora—. Vamos a vender el hierro.

Aderyn movió la boca. Parecía estar buscando las palabras.

—No... ¡no podéis!

—Te aseguro que sí podemos —repuso el hombre.

—Si hacéis esto... —Extendió un brazo hacia las montañas—. Hierro frío. Esa es nuestra protección. Si lo quitas...

—¿Protección contra qué? —El hombre se rio y Aderyn enfureció—. ¿Contra esos cadáveres que sigues arrastrando hasta el pueblo?

—¡Los entes de hueso son reales! —Apretó los puños—. Los he visto. Hywel los ha visto. Pregunta a cualquiera que haya entrado en el bosque, que se haya acercado a las montañas...

—Ese bosque vuelve loca a la gente —dijo el hombre con la arrogancia de alguien que estaba seguro de tener razón—. Ha jugado con tu mente... y se llevó a tu padre. Creía que eras lo bastante lista para dejarlo estar.

Aderyn levantó una mano, como si fuera a pegarle, pero el hombre le agarró la muñeca.

—Calma, Aderyn. Nada de eso. No te gustaría que te llevaran ante los tribunales por atacar a un hombre. No puedes permitírtelo.

Ella apretó los dientes con un rugido de furia.

—Suéltala —intervino Ellis. Mientras la rabia de Aderyn ardía, Ellis notó que su temperamento le provocaba un escalofrío en los huesos.

El hombre lo miró y pareció verlo por primera vez.

—¿Qué?

—Que la sueltes —repitió Ellis—. O yo te veré a ti en los tribunales. Y yo sí puedo permitírmelo.

O podría hasta que pagara a Aderyn para que lo llevara a las montañas. Pero si ella terminaba arrestada, no podría ser su guía.

El hombre le soltó el brazo y ella se apartó.

—Vamos. —Ellis le tiró de la manga, pero Aderyn permaneció inmóvil.

Él tiró con más insistencia y la chica cedió y retrocedió varios pasos, aunque no apartó la mirada del hombre.

—Vamos —repitió Ellis y, esta vez, Aderyn dejó que se la llevara.

La joven parecía moverse por instinto; sus pies conocían el camino. Lo llevó a un comerciante a quien le compró una tienda nueva y una ballesta, por si acaso. Le costó mucho dinero, pero sabía que era mejor no comprar un arco largo con el estado de su hombro. Cuando el dinero cambió de manos, Aderyn lo llevó de vuelta al Red Mare. Ella llevaba aún la cesta vacía y su mirada parecía desenfocada, perdida en pensamientos que él no podía desentrañar.

La agarró con cuidado por el codo y ella lo miró de golpe.

—¿Quieres tomar algo? —sugirió—. He oído que aquí preparan el mejor té de cebada.

Ella alzó la esquina de la boca.

—¿Té? ¿Quieres beber té en una taberna?

Ellis le devolvió la sonrisa, pero la suya era un poco más contenida.

—Sí —respondió sin más.

Enid estaba sirviendo el almuerzo a unos cuantos viejos. Sonrió a Ellis.

—Vaya, veo que has hecho una amiga. Ryn, no vayas a espantar a este jovencito como haces con todos los demás.

Se acomodaron en una mesa de un rincón y Ellis habló con tono suave.

—¿Intenta buscarte esposo?

—No —respondió Aderyn—. No quiere que te espante porque entonces no tendrá a nadie que le alquile esa habitación.

Permanecieron en silencio hasta que llegó el té y Ellis dio un sorbo. La atención de Aderyn pareció desviarse de nuevo, su té aguardaba intacto en la mesa.

—Creo que es hora de que me cuentes qué es exactamente un ente de hueso —le pidió Ellis.

Aderyn lo miró. Era una mirada neutra, de las que le dirigían los profesores cuando estaban seguros de que sabía la respuesta.

—Es una persona muerta. —Dio un sorbo—. Un cadáver viviente. Ya has visto uno, no debería tener que explicártelo.

Él consideró sus palabras con detenimiento.

—Si de verdad hay muertos vivientes deambulando por aquí, ¿por qué no he oído nunca hablar de ellos?

Ella lo miró.

—Dime, cuando vuelvas a la ciudad y alguien te pregunte por tu viaje, ¿vas a contarle que te atacó un bandido muerto?

Él sacudió la cabeza.

—Por supuesto que no.

—¿Por qué?

—Porque creerían que estoy loco. —Las palabras salieron antes de que las pensara siquiera.

Ella asintió.

—Porque la mayoría de la gente no cree en la magia —dijo sin más Aderyn—. Incluso aquí, en las afueras de las tierras mansas, los más jóvenes han empezado a pensar que solo son cuentos. Y los que creen, mantienen la boca cerrada por miedo a que los llamen locos o mentirosos. Menos yo. Y otros tantos a los que no les importa lo que el pueblo piense de nosotros.

Ellis frunció el ceño.

—Pero... has llevado cuerpos a la herrería para que los quemen. ¿No es prueba suficiente?

—Supongo que es más fácil pensar que la gente arrastra cadáveres hasta el pueblo para asustar a los demás.

Ellis arrugó la nariz.

—¿De dónde creen que sacas los cuerpos?

La rabia de Aderyn era fuego y chispas.

—Supongo que piensan que los desentierro del cementerio. Como si fuera a hacer algo así. —Cerró los ojos y respiró con dificultad por la nariz.

—¿Siempre han molestado los entes de hueso a los que se han adentrado en el bosque? Cuando la mina estaba en funcionamiento, los mineros debieron de verlos.

—La mina cerró hace veinticinco años —le informó ella—. Los entes de hueso aparecieron... no lo sé. Yo era demasiado joven para recordarlo. ¿Hace quince años? ¿Dieciocho?

—Dieciocho años —dijo Ellis. Parecía demasiado tiempo para vivir en la presencia de semejante peligro. A lo mejor uno podía acostumbrarse—. ¿Sabe alguien cómo empezó?

Aderyn entrelazó los dedos encima de la mesa.

—¿Quieres escuchar la historia?

Ellis asintió.

6

Las montañas de Annwyn nunca acogieron bien a los humanos.

Empezaron con fuego. Con colinas que vomitaban ceniza y llamas hasta formar picos irregulares. La gente apenas se acercaba a ellas, las montañas eran poco más que pizarra de bordes afilados y árboles destrozados por el viento.

Fue el rey del Otro Mundo, Arawn, quien hizo de aquel lugar su hogar. Castell Sidi, una fortaleza de granito y encantamientos, se alzaba junto a un lago claro de la montaña, el Llyn Mawr. Se dice que trajo la magia con él, pues era inmortal y encantador, y podía tejer encantamientos con la facilidad con la que nosotros hilamos lana. Y allá donde él iba, lo seguían otras criaturas mágicas.

Estaban los *afancs*, que acechaban bajo la superficie de los ríos, buscando viajeros desprevenidos; los *pwcas*, cambiaformas y criaturas de fortuna que podían conceder suerte a una persona o llevarla a la ruina; y, por supuesto, los *tylwyth teg*, los inmortales, que celebraban fiestas que duraban décadas.

Se decía que Arawn cabalgaba con sabuesos de ojos carmesí y que infligía un castigo terrible a cualquiera que interrumpiera una caza. Pero no era un monstruo. Aquellos a quienes favorecía los colmaba de oro, salud y trofeos mágicos. Durante muchos años, todo fue bien.

Pero esos regalos atrajeron atenciones.

Había un hombre llamado Gwydion, de la casa de Dôn. Tenía cierto talento para la magia y las maldades, y le encantaban ambas cosas. Cuando su hermano se encaprichó con una doncella a la que el rey favorecía, Gwydion inició una guerra entre los reinos del norte y del sur para que su hermano tuviera tiempo suficiente para capturarla. Y ese fue el menor de sus crímenes.

Gwydion mató a reyes, se burló de hechiceras y se hizo amigo de suficientes poetas para que las historias de sus hazañas se conocieran en todas las islas.

Y entonces fijó su mirada en Annwvyn.

Había oído hablar de la riqueza del rey del Otro Mundo, de la magia y los monstruos que habitaban en las montañas. Pero en lugar de asustarlo, esos relatos lo volvieron avaricioso.

Se adentró en Annwvyn y robó a Arawn.

Tal vez podría haberse evitado la consiguiente guerra si Gwydion hubiera ofrecido una disculpa. La mayoría de los hombres se habrían acobardado ante la rabia del rey del Otro Mundo; tenía aquellos perros de ojos rojos y caballeros magníficos, un caldero que, según decían, resucitaba a los muertos, y un campeón imbatible.

Gwydion debería de haberse retirado, pero había pasado años reuniendo poder y un ego a la altura. Pidió a los árboles que lucharan por él y, en el caos resultante, se encontró con el campeón de Arawn.

Si Gwydion hubiera luchado limpiamente, habría perecido. Pero era inteligente y malvado, y no luchó.

En lugar de eso, pronunció el nombre verdadero del campeón.

Y acabó con su poder.

* * *

—Espera, espera —dijo Ellis y alzó la mano para pedir silencio. Golpeó la taza con el codo. Ryn la atrapó y salvó el té—. Perdona, pero ¿cómo es posible que al pronunciar un nombre derrote al mejor campeón de Arawn?

Ryn frunció el ceño y arrastró la taza al centro de la mesa.

—Porque los nombres poseen poder. Siempre.

—¿Suficiente poder para derrotar a un campeón? ¿Por qué no cortarle la cabeza?

—Las criaturas mágicas son criaturas de voluntad. Su nombre a menudo es… no lo sé. Una parte de eso. Si podías nombrarlas, si podías precisar qué eran exactamente, entonces tal vez podrías doblegar esa voluntad a la tuya.

Ellis no parecía impresionado.

—Entonces si fueras del Otro Mundo, ¿yo podría decir «Aderyn» y te quedarías sin poder frente a mí?

Ella lo señaló con un dedo.

—Mi nombre significa «pájaro», así que probablemente no. Pero si mi nombre fuera Granjera y yo fuera una granjera y me hubiera pasado toda la vida como granjera, tal vez sí.

—Entonces no es solo un nombre —comentó Ellis—. Tienes que precisar su función, su identidad. —Ladeó la cabeza, pensativo—. Tal vez por eso tantos apellidos tienen que ver con profesiones.

—Pero en humanos no funcionaría. Somos demasiado testarudos y no lo bastante mágicos. —Le dio un sorbo al té para humedecerse la lengua seca—. ¿Quieres escuchar el resto?

Ellis se llevó un dedo a los labios.

—Permaneceré callado como una tumba.

* * *

Furioso y disgustado por la avaricia de los hombres, el rey Arawn se marchó de Annwvyn. Se llevó a su corte y su magia, y navegó adonde ningún humano podría seguirlo. Castell Sidi quedó abandonado.

Conforme pasaron los años, la gente dejó de creer en la magia. Los ríos fueron arrastrados y los *afancs*, asesinados. Los *pwcas* pasaron hambre, pues los granjeros que creyeron en el pasado en la suerte ya no les dejaban ofrendas.

Lo único que quedó de la magia fueron unas cuantas tradiciones: monedas de cobre arrojadas por la proa de un barco, una ramita de serbal metida en el bolsillo y ponerse siempre el calcetín derecho antes que el izquierdo. Esos pequeños gestos mágicos se repitieron hasta que sus propósitos originales prácticamente quedaron olvidados.

Pero algunos no olvidaron.

Se dice que hace unos veinte años aproximadamente, un hombre se adentró en las montañas de Annwvyn. Había oído hablar de magníficos tesoros abandonados en la fortaleza del rey del Otro Mundo. Sabía algo de magia, así que llevó regalos para los últimos monstruos: animales muertos para distraer a los *afancs* y pequeños dulces para calmar a los *pwcas*.

El hombre se dirigió a Castell Sidi con la esperanza de encontrar un tesoro o joyas. Pero lo que halló era mucho más valioso: un caldero hecho del hierro más oscuro con los bordes manchados de óxido.

La mayoría de los hombres se habrían mofado de semejante descubrimiento, pero este reconoció el valor del caldero, sintió el poder forjado dentro del metal.

Lo tomó y regresó a casa.

Cuando el hombre dijo que el caldero le proporcionaría una fortuna, la gente se rio de él.

El hombre estaba en lo cierto.

Terrible y horriblemente en lo cierto.

Esa noche hirvió agua dentro del caldero. Rellenó un vaso y se lo llevó al cementerio; una mujer joven residía allí, bajo mantas de tierra y musgo. Él la había cortejado, pero una enfermedad se la había llevado antes de que pudiera ser suya. Sacó la tumba, abrió el sarcófago y vertió el agua en la boca de la mujer muerta. En un segundo, esta abrió los ojos. Su piel resplandeció y rejuveneció. Inspiró una vez, luego otra y, cuando pudo hablar, pronunció el nombre de él y sonrió. Le tomó la mano y él la sacó de la tumba.

El hombre llevó a la mujer a casa y su familia retrocedió, aterrorizada. Tendría que estar muerta, lo sabían. Pero el hombre se lo explicó: había encontrado el caldero de la resurrección que había en Annwvyn.

Se propagó la noticia. La gente acudió al hombre, le suplicó que salvara a sus seres queridos muertos. Y él lo hizo por un precio. El hombre y la mujer gozaron de riquezas y felicidad, y ella le dio un hijo.

Pero la noticia se propagó a muchos reinos. Cuando los príncipes supieron del caldero, imaginaron guerras ganadas antes de que se disparara una sola flecha. Nadie se atrevería a atacar un reino si su ejército no podía caer.

Al principio, los príncipes de los cantrefs se mostraron amables con el hombre. Enviaron regalos para su hijo, sacos de oro, promesas de tierras y títulos. El hombre sonrió y lo rechazó todo.

Como la amabilidad no logró sus fines, los príncipes empezaron a negociar. Era demasiado peligroso poseer esa magia, insistieron. Si el caldero caía en las manos equivocadas, se convertiría en un arma. Seguro que el hombre quería que estuviera protegido.

El hombre dijo que él podía protegerlo.

Y entonces llegaron los soldados.

Si no podían persuadir al dueño ni negociar para conseguir el caldero, los príncipes se lo llevarían.

Incendiaron el pueblo. Muchos perecieron en las llamas, incluido el hombre. Su esposa robó un caballo, tomó a su hijo pequeño y el caldero y huyó. No había un lugar seguro para ellos, al menos no en las tierras mansas.

Desesperada, se acordó de las historias de su esposo de cómo había hallado Castell Sidi y usó esos recuerdos para seguir su camino. Se refugió en la antigua fortaleza con la esperanza de que el bosque y las montañas mantuvieran a salvo a su pequeña familia.

Sin embargo, los príncipes de los cantrefs no se rindieron. Enviaron a caballeros y soldados a las montañas. Los que no perecieron en el bosque, hallaron la muerte cuando intentaron cruzar el lago Llyn Mawr. Cuando los caballeros y soldados fracasaron, los príncipes enviaron a espías, y sus cadáveres se unieron a los de los caballeros y soldados en el lago.

Pero uno de los príncipes fue astuto. No envió a ningún caballero, ni soldado, ni espía.

Contrató a un ladrón. Un hombre de dedos ágiles y una mente todavía más rápida. El ladrón consideró el bosque como otra casa en la que colarse y preparó un plan. Se cubrió de tierra y hojas, se hizo un abrigo con pieles de animales para que las bestias lo dejaran pasar. Cruzó el bosque sin ser visto ni oído y, cuando se aproximó a Llyn Mawr, lo hizo con mucho cuidado.

Esperó al crepúsculo, cuando la noche podía resultar engañosa para la vista, y entonces lanzó un tronco al lago y nadó.

Cuando sus pies descalzos tocaron la orilla de grava, el ladrón permaneció agachado. Había alguien caminando fuera de la fortaleza. Tomó una flecha, alzó el arco.

El hombre era un ladrón e hizo lo que todos los ladrones hacían. Robó.

Pero esta vez, lo que quitó fue una vida.

El cuerpo cayó, sacudiendo los brazos como si no supiera lo que había pasado, y el ladrón comprobó que era demasiado pequeño para tratarse de la mujer.

El temor le invadió el corazón cuando se acercó y vio qué había matado. Era un niño.

La mujer salió corriendo de Castell Sidi. Cuando vio lo que había ocurrido, golpeó al ladrón en la cabeza con una piedra y se llevó adentro a su hijo.

El niño estaba muerto; ella podía salvarlo.

Nunca había usado el caldero, pero sabía cómo hacerlo: hirviendo agua en sus profundidades.

Sin embargo, el ladrón despertó. Siguió a la mujer al interior del castillo y vio el caldero. La mujer trató de detenerlo, pero cuando él lo agarró, el hierro caliente le quemó las manos y retrocedió con un aullido de dolor.

El caldero mágico cayó de sus dedos quemados al suelo de piedra.

Se quebró.

El agua se derramó en el suelo, la última que el caldero contendría jamás. La mujer cayó de rodillas e intentó tomar el agua en las manos, pero se le escapaba entre los dedos y las grietas del suelo de piedra.

Nadie sabe qué fue de ella después de aquello. Puede que se consumiera dentro de la fortaleza, que su cuerpo descansara junto al de su hijo. Tal vez se marchó y se refugió en un pueblo cercano.

En cuanto al ladrón, huyó. El agua mágica le había mojado el borde de la capa y las suelas de las botas. Cuando se metió en el lago, el poder impregnó el Llyn Mawr, el lago que alimentaba los arroyos y ríos que discurrían hacia Colbren. La magia, antes contenida, empezó a empapar el suelo, gotear hacia las montañas e inundar los ríos del bosque.

A la noche siguiente, la superficie del lago tembló. Una mano de hueso emergió de sus aguas. Cuerpos envueltos en ropas ajadas con armaduras oxidadas se arrastraron hacia la orilla.

Las criaturas que emergieron del lago eran tendones y piel podrida. Eran silenciosas, con ojos vacíos y cuerpos hundidos.

Las llamaron «entes de hueso».

7

A la mañana siguiente, en la puerta había clavada una carta de desalojo.

Ryn se quedó mirándola. Estaba escrita con la misma letra de todas las notificaciones oficiales de Colbren. Reconoció las florituras sin siquiera haber visto la firma. Arrancó la hoja y los bordes se arrugaron en su puño.

Por un terrible momento, le dieron ganas de quemarla. Ver las ascuas flotando en el viento, esparcidas por el suelo rocoso. Como si el mensaje no hubiera sido entregado y ella pudiera continuar con su vida. Si fingía que todo iba bien en el mundo, tal vez el mundo lo haría también.

Se metió el pergamino en la túnica y entró en su casa.

Y seguiría siendo su casa mientras ella tuviera algo que decir al respecto.

Aunque eso significara que tuviera que llevar a un señorito a las montañas.

Gareth estaba sentado a la mesa de la cocina. Estaba tallada a partir de un árbol caído, cada pata era una rama y aún podía ver los nudos y las espirales de la madera. Su hermano alzó la vista, serio. Cuando era un niño, se reía y sonreía. Nunca fue tan bullicioso como ella, pero contemplaba el mundo con alegría. Esta había mermado con los años.

Gareth asintió.

—¿Lo has visto?

—¿El aviso? —preguntó ella—. Eynon ha vuelto a incumplir su palabra. Nos dio dos semanas.

—Tal vez no deberías de haberle soltado a la cabra.

Era cierto. Ryn asintió.

—¿Has visto que está quitando también la verja de hierro? Por los reyes caídos, está loco.

—Es un malnacido, pero no está loco —repuso Gareth. Había un tono de aceptación en su voz que enfadó a Ryn—. Va a vender el hierro y a usar el dinero para abastecer los graneros del pueblo. Si este invierno es duro, salvará vidas.

—Y los entes de hueso podrán entrar en el pueblo —apuntó ella—. Lo cual, estoy segura, salvará muchas vidas.

Gareth se encogió de hombros.

—A lo mejor los que has visto fuera del bosque eran rezagados. En cualquier caso, no importa. Nos vamos. —Sus palabras cayeron pesadas entre los dos. Era como si el suelo se hubiera abierto y ella lo contemplara desde una distancia insalvable—. Entregaremos la casa a Eynon para pagar las deudas del tío y usaremos el dinero que nos quede para dirigirnos al sur. Hay otros pueblos pequeños, Aderyn. Podrías trabajar como aprendiz de otro enterrador si quisieras. Y yo... —Se quedó callado. Acarició el borde del libro de cuentas con el pulgar.

El anhelo en su voz dolía más que sus palabras. Ryn sabía que una parte de él quería marcharse, empezar de nuevo en otro lugar.

Ella no podía irse. Colbren era parte de ella, como los recuerdos que poseía. Esta casa era suya, y ella también le pertenecía. No podía imaginar vivir en otro lugar. No podía dejar su casa, las cucharas de amor de madera que habían hecho las manos de su padre, los puntos en las paredes donde su madre había marcado la altura de sus hijos, los montículos de tierra y roca en el cementerio. Su madre estaba enterrada allí, con sus abuelos. Le gustaba todo en Colbren: las campanillas que crecían en el suelo del bosque, las aulagas que tenían que cortar cada primavera, el suelo rocoso, los vecinos que habían conocido a generaciones de su familia, el sabor de las moras silvestres y el agua del río.

Para marcharse tendría que arrancarse los recuerdos del corazón; imaginó su dolor derramándose como si fuera sangre.

Gareth debió de ver el pánico en su cara.

—Ryn, entiendo que quieras quedarte aquí. Pero no podemos. Y no comprendo por qué estás tan apegada si nunca estás en casa. Siempre estás en el cementerio, en el bosque o en el pueblo…

—¡Intentando ganarme la vida! —Ryn levantó los brazos—. Intentando ganar dinero suficiente para que no tengamos que abandonar esta casa. Aunque a ti no te importa. Tú te quieres ir, ¿no es así? Porque no te importa este lugar. Nunca lo ha hecho…

—Ahora me importa mi familia, no preservar lo que era. Hay una diferencia, aunque no quieras verla.

Ryn dio media vuelta para salir de la cocina.

—Ah, sí, márchate al bosque —protestó Gareth con voz amarga—. Mucho mejor que hablar las cosas con tu familia.

Un músculo palpitó en su mandíbula.

—Voy a hablar con Eynon, idiota.

No cerró de un portazo al salir, pero casi.

* * *

La casa de Eynon era hermosa.

El cantref había vivido cómodamente en el pueblo desde la apertura de la mina. Circulaban rumores de que era una localización indeseable, que el noble enviado a este lugar era a menudo uno deshonrado. Lo cual explicaba el trato que daba Eynon a sus vecinos, pensó Ryn. Como si fueran cargas y no personas.

El criado de Eynon abrió la puerta. Tenía el rostro marcado por líneas de arrogante insolencia, como si ser el criado de Eynon le diera cierto estatus.

—¿Qué quieres, Aderyn? —preguntó.

Valoró todo tipo de respuestas groseras, pero decidió no tentar a la suerte.

—Necesito hablar con Eynon.

—No está.

Ryn se cruzó de brazos.

—¿Dónde está?

El hombre no contestó de primeras. Fue su vacilación lo que le ofreció la certeza. Estaba pensando en una mentira. Pasó junto a él y sus hombros chocaron cuando entró en la casa. La sorpresa del criado lo ralentizó y para cuando se repuso, ella ya estaba en el salón.

Eynon se encontraba en una silla con una taza de té a su lado y un libro en el regazo. Parecía una araña acomodada en el centro de su telaraña. Su ropa tenía puntadas limpias y uniformes, y llevaba el pelo recogido en la nuca.

Alzó la mirada del libro y la fijó en ella.

—Aderyn, ¿qué puedo hacer por ti? —Espiró despacio—. ¿Has venido para defender tu caso? Porque por mucho que me duela hacer esto, necesito el pago de tu tío.

Ryn conservó un rostro impasible con mucho esfuerzo.

—Él no está aquí, señor.

—Lo sé. —Le hablaba como a una niña y eso la irritó—. Por eso he de quedarme con vuestra casa. Y no está bien que tres niños vivan solos. Deberíais de haber ido a uno de los asilos para pobres de la ciudad cuando quedó claro que vuestro

73

tío os había abandonado. Y tu hermana menor estaría mejor atendida en un orfanato. Al menos así no parecía harapienta y una muerta de hambre.

No nos abandonó. Las palabras ascendieron a sus labios, pero las contuvo. Sí que podía haberlos abandonado. Su tío estaba adicto al juego y al alcohol, demasiado aficionado a sus propios placeres como para renunciar a ellos por el bien de su familia.

—Puedo pagar las deudas de mi tío —declaró.

Eynon se retrepó en la silla con una sonrisa leve en la boca. Señaló la mesa que tenía a su lado con un giro de muñeca.

—Puedes dejar ahí el dinero.

Ryn no se movió. Tampoco Eynon, cuya sonrisa seguía fija en su rostro.

—No lo tienes, ¿no? —preguntó. Sacudió la cabeza en un gesto propio de un gobernador benevolente que impartía sabiduría a un ciudadano indisciplinado—. Deja que te diga algo, Aderyn. Las promesas vacías, y también las amenazas vacías, poseen poco valor.

—No son vacías —repuso ella—. El recién llegado, Ellis. Me ha contratado como guía. Cuando me pague, le entregaré su dinero.

La sonrisa del hombre se quedó congelada.

—¿Tiene tanto dinero?

—Sí. —Ryn se encogió de hombros—. Dice que viene de Caer Aberhen.

El nombre de la fortaleza del príncipe hizo que Eynon tensara la mandíbula.

—¿Y cuál es su apellido?

—No me lo ha dicho. —Volvió a encogerse de hombros—. ¿Qué importa eso?

—Importa —contestó Eynon de nuevo con una sonrisa gélida—, porque algunos tenemos negocios con el príncipe. Si envía a guardias, hay que recibirlos bien.

Si alguien se hubiera ofrecido a recibirla a ella con ese tono de voz, Ryn habría corrido en la dirección opuesta. Pero la política de los nobles le interesaba bien poco.

—Puedo pagar, pero tardaré un poco.

Eynon dudó y, por un momento, Ryn notó el corazón en la garganta. Quizá, y solo quizá, esto funcionaría.

Entonces el hombre negó con la cabeza.

—No, no. Necesito el dinero, y también lo necesita el resto del pueblo. El invierno promete llegar con dureza y por eso quiero abastecer los graneros. Por eso hay que vender la verja de hierro y por eso he de reclamar las deudas. Es por el bien del pueblo.

Por un momento, Ryn se sintió mareada por la decepción. Pero entonces el sentimiento se volvió de rabia, brasas que ardían en su vientre. Eynon sonaba pretencioso, confiado, y fue como si soplara esas brasas.

Se incendiaron.

—Pero no todo nuestro dinero va a ir destinado a los graneros, ¿no?

La falsa afabilidad se desprendió del rostro de Eynon.

—No sé de qué hablas.

Ryn miró a su alrededor.

Las alfombras eran de brillantes tonos rojos y azules, los tintes debían de provenir de muy lejos. La mesa estaba tan limpia que resplandecía y la taza de té estaba hecha de delicada porcelana. De la pared colgaba un tapiz con puntadas que daban forma a un rey que murió hace tiempo.

Era una habitación bonita. Y era mucho más lujosa de lo que debería de haberse podido permitir Eynon.

—Los impuestos que le pagamos —señaló Ryn—. Deberían ir al príncipe del cantref, ¿correcto? ¿Llegan todos a sus arcas? Sería una pena que el príncipe se enterara. Tal vez si un guardia suyo le informa…

Era la peor amenaza posible, una con muy poco peso. Ni siquiera sabía si Ellis pertenecía de verdad a la nobleza o si era el hijo bastardo de alguien, o tal vez solo un comerciante bien vestido. Pero Eynon tampoco lo sabía.

El hombre se levantó de la silla. Tenía mirada dura y la boca apretada, formando una línea delgada. Era más alto que ella por una cabeza y odió tener que levantar la vista para mirarlo a los ojos.

—Transitas un camino muy peligroso, Aderyn. —Habló con voz suave, tan baja que el criado no la oiría—. Cuidado con los rumores que escuchas, mi querida niña.

Sintió un dolor punzante detrás de la mandíbula, los músculos tensos que tiraban del cuello. Trató de calmar la respiración, de tranquilizarse. Odiaba la indefensión, y le dieron ganas de tomar cada objeto caro de esta casa y arrojarlo contra la pared hasta que Eynon supiera lo que era la pérdida.

—Al menos deje la verja —le pidió.

—¿O qué? —Soltó una carcajada de incredulidad—. ¿Dejarás un cadáver en mi puerta?

Ryn cerró los ojos. No iba a escucharla, pero pronunció las palabras de todos modos.

—No. No tendré que hacerlo. Cualquier muerto que aparezca en el pueblo vendrá por voluntad propia.

En el rostro delgado de Eynon batallaron varias emociones: sorpresa, temor y luego ira. Como si se tratara una amenaza de ella y no de las montañas. Como si pudiera ocuparse del problema silenciando a una chica.

Ryn dio media vuelta y salió de la casa.

8

Para Ellis, las horas de la comida eran horas de trabajo. Una de las mujeres que lo habían criado, una cocinera, había cejado en su empeño de apartarlo de sus bocetos tras mucha desesperación. No importaba cuántas veces manchaba una hoja de gachas o de queso, él seguía trabajando; sus dedos se movían sobre el pergamino, construyendo paisajes solo a partir de líneas y medidas.

Cenó temprano en el Red Mare; sostenía con una mano una cuchara y con la otra, grafito envuelto en papel. Sus dibujos de Colbren empezaban a tomar forma; si su mapa se ponía en circulación, al menos los viajeros no tendrían que dormir bajo unas lonas torcidas en el bosque. Había recorrido el pueblo dos veces, trazando casas y midiendo distancias con pasos. Ahora podría recorrerse el pueblo con los ojos vendados siempre y cuando conociera el punto de partida.

Posiblemente fue eso lo que le atrajo de los mapas en un principio: le gustaba ver espirales de tinta y leer paisajes. Los mapas no tenían secretos ni complejidades que no pudiera analizar. Podía conocer un lugar mucho mejor que a una persona.

La taberna bullía a su alrededor, pero no prestó mucha atención.

El guiso de cordero sabía a romero y menta. Comió mientras trabajaba y colocaba las últimas medidas en los alrededores del pueblo.

Alguien dejó una taza con un golpe seco delante de él. Ellis levantó la mirada. Esperaba encontrarse con la insistencia de Enid en que comiera más, pero delante de él había un hombre. Tenía expresión cernuda y miraba a Ellis como si fuera una mancha en su zapato.

Vestía ropa elegante y las botas estaban impecables, sin una mota de barro. Solo un hombre podía vestir semejante conjunto.

—Señor Eynon —lo saludó con una educada inclinación de la cabeza. Conocía al lord; había tenido que memorizar a todos los miembros de la nobleza del cantref cuando tenía doce años. Pero Eynon debía de despreciar la corte o sencillamente había declinado las invitaciones de Caer Aberhen, porque esta era la primera vez que lo veía.

Eynon se sentó frente a él sin responder. Ellis frunció el ceño. Acompañarlo sin preguntar antes era una falta menor de cortesía.

—¿Quién es usted? —preguntó Eynon. Sus palabras desprendían un tono gélido.

Ellis detuvo la cuchara a medio camino de la boca. Un pedazo de cordero cayó en la sopera de nuevo.

—Ellis, de Caer Aberhen. En un pueblo tan pequeño, suponía que mi presencia era ya conocida.

Eynon lo recorrió con la mirada.

—Circulan rumores. Mis criados tienen tendencia a hablar cuando piensan que no los escucho. Hablan de un noble.

Ellis golpeó el pergamino con un dedo.

—Soy cartógrafo.

Eynon emitió un sonido grave con la garganta. Era demasiado correcto en sus modales para reírse, pero se acercaba bastante.

—No sea evasivo. Le ha enviado el príncipe —dijo—. Para informar sobre mí.

La sonrisa de Ellis no era amable. Tampoco la risa que soltó.

—Me han llamado muchas cosas —señaló con calma—. Extraño, paria, lisiado, pesado. Pero nunca me habían acusado de ser un espía. Dígame, ¿qué me ha delatado? ¿Que le he dicho a todo el mundo mi nombre o que me paseo por aquí a plena luz del día?

Eynon se puso rojo.

—La mitad del nombre —indicó en voz baja—. Me he fijado en que no ha dado su apellido.

Había penas tan antiguas que casi eran un consuelo.

—No. No lo he hecho.

—¿Hay algún motivo?

—Milord —dijo Ellis y se aseguró de mantener un tono de voz suave—, no le debo ninguna respuesta. Ha interrumpido mi comida y me gustaría continuar con mi trabajo.

La mirada de Eynon recayó en el cuaderno de bocetos.

—Es una buena historia —indicó con calma—. Puede que se haya formado en la cartografía o puede que no. Pero sé por qué ha venido un agente de Caer Aberhen. Por qué ha hablado con esa condenada sepulturera. Le meterá historias en la cabeza y se las transmitirá usted al príncipe del cantref. Sé bien que hay algunos en la corte a los que les gustaría reemplazarme aquí.

Los buenos modales de Ellis dieron paso a la irritación.

—No veo por qué. Esos nobles tienen propiedades en condiciones mucho mejores.

Eynon apretó los labios.

—La mina —apuntó, apenas sin mover la boca—. Me pertenece.

—La mina colapsó hace tiempo. Parece una metáfora acertada para este lugar.

—La mina valdría más que su cabeza si se reabriera —replicó Eynon con tono frío—. Más que la vida de estas personas. En esas montañas hay la fortuna de un rey y algún día la reabriré.

—¿Y por qué esperar? —Ellis se preguntó si mencionaría los muertos vivientes.

—Porque aún hay mucho miedo de que se produzca otro derrumbamiento. Dicen que no deberíamos haber ahondado tanto en la montaña. Y el último grupo que envié a explorar la mina no tuvo éxito después de que un hombre desapareciera y el resto perdieran los nervios. —Torció la boca, irritado—. Pero cuando el pueblo pase hambre suficiente, creo que habrá... suficientes voluntarios para volver a explorar la mina.

Ellis pensó en las casas derruidas, las ropas ajadas y las ansias con las que Ryn había aceptado su dinero. Tal vez Eynon tenía razón. En unos años, los habitantes del pueblo estarían tan desesperados que regresarían a una mina derrumbada.

—Y, mientras tanto, no quiero espías que difundan rumores de que no he cumplido con mi deber para con nuestro príncipe —comentó con mucha calma—. Sé qué le ha estado contando Aderyn y no voy a permitirlo.

Ellis reprimió una maldición. Por supuesto que había acabado atrapado en la política del pequeño pueblo. Porque intentar cartografiar lo desconocido, escapar de un muerto viviente y sobrevivir por poco no era suficiente. Alzó la mirada al techo.

—Solo por una vez, ¿por qué no pueden ser las cosas sencillas? —preguntó más para sí mismo que a Eynon.

El hombre se levantó y la silla chirrió en el suelo de madera.

—¡Enid!

La mujer apareció como siempre: con las mejillas sonrosadas y el pelo saliéndose del recogido. Pero su sonrisa era un tanto rígida y tenía las manos entrelazadas.

—¿Sí, señor Eynon?

—Creo que nuestro invitado se marcha ya —comentó con la mirada fija en Ellis—. No se quedará esta noche.

El pánico cruzó por un instante el rostro de Enid. Miró a Eynon y a Ellis, al parecer confundida. Si Eynon era la clase de lord que el cartógrafo pensaba que era, el alquiler de Enid subiría sin más si ella no accedía.

Ellis contuvo la rabia, la retuvo en el vientre. Sin un apellido que lo protegiera, no podía permitirse la ira.

Cerró un segundo los ojos e inspiró profundamente. Se levantó, recogió sus cosas y asintió en dirección a Enid.

—Gracias por su hospitalidad —murmuró y pasó junto a Eynon. Iría a recoger sus cosas y se marcharía.

Era hora de buscar a su guía y salir de este lugar.

9

E sa tarde, Ryn salió al bosque.

Los árboles seguían mojados por la lluvia del día anterior. El agua goteaba por los troncos de los robles y hacía caer las bellotas en el suelo. Ryn se dispuso a recogerlas a puñados. Tardó en llenar la cesta, pero no le importaba. Se respiraba la paz en el bosque, a la sombra de las montañas, donde tan poca gente se atrevía a adentrarse. No tenía que preocuparse por las salpicaduras de barro en los pantalones ni por el pelo enredado por el viento.

Este era el único lugar donde se sentía aliviada de cargas.

Al menos hasta que oyó un conocido «Bee».

Se volvió y vio a la cabra a cierta distancia. El animal movió una oreja y luego se agachó para comerse una bellota.

—¿Qué haces aquí?

La única respuesta de la cabra fue tomar otra bellota. Parpadeó a Ryn, como si fueran meras conocidas que se encontraban por casualidad.

—Has vuelto a salir del gallinero.

—Bee.

Ryn se acercó, agarró a la cabra por un cuerno y dio un tirón suave.

—Vamos.

Si era posible que una cabra pareciera enfadada, esta lo hacía.

—No —dijo Ryn—. No vas a venir conmigo a buscar comida. Te lo comerás todo.

—¿Hablando con la cabra?

Se sobresaltó al oír la voz nueva.

Ellis estaba a unos metros de distancia. Parecía el noble que decía que no era; al menos, estaba vestido como uno. Ryn fue más consciente aún de la mugre que tenía en las uñas.

—Se le da bien escuchar —respondió. La cabra, como si quisiera demostrar lo contrario, giró la cabeza y se puso a mordisquear unas hojas que colgaban bajas del árbol—. ¿Qué haces aquí?

—Parece que ya no soy tan bienvenido en Colbren. El campo puede ser un lugar más seguro para dormir. —Se descolgó una mochila del hombro y la dejó entre los pies—. Si te has encargado ya de los preparativos, ¿podríamos salir por la mañana?

Ryn frunció el ceño. Colbren era un pueblo pequeño, pero nunca había sido inhospitalario. Al menos con los que tenían dinero.

—¿Qué ha pasado? ¿Se han colado las gallinas de Enid en tu habitación? No van a hacerte nada. Échales un poco de grano y se marcharán.

Él resopló con un gesto que parecía entre divertido y burlón.

—¿Ha pasado antes?

—Más veces de las que puedo contar.

Ellis se rio, el sonido poseía la resonancia de una carcajada real. El calor se propagó por su pecho y le devolvió la sonrisa; estaba encantada de haberle hecho reír.

—El señor Eynon me ha hecho una visita. —Ryn se puso seria de inmediato—. Al parecer, piensa que Caer Aberhen me ha enviado como espía. Y que tú me has estado contando historias.

Ryn maldijo entre dientes. Hizo una mueca y se removió, enfadada con Eynon y consigo misma.

—Perdona, perdona. Culpa mía. Yo… le he hecho una visita esta mañana para hablar con él sobre las deudas de mi familia. Le he dicho que puedo pagarle si espera un poco. Y como eso no ha funcionado, puede que haya insinuado que se está llenando los bolsillos con el dinero de los impuestos destinados al príncipe… y que tú podrías trasladar el mensaje a Caer Aberhen.

—¿En serio? —Ellis sonaba exasperado—. ¿Por qué me has metido a mí en esto?

—Porque estaba enfadada y porque no creía que fuera a echarte del pueblo, y… de acuerdo, ha sido un plan terrible. Pero solo tengo rumores y si quiero conservar mi casa necesitaba que él creyera que podía perder la suya.

La respuesta pareció satisfacerlo.

—¿Lo ha hecho? —preguntó Ellis, interesado—. ¿Se ha llenado los bolsillos?

—¿Habría reaccionado así si no fuera cierto? —Se encogió de hombros—. La gente sabe que eres de Caer Aberhen. Vistes como un noble. No me has mencionado un apellido y está claro que tampoco a Eynon, o no estaría así. Y un cartógrafo viaja a toda clase de lugares, así que sería una tapadera perfecta. No es tan descabellado pensar que puedes ser un espía. A lo mejor Eynon cree que yo envié una carta al príncipe con la esperanza de que lo eche. Así no tendría que preocuparme por las deudas de mi tío.

—Pero no lo has hecho —dijo Ellis.

Su sonrisa tenía cierto aire perverso.

—Solo porque no se me ocurrió. Es un buen plan, pero demasiado complicado para mi gusto. Si me surge un problema, lo atajo con el hacha. O lo entierro. Se me da bien enterrar cosas.

Ellis la recorrió con la mirada.

—Creo que eres capaz de más.

La afirmación podría haber provocado su ira si la hubiera pronunciado Gareth. La habría entendido como que no estaba intentándolo lo suficiente, que debería de hacer más. Pero no había juicio en sus ojos ni en su voz, solo amabilidad.

No supo cómo responder, y una parte de ella se irritó por su silencio. No era alguien que se dejara confundir por un chico guapo y un puñado de palabras bien elegidas. Las cosas hermosas eran a menudo venenosas o inútiles, como unas bayas brillantes que podían matar con un bocado o una cuchara de amor de madera sin otra utilidad que ser admirada. Deberían tener poco uso para ella, pero sus dedos buscaron la talla de madera en el bolsillo y se tranquilizó.

—Vamos. —Se acercó para alcanzar su mochila, que le pareció sorprendentemente ligera. Pensaba que llevaría más cosas encima. Se la echó al hombro y se enganchó la cesta llena de bellotas en el codo.

—Me estás robando la mochila —protestó Ellis con tono suave.

—Puedes quedarte mi cama. —Lo miró por encima del hombro—. Ya he dormido antes en el suelo. Puedo hacerlo de nuevo.

Ellis frunció el ceño y, por un instante, pareció desconcertado.

—No puedo… ya has hecho más que suficiente por mí.

—Considéralo una pensión completa añadida a mis servicios como guía.

Él sacudió la cabeza, parecía más divertido que preocupado por que se estuviera marchando con sus pertenencias. El atardecer proyectaba tonos dorados y rojos en el cielo y sus sombras les precedían en la hierba.

—Gracias. Si no te importa que te pregunte, ¿cómo se enredó tu familia con el señor Eynon? ¿Has dicho que tenéis deudas con él?

Ryn frunció el ceño.

—Sí. A nuestro tío le gusta la bebida y las cartas, y ninguna de las dos cosas se le da muy bien. Pidió prestado dinero a Eynon, una cantidad que no podíamos permitirnos devolver. Hace unos meses, se marchó a la ciudad a vender algunos productos. No ha regresado aún.

—Así que tu tío desaparecido le debe dinero a Eynon.

—Sí. Y la peor parte es que debería de ser Eynon quien nos pagara a nosotros.

—¿Y eso?

Ryn desvió la mirada a la sombra de las montañas. Estas estaban rodeadas por la intensa luz del sol y los picos afilados resaltaban en el horizonte.

—Mi padre participó en la última expedición que envió para verificar si podía reabrirse la mina. Eynon les prometió dinero a todos, pero mi padre no regresó.

Ellis se quedó sin aliento.

—Yo… lo siento.

Ryn se encogió de hombros.

—Nunca lo encontramos —añadió con tono neutro—. Y Eynon dijo que, como el trabajo no se había completado y no había pruebas de que hubiera muerto en la mina, no recibiríamos el pago.

Ellis pareció considerar sus palabras.

—Es un verdadero malnacido.

Ryn sonrió con dificultad.

—No te equivocas.

El anochecer y el otoño convertían el bosque en algo extraño y hermoso. La luz tenue tornaba la corteza de los pinos silvestres de un tono escarlata como la sangre. La maleza estaba cubierta de sombras, helechos, musgo y hierba enredada. Se acercaban a la granja del viejo Hywel, pero a él no le importaría que cruzasen el corral de ovejas para llegar al pueblo.

Detrás de ella, Ellis emitió un sonido entrecortado. Se dio la vuelta y vio que se le había quedado el pie enganchado en algo. Ellis tiró de lo único que pudo, un brote, pero este se rompió bajo su peso y se cayó en la maleza. Ryn le tendió la mano para ayudarlo, pero entonces miró sus pies.

Al principio le pareció la trampa de un cazador. Unos bordes afilados que brillaban a la tenue luz le habían enganchado la bota.

Pero no era una trampa.

Se había tropezado con una caja torácica. Esta había pertenecido a un hombre. Miró el esqueleto y vio unas gruesas botas de piel y la ropa maltrecha.

Ellis se agachó y trató de apartar las costillas. Seguía con el pie atrapado y se apreciaba una tensión en su boca que dejaba claro su desagrado contenido. Ryn se arrodilló a su lado y agarró las costillas más gruesas. Con un fuerte tirón, los tendones cedieron y Ellis sacó la pierna.

Ryn se colocó de cuclillas y se sacudió la tierra de los dedos. Casi esperaba que Ellis pusiera cierta distancia entre el hombre muerto y él, pero se acuclilló al lado de ella. Recorrió el cuerpo con la mirada.

—¿Es…?

Ryn sacudió la cabeza.

—No lo sé. Aún no ha oscurecido lo suficiente. Queda media hora hasta que sea noche cerrada. Lo sabremos entonces.

Podía ser solo un hombre. Estaban a las afueras del bosque, tal vez la magia no lo había alcanzado.

—En cualquier caso, deberíamos meterlo en una bolsa y llevarlo a la herrería —sugirió Ellis.

Ryn apretó los dientes.

—No.

—¿No?

—Si se trata de un ente de hueso, lo llevaremos a la herrería. Pero si solo es un hombre muerto, lo enterraré en el cementerio. Por cortesía.

Apareció una arruga en la frente de Ellis por la confusión.

—Los muertos merecen algo más —trató de explicar Ryn de un modo que pudiera comprender un laico—. Un recuerdo, un marcador, un lugar donde descansar. La muerte debería ser pacífica, los muertos se lo han ganado. Los entes de hueso son una pantomima de muerte. Quemarlos… es un último recurso, no una salida.

Ellis inclinó la cabeza.

—Entiendo. —Alcanzó su mochila, que reposaba ahora al lado de Ryn—. En cualquier caso, deberíamos recogerlo.

—Estoy de acuerdo.

Ellis sacó un par de guantes de la mochila y se los puso. Juntos, intentaron sacar lo que quedaba del hombre de entre la maleza. La hierba se había enredado en los huesos y había crecido por las costillas y el cráneo. Ryn tiró de la veza y apartó la hierba en un intento de mantenerlo lo más intacto posible mientras metían las partes del hombre en un pequeño saco de arpillera.

El sol se hundió en el horizonte y se llevó la calidez del aire. Ryn se estremeció, pero siguió con la tarea. Cuando terminaron, el crepúsculo se había instalado en los alrededores del bosque: en los rincones bajo las raíces de los árboles y las hojas pesadas de los arbustos.

Por un momento, Ryn y Ellis miraron el saco de arpillera.

Seguía completamente inmóvil.

—Bien —dijo Ryn—. Me lo llevo. Si no se retuerce de camino a casa, lo enterraré por la mañana.

Ellis asintió. Acercó los dedos a la abertura del saco para cerrarlo.

Una rama se quebró. El sonido resonó en el bosque tranquilo y fue entonces cuando Ryn reparó en lo silencioso que se había quedado el bosque. No se oían los insectos, ni rastro del susurro de las criaturas pequeñas que buscaban lugares para dormir.

Notó un frío extraño en la base de la columna.

—Ellis. —No sabía por qué había pronunciado su nombre, tal vez como advertencia o para recordarse que no estaba sola.

Algo se movió en la penumbra. Era más alto que Ryn. Le costaba ver por la luz tenue y trató de discernir la forma de la criatura. Solo cuando salió de entre los arbustos vio que se trataba de un soldado.

Un soldado muerto.

—Quédate quieto —indicó por la comisura de la boca—. Estamos en los límites, puede que regrese a las profundidades del bosque.

El ente de hueso ladeó la cabeza a un lado y a otro, y miró a las dos criaturas vivas que tenía delante. Ryn casi veía cómo los analizaba con sus ojos vacíos.

Vamos. Por tu propio bien, vuelve al bosque, pensó, como si pudiera hacerlo desaparecer.

Y entonces vio más movimiento. El corazón le aporreaba con fuerza las costillas.

Otro ente salió de entre los árboles, este vestido con una cota de malla y con una ballesta en la mano. Aún tenía mechones de pelo enganchados en la clavícula.

—¿Aderyn? —Ellis lo pronunció como una pregunta.

Dos entes de hueso. Y no eran viajeros perdidos ni tramperos; vestían armaduras que costarían el salario de un año de una familia, por lo que eran soldados del cantref. No había oído de soldados enviados al bosque desde…

Desde que los príncipes enviaron tropas condenadas para intentar encontrar Castell Sidi y el caldero de la resurrección.

—Por los reyes caídos —maldijo—. Ellis, vamos a irnos. Despacio, muy despacio. Levántate.

Ellis asintió y apoyó una mano en el suelo. Comenzó a elevarse.

Una mano salió del saco de arpillera, rápida como el ataque de una serpiente, y agarró la camiseta de Ellis. Él soltó un grito ronco de sorpresa y cayó de lado.

Las cabezas de los entes de hueso se giraron hacia él.

Ryn los oyó inspirar, ese aliento lento y entrecortado que pasaba entre los dientes podridos. Y entonces el siseo de una espada al salir de la vaina. Una hoja brilló y Ryn envolvió el hacha con los dedos.

Por encima de ellos, los últimos vestigios de la luz del sol se disiparon del cielo.

10

U n ente de hueso se abalanzó, alzando el filo brillante de una espada. Ryn se apartó a un lado.

Oyó el siseo y el roce fantasmal del viento. El ente
de hueso se giró y volvió a alzar el arma. Ryn detuvo el golpe
con la curva del hacha. Notó una sacudida dolorosa en los
brazos.

Por el rabillo del ojo, vio a Ellis forcejeando con el tercer ente de hueso, el que habían metido en el saco. Estaba
hecho pedazos, los dedos agarraban el cuello de la camiseta de Ellis mientras el resto se removía dentro del saco. Parecía una bolsa llena de ratas que intentaban escapar; en
otro momento podría haber resultado divertido, pero ahora
no.

El segundo ente de hueso levantó la ballesta y Ryn sintió
que el tiempo se ralentizaba. Vio la punta oxidada de la flecha
brillar a la luz de la luna.

Arrojó el hacha, que voló de forma descontrolada por el
aire, y la empuñadura golpeó al ente de hueso en el pecho. La
cota de malla redujo el golpe, pero no lo detuvo. Ryn se abalanzó sobre la criatura, agarró el hacha del suelo y apuntó a la
garganta desprotegida del ente de hueso. La cabeza cayó a la
maleza. La mandíbula de la criatura chasqueó, como si solta-
ra una reprimenda.

Entonces le golpeó el segundo ente de hueso con el codo cubierto por la armadura. El dolor le atenazó el cráneo y cayó al suelo. Una de las manos huesudas le envolvió el tobillo y la arrastró para acercarla. Ryn escarbó en el suelo del bosque para tratar de buscar un punto de apoyo mientras la criatura se inclinaba sobre ella.

Con un grito, Ryn arañó la mano para liberarse, pero el esfuerzo fue tan infructuoso como el de un roedor atrapado en el abrazo de una serpiente; la apretó con más fuerza y el ente de hueso se inclinó sobre ella con la boca muy abierta. Oyó de nuevo la terrible respiración y se preguntó si estaría intentando hablar.

Una flecha de ballesta se estrelló contra la criatura.

Ryn levantó la mirada y vio a Ellis a su lado. Tenía una mueca mientras apuntaba con la ballesta una segunda vez. Disparó y la flecha aterrizó en el primer ente de hueso, en un hueco de la armadura.

Este se retorció y miró el asta de madera que emergía del lugar donde habría estado su corazón. Ladeó la cabeza para estudiar el arma, más confundido que herido.

Ryn apretó los dientes y soltó un exabrupto entre dientes al tiempo que alcanzaba el hacha del suelo. Estaba atrapada debajo de ella, por lo que rodó con dificultad para liberar el arma.

El ente de hueso se llevó las manos al pecho y se separó las costillas para sacar la flecha. La criatura miró a Ryn y la joven atisbó los dientes amarillos. El hacha seguía debajo de ella y no podía sacarla lo bastante rápido.

La criatura abrió más la boca y un sonido emergió de la garganta vacía. No eran palabras de verdad, pero tal vez sí el recuerdo de las palabras pronunciadas en un grito seco.

A Ryn se le heló la sangre. Le golpeó la rodilla, donde la armadura estaba articulada. Clavó el hacha en la articulación y el ser cayó a un lado. Ryn se arrastró hacia atrás y entonces notó unas manos en los hombros que tiraron de ella. El mundo se tambaleó y se dio cuenta de que estaba temblando con violencia. Ellis parecía igual de inestable.

El ente de hueso extendió el brazo y palpó el mango de madera del hacha con los dedos amarillos. Apretó y tiró del hacha, pero la hoja debía de haberle dañado porque la criatura no pudo levantarse.

Fue suficiente. Ryn se lanzó adelante y tomó el hacha.

La balanceó, aunó todas sus fuerzas y soltó un grito salvaje. No era de miedo, sino desafiante.

El hacha bajó, silbando en el aire, y golpeó al ente de hueso en la columna.

Lo destrozó.

Parte por parte, hueso por hueso, Ryn desmembró a la criatura, liberó los huesos de la armadura, lo rompió todo hasta darse cuenta de que estaba jadeando. El sudor le resbalaba por la frente y le picaba en los ojos, y estaba emitiendo un sonido terrible, un bramido de desafío que no recibía respuesta.

El corazón aún le daba tumbos, le temblaba todo el cuerpo por el miedo. Su respiración era demasiado pesada y empañaba el aire frío de la noche.

Le sangraban los dedos. Se le había quebrado una uña y supuraba lentamente. Reparó en otras lesiones: probablemente tuviera hematomas en los antebrazos y le dolían las escápulas de los hombros.

—¿Dónde ha ido el otro? —preguntó.

—No lo sé. —Ellis giró en círculo con el dedo en el gatillo de la ballesta—. Creo que ha vuelto al bosque. ¿Estás bien?

—Creo que sí.

—¿Qué… qué ha pasado? —La voz de Ellis era tensa, como si hubiera estado gritando. A lo mejor lo había hecho.

Ryn miró lo que quedaba de la criatura. Pedazos de huesos viejos, armadura oxidada y una flecha astillada.

—Nos han atacado.

—De eso ya me he dado cuenta. —Una sonrisa débil titiló en los labios de Ellis—. Pero cuando hablabas de los entes de hueso, parecían... rezagados, no un ejército de muertos.

Ryn sentía que el mundo había dado un vuelco y le costaba erguirse.

—No son un ejército. Se supone que no.

Ellis se arrodilló al lado de uno de los entes de hueso.

—Pues lleva armadura. Y es buena, esta la he visto en Caer Aberhen. Este hombre seguro que marchaba a la guerra, vestido así. —Miró a Ryn—. ¿Alguna vez ha cruzado el bosque un ejército? ¿Pueden ser desertores?

Ella sacudió rápido la cabeza.

—Nadie enviaría un ejército al bosque —respondió vacilante—. Bueno, no desde...

Él lo entendió rápido.

—Cuando los príncipes buscaban el caldero de la resurrección. Enviaron a soldados a las montañas. Ninguno regresó. —Tocó la pechera del soldado y recorrió con los dedos el metal oxidado—. Supongo que esto es lo que les sucedió. —Alzó la mirada—. No era solo una historia.

Una profunda sensación de incomodidad la hizo mirar a su alrededor.

—Deberíamos regresar al pueblo. Allí estaremos a salvo. Está la...

Verja de hierro. Las palabras se le atascaron en los labios.

Recordó las barras de hierro en la carreta, el repiqueteo del metal sobre metal cuando el hombre las metió allí. Eynon iba a venderlas y cuando llegara el invierno y la gente pasara hambre, demostraría al mundo lo generoso que podía ser mientras les vendía grano.

Pensó en su familia, sentada a la mesa para la cena.

Y pensó en la amenaza que había lanzado a medias a Eynon: «Cualquier muerto que aparezca en el pueblo vendrá por voluntad propia». Unas palabras descuidadas pronunciadas desde la seguridad de que no sucedería.

Ya no estaba tan segura.

II

Faltaba una gallina.

El viejo Hywel movía el dedo en el aire mientras contaba y recontaba. Estaba seguro, había once aves apostadas en las paredes del establo. Les gustaba anidar alto, fuera del alcance de los zorros y los perros extraviados. Una de las gallinas lo miraba con sus pequeños ojos oscuros observadores. Hywel cruzó el granero, murmurando para sus adentros mientras pasaba por la zona de las ovejas, que pasaban la noche dentro y habían entrado todas corriendo cuando sacudió un cubo de grano. Era fácil conducirlas a casa.

Pero no a las gallinas. A las gallinas les gustaba moverse. Más de una vez había encontrado una en los árboles o incluso encima de la casa. En una ocasión tuvo un gallo al que le gustaba apostarse en el muro del pueblo y cantar cada pocas horas, amaneciera o no. Uno de los patrones de la posada se mostró molesto con el ruido y la sopa del Red Mare tuvo sabor a pollo unas cuantas noches.

Hywel cerró la puerta del granero y se dirigió a la casa. El sol estaba bajo en el cielo, la luz se derramaba por encima de los campos y proyectaba largas sombras. No quedaba mucho tiempo para buscar a la gallina necia, pero con la proximidad del invierno, no tenía elección.

Alcanzó el cubo y lo agitó con la esperanza de que el sonido atrajera a la criatura.

—Vamos, condenada —murmuró. Si su mujer estuviera viva, lo habría mirado con mala cara por el lenguaje. Pero ella había enfermado unos años atrás y lo había dejado con una casa que le parecía demasiado grande y un pueblo que se le antojaba demasiado pequeño. Por mucho que sus amigos lo animaran a que se mudase al centro de Colbren, él siempre se negaba.

Su granja y su molino eran su hogar. Además, tenía demasiado trabajo como para sentirse de verdad solo.

Sacudió el cubo una segunda vez al tiempo que recorría los arbustos con la mirada.

Algo se movió.

—Ah, ahí estás. —Hywel soltó el cubo y se acercó. Se adentró en la sombra de los árboles. Un olor extraño impregnaba el aire: putrefacción y metal. Había algo en ese olor que le puso la piel de gallina.

Su instinto lo instó a detenerse.

Una criatura emergió de entre los matorrales.

Los huesos estaban teñidos de marrón, la mandíbula amplia se abría en una sonrisa de calavera. En las manos llevaba una espada oxidada.

Hywel era uno de los ancianos de Colbren cuya familia había residido ahí desde el principio. Conocía las magias salvajes, la exuberante belleza y los peligros de las montañas. Y sabía que esas criaturas no hablaban la lengua de la compasión, así que no suplicó. Tampoco levantó el brazo para defenderse cuando el ente de hueso le atravesó la garganta con la espada.

En el tejado del granero, una gallina solitaria observaba las figuras que comenzaron a emerger del bosque.

12

Ryn oyó el revuelo antes de llegar al pueblo.

El silencio de la noche se vio interrumpido por el cloqueo agudo de las gallinas asustadas, los balidos incansables de las ovejas y el repiqueteo de la puerta de un granero por el intento de sus ocupantes de salir. Ryn salió del camino y giró a la izquierda, hacia la granja de Hywel.

—¿Qué pasa? —preguntó Ellis. La mochila cayó de su codo y sostuvo la ballesta con ambas manos—. ¿No es mejor que sigamos?

Ryn sacudió la cabeza.

—Algo va mal.

Ellis la miró como diciendo que sí, que por supuesto que algo iba mal, que todo iba mal desde que había anochecido. Ella giró la cabeza hacia el granero.

—¿Oyes eso?

—Es una granja —señaló él—. Pensaba que las granjas tenían ovejas.

—Las ovejas no se asustan por la noche —replicó Ryn—. Ni las gallinas ni las cabras. A menos que algo las asuste.

Dio dos pasos y saltó una pequeña verja de madera. Ellis la siguió.

La granja de Hywel era un lugar conocido para ella, el hombre había sido amigo de su abuelo. Recordaba el olor de la cebada recién molida y la rica mantequilla de leche de oveja que el hombre les regalaba.

Rodeó la esquina del granero y se detuvo de golpe.

Antes de que Ellis pudiera seguir, ella lo detuvo posando la mano en su pecho. Él gruñó, sorprendido.

—¿Qué pasa?

—El ente de hueso de la espada —explicó y dio la vuelta—. Creo que ha venido aquí.

Ryn estaba familiarizada con la imagen de los cadáveres, pero los cuerpos que había visto se los había llevado la enfermedad, una herida que se había infectado o la vejez.

La sangre se extendía por la hierba y el anciano formaba un bulto en el suelo, con la cabeza medio arrancada del cuerpo. Ryn notó los pasos de Ellis a su lado y oyó la maldición que soltó.

No había tiempo para la pena, eso tendría que esperar a después.

—Aderyn. —Vaciló, pero continuó—: En las historias, esos soldados que enviaron a las montañas para recuperar el caldero, ¿cuántos eran?

Ella tardó varios segundos en responder. Le costaba mucho pensar.

—No… no lo sé. ¿Decenas? ¿Centenas? Las historias no lo especifican. ¿Por qué?

Ellis señaló con la cabeza los campos que se extendían más allá.

Ryn no lo vio enseguida, la oscuridad ayudaba a ocultar de la vista la hierba aplastada y el barro fresco. Los campos tenían el mismo aspecto que en los tiempos en los que las ovejas pastaban de un lado a otro. Pero no vio el patrón típico de las pezuñas de los animales, sino huellas de botas.

Había muchas. Demasiadas.

Ryn salió disparada a toda velocidad colina arriba, hacia el pueblo. El mundo daba vueltas, saltaba con cada paso, y le ardían los pulmones en busca de más aire.

Ellis la siguió hasta la herrería y Ryn aporreó la puerta con el puño varias veces. Si se podía asegurar de que los ocupantes estaban despiertos, a lo mejor tenían una oportunidad.

El muchacho de Morwenna salió tambaleante de la casa con sus piernas y brazos desgarbados. Miró a Ryn, confundido.

—¿Qué…?

—Despierta a todo el mundo —gritó ella y el chico se sobresaltó—. Morwenna. Dile que Hywel está muerto.

El joven la miró con la boca abierta.

No podía explicarle más, tardaría demasiado tiempo.

—Despierta a todo el pueblo —le pidió. Él asintió y salió corriendo a la siguiente casa.

Esperaba que fuera suficiente para levantar a los demás. Sus pies la llevaron al oeste, a la casa donde sabía que dormía su familia. Ellis iba detrás de ella, oía las botas golpeando la tierra compacta del suelo.

Mientras cruzaba el patio delantero, sus pies encontraban los espacios ya conocidos entre las rocas y la hierba. La puerta estaría cerrada, pero sabía que, con un ligero movimiento hacia arriba, el pestillo cedería. Llevaba años diciendo que tenía que arreglarla, pero nunca lo había hecho. Ahora se alegraba. La puerta se abrió y entró.

Chocó con algo. Algo tan alto como ella, con ropa y pelo, y levantó el hacha. Oyó un grito y se tambaleó. Un siseo y una de las lámparas se encendió. Gareth estaba en el pasillo, con sombras en la cara y el ceño fruncido.

—Por los reyes caídos, Ryn, ¿dónde has estado? ¿Quién… quién es ese?

Ella no respondió. Se acercó a la puerta, la cerró detrás de Ellis y echó el pestillo.

—¿Es segura la casa?

El chico no la cuestionó.

—Sí, ¿por qué...?

—Ve a por la mesa —le dijo Ryn a Ellis. Este asintió y pasó junto a Gareth, quien lo miraba anonadado.

—¿Quién es?

—Hywel está muerto —le indicó Ryn.

Las palabras fueron como un golpe.

—¿Qué? —preguntó con incredulidad.

Se oyó un gruñido en la cocina y después el chirrido de las patas de la mesa contra el suelo de madera. Ryn se acercó rápido para agarrar el otro extremo de la mesa. Ellis parecía sostener la mayor parte del peso con el brazo derecho; tal vez tenía el izquierdo herido.

—Agarra el otro extremo, Gareth.

Su hermano no se movió.

—¿Qué está pasando?

—Entes de hueso. Nos han atacado —explicó—. Creo que también a Hywel. Bueno, supongo que pueden haber sido bandidos, o que una de sus gallinas haya levantado un cuchillo, pero no lo creo.

—¿Qué? —Esa era Ceri, que salía de su habitación y se frotaba los ojos.

—Gareth, agarra el otro lado de la mesa —repitió Ryn.

Lo hizo, pero de forma inestable; los bordes de la mesa rebotaron en las paredes.

—¿Vamos a bloquear la puerta? —preguntó Ellis—. ¿Y las ventanas? ¿Hay alguna otra forma de entrar?

A Ryn le dolía la mandíbula y tuvo que relajar los dientes para responder.

—La despensa. —Miró por encima del hombro izquierdo—. Hay una puerta en la despensa, en la parte trasera de la casa. Da al exterior.

—¿Hywel está muerto? —preguntó Ceri con el rostro pálido como la luz de la luna.

—Sí —contestó Ellis—. Lo siento. —La mesa era demasiado grande, pero consiguieron ladearla y girarla para que la superficie plana quedara presionada contra la puerta.

—Necesitamos algo pesado —dijo Ryn, resollando—. Gareth, lleva algunas sillas. Ceridwen, ¿puedes cerrar con pestillo la puerta de la despensa?

La niña asintió y dio media vuelta. Desapareció al otro lado de la esquina. Gareth se apresuró hacia la cocina. Ryn se apoyó en la pared; por un momento, el agotamiento, el dolor y los cortes parecieron sobrepasarla. *Por los reyes caídos.* Lo único que quería era acurrucarse en la cama, disfrutar del olor familiar de la lana y el humo de la hoguera, cerrar los ojos y fingir que nada de esto era real.

—Aderyn.

Cuando abrió los ojos, Ellis estaba a su lado. Tenía el brazo extendido, pero lo dejó caer. Una parte de ella, egoísta, se alegraba de su presencia. Así no tenía que temer sola.

—Seguro que te alegras de haber venido a Colbren —dijo con una risita temblorosa.

Él buscó las palabras, pero no pareció encontrarlas.

—Eh… sí. Sigo contento.

—No sé si eres un necio o estás un poco loco —comentó ella sin sonreír.

Ellis abrió la boca para responder, pero algo golpeó la puerta.

La casa reverberó con el golpe. Los tarros repiquetearon en los estantes, una cuchara de madera se descolgó del gancho, el polvo se deprendió de las vigas y cayó en el pelo de Ryn. Antes de comprender lo que estaba haciendo, se arrojó con todo su peso contra la mesa volcada.

Gareth medio corrió, medio se tambaleó hacia la entrada, arrastrando dos sillas. Tenía la cara pálida como el hueso, pálida como...

Algo golpeó la puerta por segunda vez. Ryn formó con la boca un improperio silencioso cuando la mesa se movió un milímetro. El pestillo estaba viejo, su objetivo era evitar que entraran los niños de los vecinos, no detener una invasión de muertos.

Gareth y colocó una de las sillas contra la mesa. Ryn pegó la frente a una de las patas de la mesa y se preparó para otro impacto.

—¿Dónde está Ceri? —preguntó Gareth.

—Ha bajado a la despensa —respondió Ryn, todavía sujetando la puerta.

—Puedo ir con ella —propuso Ellis rápidamente—. Los tres apenas cabemos aquí. Iré yo. —Ella asintió y se quedó mirándolo cuando se volvió y desapareció de la vista.

* * *

La casa de Ryn era... agradable.

Era un pensamiento extraño en medio de un asedio, pero Ellis no pudo evitar pensarlo. Los robustos muros de madera, los arañazos del suelo, las flores secándose en un jarrón de arcilla; todo tenía un aspecto cómodo y acogedor. Caer Aberhen estaba hecho de piedra y era incómodo y frío en invierno. Aunque siempre le pareció bonito, nunca fue de verdad su hogar.

Esta casa, sin embargo, radiaba calidez y poseía la comodidad de una prenda de vestir vieja: usada y suave.

Al menos cuando no la atacaban. Oyó otro porrazo en la puerta y aceleró los pasos. Encontró la despensa rápido, pues había una puerta en la cocina. Estaba un poco abierta, y podía oler el aire húmedo y fresco de la parte inferior de la casa. Había una lámpara de aceite en las escaleras estrechas.

—Ceridwen. —Había oído a Aderyn usar el nombre—. ¿Estás ahí?

Se oyó un sonido abajo, era un ruido animal, ahogado y sin palabras.

Sus pies se movieron antes de que lo hiciera su mente. Bajó las escaleras corriendo, con el corazón acelerado.

La despensa estaba compuesta de tierra compacta y estantes, era poco más que un lugar fresco para almacenar la comida. Había una puerta pequeña que daba afuera y que estaba medio arrancada de las bisagras.

La chica, Ceridwen, estaba en las manos de un hombre muerto.

Este ente de hueso apestaba a carne podrida y le colgaba pelo blanco del cráneo. No hablaba, pero de su pecho brotó un sonido terrible, un gruñido ronco. Tenía los dedos ennegrecidos y putrefactos, y los tenía enredados en el pelo de Ceridwen. Con la otra mano agarraba un cuchillo sucio.

Ellis se abalanzó y agarró a la chica para intentar liberarla de los brazos de la criatura. Tenía el pelo enredado en los nudillos huesudos, pero no gritaba. Su silencio era todavía más aterrador.

Una niña. Este ente de hueso había atacado a una niña, y Ellis comprendió que quería destrozarlo, hueso a hueso, por hacer algo así.

Golpeó a la criatura con el hombro bueno y esta soltó a Ceridwen. El cadáver se tambaleó hacia atrás, llevándose con él varios pelos largos. La niña se alejó a rastras.

El ente de hueso se lanzó a por Ellis y este notó el tacto de sus dedos en la garganta. Fríos y húmedos, como las hojas caídas tras una larga lluvia. Ellis atacó con el antebrazo y apartó la mano antes de que pudiera cerrarla alrededor de su cuello.

La criatura intentó adelantarse y movió la boca para emitir un bramido silencioso.

Ellis le asestó un puñetazo en la mejilla. Le dio, pero el golpe pareció dolerle más a él que al ente de hueso. El dolor se extendió por su brazo mientras que el ser se quedó impertérrito.

Una jarra se estrelló en el cráneo del ente de hueso. Algo espeso y oscuro resbaló por su cara y los cristales se le clavaron en las mejillas. La criatura retrocedió.

Ellis dio media vuelta y vio a Ceridwen al lado de una fila de jarrones de cristal, con uno en las manos. Tenía los labios pálidos, apretados, pero no huyó. Levantó el segundo jarrón y lo lanzó.

Distraído, Ellis no vio la otra mano del ente de hueso. Le agarró el pelo y le dobló el cuello en un ángulo doloroso, y luego le estampó la cabeza contra la pared.

Ellis vio estrellitas detrás de los párpados. Parpadeó una vez, dos, muchas, y se dio cuenta de que estaba mirando el techo. Estaba sucio y los reversos de los tablones de madera de la casa giraron como locos un momento. El hombro izquierdo le palpitaba al ritmo del corazón y fue este dolor el que lo trajo de vuelta. Este dolor era tan familiar como una canción de cuna, formaba parte de él tanto como su nombre. Rodó y tosió cuando el aire volvió a los pulmones.

Notó el olor del ente de hueso cuando se colocó encima de él. Acre, intenso y nauseabundo. Se atragantó al inspirar, sufrió un espasmo y tuvo que toser varias veces con la esperanza de no ponerse a vomitar.

Se giró y vio que la criatura volvía a dirigirse hacia Ceridwen. La niña levantó el jarrón.

Ellis agarró al ente de hueso por el tobillo y tiró. La fuerza nació de la furia y lo hizo sentir ingrávido e inquietantemente intocable. No iba a permitir que esa criatura hiciera daño a la niña. Tan sencillo como eso. No le importaba su propio dolor ni la posibilidad de que él muriera en el intento. Él no importaba.

El ente de hueso cayó al suelo, pateó y golpeó a Ellis en el hombro. Este reprimió un grito, pero no lo soltó. Las botas de la criatura eran de piel pesada y vio la marca en la parte del tobillo, una marca de artesanía. Le resultaba más fácil concentrarse en estos pequeños detalles, fijarse en las partes en lugar de mirar la imagen completa.

—¡Apártate de él! —El grito vino de arriba. Ellis levantó la mirada y, para su gran alivio, vio a Aderyn. La hoja del hacha se clavó en el suelo y el ente de hueso se derrumbó bajo el arma. Aderyn la sacó y la blandió para atacar de nuevo.

El ente de hueso pateó a Ellis, quien se aferró a él. El muerto miró a Aderyn y su rostro medio podrido se contorsionó. Abrió la boca, como si fuera a hablar.

—Lo lamento —dijo ella—. Lo lamento mucho.

Y entonces le arrancó la cabeza.

Ellis oyó el ruido sordo cuando el ente de hueso se derrumbó, retorciéndose, en la tierra dura. Pero no era del hombre muerto de quien no podía apartar la mirada, era de Aderyn. Su expresión era terrible: contorsionada por el miedo, el horror y algo a lo que no supo poner nombre. La mujer se llevó una mano a los labios, con el pecho agitado, como si estuviera aguantando las náuseas.

—Ryn, ¿qué...? —Gareth rodeó la esquina con un cuchillo de cocina en la mano.

Cuando vio la cabeza del hombre muerto, el cuchillo cayó en el suelo. Se tambaleó de forma violenta a un lado, como si el muerto pudiera atacar una segunda vez. Gareth desvió la mirada del ente de hueso hacia Aderyn, al hacha que aferraba con la mano pálida. Y entonces soltó una maldición.

—Ha vuelto —murmuró Ceridwen con voz temblorosa—. Ha vuelto.

—¡Gareth! —La voz de Aderyn sonaba entrecortada—. ¡La puerta principal!

Por un momento, el chico pareció confundido; miró a su hermana y las escaleras. Entonces asintió y se marchó.

—Ve con él, Ceri —le indicó Aderyn. Y luego, más fuerte—: ¡Ceri!

La niña pareció recordar que estaba ahí. Miró a su hermana antes de apresurarse escaleras arriba.

—Ese hombre —dijo Ellis—. Ceri ha dicho «ha vuelto». —Aderyn lo miró a los ojos. Parecía exhausta y pálida y, por primera vez desde que se conocieron, un poco derrotada.

Aderyn miró al hombre decapitado.

—Era… —comenzó, pero las palabras parecieron atascársele en la garganta. Tragó saliva—. Era nuestro tío.

Ellis había cruzado ya el límite del asombro. Habían sido muchas sorpresas y, al parecer, el entumecimiento se había apoderado de él. Aderyn le dirigió una mirada rápida antes de desviarla hacia el muerto de nuevo.

—Vamos —dijo Ellis—. Deberíamos intentar volver a poner la puerta en sus goznes.

Los ojos de Aderyn seguían fijos en el hombre, incluso cuando levantó la puerta. Él fue a ayudarla; el pánico había arrasado todos los pensamientos y el dolor, pero sabía que tendría que lidiar con el hombro por la mañana. Si es que sobrevivían tanto tiempo. Juntos, levantaron la madera y la arrastraron hacia el marco.

Oyó en la distancia gritos y ruidos de metal contra metal.

Los entes de hueso no estaban atacando solo esta casa. Debían de estar en todas partes.

Mientras intentaban ladear la puerta, Ellis miró fuera. La luz de la luna iluminaba el patio y un movimiento atrajo su atención.

Vio entonces a la cabra.

La última vez que la había visto, regresaba a casa, pastando por el camino. Habría hecho mejor quedándose en el bosque.

Había delante de ella tres entes de hueso con las armas en alto. Y la cabra no retrocedió.

Aderyn se sobresaltó.

—Oh, no. —Alzó la voz—. ¡Cabra! ¡Cabra!

El animal no se giró, pero sí movió las orejas hacia el sonido. Bajó la cabeza en señal de amenaza y estampó la pezuña en el suelo.

—Está defendiendo la casa —murmuró Aderyn con voz temblorosa—. Maldita sea.

—No podemos salir. —Ellis le dio un pequeño empujón a la puerta y Aderyn tuvo que ayudar para no arriesgarse a que cayera—. Lo siento, pero tenemos que colocar la puerta.

La cabra cargó contra los muertos y le clavó los cuernos a uno en la cadera. Habría sido un golpe atroz si el hombre estuviera vivo. Pero el hombre no era de verdad un hombre, no estaba vivo y no sentía dolor. La agarró por los cuernos y se acercó a ella. La arrojó al suelo y la retuvo ahí.

Ellis se volvió y metió la puerta en el marco. La madera crujió y protestó, y el sonido ayudó a bloquear el ruido de las armas al atravesar al animal.

13

Con la luz del sol, los sonidos de la batalla se apagaron.

Fue de forma abrupta. En un momento, los puños golpeaban las paredes y se oían arañazos en las ventanas y al siguiente, todo cuanto podía oír Ellis era la aspereza de su propia respiración.

Había pasado el resto de la noche en la despensa, con la espalda apoyada en la puerta rota y la ballesta en la mano. Aderyn bajó varias veces a echar un vistazo, pero la mayor parte de su atención estuvo puesta en la puerta principal y su familia.

Cuando llegó la mañana, sus piernas cedieron al fin. Se sentó en el suelo sucio y cerró los ojos.

Podría haberse quedado dormido así de no ser por las voces que se oían arriba.

—… no puedo creerlo.

—Pues ha pasado. —Esa era la voz de Aderyn, que sonaba frágil por el agotamiento o la rabia, o tal vez por ambas.

—Ha estado muy cerca. —Ese era Gareth—. No podemos quedarnos aquí, Ryn. La gente lo habrá visto. La gente va a verlo. Tendremos que quemar el cuerpo, no puede quedarse en la despensa.

—¿Dónde vamos a ir? —Aderyn sonaba impaciente—. No podemos huir de esto, Gareth. Y si nos marchamos, estaremos peor que si nos quedamos. Aquí tenemos tierra, tenemos trabajos...

—¡Ya no! —gritó Gareth—. ¡Ni siquiera tenemos casa! Eynon ha esperado unas semanas para ver si volvía el tío, pero ahora que hay pruebas de que está muerto...

Ellis alejó la discusión hasta que quedó como ruido de fondo. Apoyó la cabeza en la pared, con los ojos cerrados. La riña era casi reconfortante después de la noche que habían pasado.

El sonido de pasos hizo que abriera los ojos. Era la niña, Ceridwen. Bajó las escaleras y se sentó en el suelo, con las piernas flexionadas debajo del cuerpo.

—¿Estás bien? —le preguntó Ellis. Su voz sonaba más ronca incluso que de costumbre.

Ceridwen asintió.

—Gracias a ti.

Él se encogió de hombros. Su gratitud le hizo sentir incómodo.

—Cualquiera habría hecho lo mismo.

La niña lo miró; parecía mucho mayor de lo que debería.

—No, no cualquiera nos habría ayudado.

Se quedaron allí sentados en un silencio extrañamente amigable durante varios minutos. La ausencia de peligro era tan potente como un trago de cerveza; le pesaban las extremidades y se le nublaba la cabeza por el agotamiento.

—Tu tío está muerto. —Las palabras salieron de su boca antes de que se diera cuenta siquiera de que las había pronunciado.

Ceridwen asintió y habló con voz seca.

—¿Te has dado cuenta?

—Lo siento.

El cuerpo estaba cubierto, Ellis había sacado una sábana de un armario y se la había echado encima al hombre muerto.

—Yo no. —Ceridwen miró la pared del fondo—. No era muy amable —dijo con voz monótona—. Nos amenazaba con enviarnos a la ciudad, a asilos o a orfanatos, si lo molestábamos.

Hablaba con una honestidad que parecía nacer del *shock*. Divulgaba una verdad que, en otras circunstancias, quedaría sin pronunciar. Ellis asintió con la esperanza de que el gesto sirviera como consuelo.

—Mi cabra también está muerta —añadió Ceridwen—. He encontrado su cuerpo en el patio.

—La conocí —dijo él—. Parecía una buena cabra.

Ceridwen asintió. Tenía la mirada distante de alguien que había perdido demasiado en muy poco tiempo.

—Lo era.

—¿Cómo se llamaba?

La niña soltó una risita ahogada y negó con la cabeza.

—No… nunca le pusimos nombre. —Otra carcajada—. Mi tío decía que a lo mejor que nos la comíamos algún día, y ponerle nombre lo haría más difícil. Así que la llamábamos simplemente Cabra. Ahora nunca tendrá nombre.

Tal vez cualquier otro día a Ellis le parecería extraño llorar la pérdida de una cabra. Pero tras pasar la noche defendiéndose de hordas de muertos vivientes, este dolor le resultaba de lo más normal.

—Mis condolencias —murmuró con toda sinceridad.

Ceridwen asintió de nuevo. Luego se levantó.

—¿Tienes hambre?

Ellis se encogió de hombros. Estaba tan preocupado que ni lo sabía.

—Voy a preparar el desayuno —indicó la niña y, después, con decisión—: Ven a ayudarme.

Ellis se levantó.

—¿Primero eludimos a entes de hueso y luego comemos gachas?

—Sí.

* * *

Colbren olía a muerte y a quemado.

Había mucho que arreglar: puertas, pestillos rotos, y eso sin mencionar las gallinas muertas y la cabra. A Ryn le daban ganas de meterse en su habitación y dormir una siesta solo de mirar el estado de la casa. Pero no había tiempo.

Primero tenía que ocuparse de su tío.

Esperaba que nadie la viera.

Una esperanza inútil. Colbren era un pueblo pequeño y si sabía algo de los pueblos pequeños era que estaban llenos de miradas agudas y habladurías.

Muchos la vieron con la carreta por el pueblo.

—¿Un ente de hueso o uno de los nuestros? —preguntó una anciana con el pelo recogido en la cabeza y los nudillos estropeados por la edad. Su cara era la imagen de la preocupación.

—Ente de hueso —se apresuró a responder Ryn, y siguió empujando la carreta. La anciana se agachó antes de que pudiera detenerla y apartó la sábana.

Cuando vio la carne disecada y la coronilla semicalva, apartó la mano y soltó la sábana. Ryn cerró los ojos y se tambaleó. *Tendría que haber dejado la cabeza en la casa*, pensó. Y el pensamiento era tan morboso que casi se echó a reír.

—Lo siento —dijo la anciana con rostro afligido—. Teníamos la esperanza… de que volviera.

La gente siempre ofrecía sus condolencias para el dolor. Estas siempre eran vacías.

—Gracias. —Era la respuesta correcta, pero no fue capaz de insuflar mucha emoción en la palabra. La noticia sobre su tío se difundiría rápido.

Su tío estaba muerto... y había que pagar las deudas.

Trasladó a su tío a la herrería y notó un hormigueo en la piel al tocarlo. Estaba húmedo y pesado, demasiado inmóvil, y olía a tierra del bosque. Hacía años que no se sentía incómoda delante de un cadáver, pero le dieron ganas de huir de este. Se obligó a contemplar las llamas que lo consumían, a observar las chispas que prendían la ropa.

El vacío se apoderó de ella. No se atrevió a pensar demasiado en sus propias reacciones por miedo a lo que pudiera encontrar.

Había demasiados entes de hueso como para llevarlos a la herrería. Ryn ayudó a otras personas a apilar los cuerpos en varias carretas y los sacaron del pueblo, a favor del viento de las casas, para reunirlos en un montón. Con la hierba húmeda y la tierra mojada, costaba que prendieran las llamas, pero lo intentaron entre varios hombres. Al fin lograron encender un fuego ondulante y el humo se alzó hacia el cielo.

Fue un trabajo duro. Había demasiados cuerpos, la mayoría de entes de hueso, pero también algunos de habitantes del pueblo, y las manos hábiles eran escasas. Los que pensaban que los entes de hueso eran una mera historia aguardaban en medio del caos y se miraban entre sí, al menos hasta que Enid los instó a moverse. Pero nadie se quejó, ni del trabajo ni del olor.

Ni un solo cuerpo, ente de hueso o aldeano, podía quedar en el pueblo por si volvía a despertar al anochecer. Aquellos que lloraban alguna pérdida lo hacían en silencio; la tradición de llevar comida a los dolientes tendría que esperar a que el pueblo volviera a ser un lugar seguro.

Ryn vio a Morwenna arrancando los tablones viejos de una casa abandonada para reparar la puerta de la herrería. Era la misma actitud de la mayoría: aquellos que vivían en la naturaleza eran tan testarudos como leales. Colbren devoraría sus propias casas antes que rendirse.

Eynon salió de su casa a mediodía. Tenía un aspecto más descuidado del que Ryn recordaba haber visto nunca, con los ojos enrojecidos y el cabello despeinado. Llevaba un cuchillo de cocina amarrado al cinturón.

Ryn echó a andar hacia él antes siquiera de reparar en sus intenciones. Pegó la mano al pecho del hombre para detenerlo. La rabia nacida de la indefensión era la peor. Tenía ganas de gritar, de atacar, de arrojar el hacha a algo que pudiera romper. Había estado a punto de perder lo que le quedaba de su familia la noche anterior y no estaba segura de poder defenderla una segunda vez. Los entes de hueso eran demasiado numerosos y ellos no sufrían dolor ni agotamiento.

Eynon los había puesto en esta situación a todos. Y Ryn deseaba que sintiera lo mismo que ella: el mismo temor corrosivo y furia mordaz.

—Se lo dije —espetó, sin hacer un esfuerzo por permanecer callada—. Le dije que no quitara la verja de hierro.

—No me toques —protestó él. De las esquinas de los ojos le brotaban chispas de ira que tensaban las arrugas.

—¡Esto es culpa suya! —Señaló el cuerpo que habían transportado entre Morwenna y ella.

—¿Culpa mía? —Torció la boca para formar una mueca—. ¿Mía? ¡No soy yo quien se adentra en el bosque todos los días! ¡No soy yo quien los ha traído hasta aquí!

—Yo no… —Su protesta quedó en silencio.

Por los reyes caídos. Ella estuvo en el bosque la noche anterior. Se había aproximado a los límites de Annwvyn, como siempre hacía. Pero la magia terrible no la había seguido nunca a casa. Esto no era culpa de ella. Los tres rezagados que había visto fuera del bosque en las últimas semanas no estaban armados; eran cuerpos solitarios y olvidados, desenterrados.

Cada uno era protagonista de su propia tragedia. Estos entes de hueso habían venido con armaduras y espadas. Habían venido a acabar con Colbren, y posiblemente lo habían hecho porque faltaba parte de la verja de hierro.

O tal vez había cambiado otra cosa. No lo sabía.

Eynon le apartó el brazo de un golpe con el mismo cuidado con el que espantaría una mosca.

—Sé qué es lo que ha llamado a tu puerta —dijo con voz dura—. La gente habla.

Ryn tragó saliva con dificultad.

—Tu madre está muerta —prosiguió Eynon—. Tu tío está muerto. Tu padre está desaparecido... y tengo todo cuanto necesito para arruinar a tu familia. El cementerio es mío. La casa es mía. —Bajó la voz para que nadie, salvo ella, pudiera oírlo—. Ya aprenderás que amenazarme tiene un coste elevado.

Dio media vuelta y se alejó con el criado tras sus talones. El hombre fulminó a Ryn con la mirada antes de correr detrás de su señor.

Ryn notó un escalofrío en los brazos desnudos. Tenía la camiseta remangada después de pasar toda la mañana trasladando cadáveres. Una niebla pesada inundaba el cielo gris, y notaba la humedad en el pelo, en las manos, en la boca. El frío amenazaba con penetrar en sus huesos. Se quedó inmóvil. Tenía que moverse, pero no podía.

—Vamos —la animó Morwenna y le dio un codazo suave—. Preocuparse no sirve de nada cuando ni siquiera sabemos si el pueblo seguirá en pie mañana.

Las palabras dieron en el clavo. Morwenna tenía razón. Si se producía otro ataque esa noche, Ryn no sabía si Colbren podría aguantar. Era un pueblo pequeño y sus luchadores eran soldados retirados y granjeros jóvenes.

Si esto volvía a suceder...

Ryn se acercó al fuego y notó el calor en la piel desnuda. Observó las llamas, que devoraban hueso y tendón.

Este sería el fin de Colbren.

Este sería el fin de su familia.

Este sería el fin de su hogar, el único lugar donde se había sentido a salvo.

A menos que...

Pensó en un hatillo de manzanas y un tronco con musgo. Pensó en los espacios tranquilos entre las sombras y los árboles, los momentos en los que sentía que algo la observaba, algo que no la asustaba.

Pensó en su padre, en sus dedos enredados en su pelo mientras le besaba la cabeza. Y en la cuchara de amor rota en su bolsillo.

No había guerrero que pudiera detener a los muertos.

Pero tal vez una enterradora sí.

LOS MUERTOS

E mpezó con una caza.

La fortaleza de Caer Aberhen no necesitaba comida, pero su príncipe era un hombre inquieto. Era joven y había perdido a su padre y a su madre a causa de la tos. Le irritaban las restricciones de su nueva posición y, cuando las interminables reuniones y gestiones lo superaban, anunciaba su salida.

La caza debería de haberse limitado a su cantref, pero el príncipe galopó más allá. Le gustaba el viento en la cara, el olor de los árboles y las montañas y, antes de darse cuenta, su caballo, nervioso, empezó a alejarse de los árboles.

Llegaron a los límites de Annwvyn.

El príncipe conocía todas las historias de las montañas. Recordaba temerlas de niño, esconderse debajo de las mantas por si uno de los pwcas se colaba en su habitación y se lo llevaba. El recuerdo del temor lo volvió imprudente ahora, le infundió el deseo de demostrar su coraje. Espoleó al caballo para que siguiera al trote y entró en el bosque.

No encontró caza ni monstruos. Se rio, pues había demostrado que las historias no lo habían detenido. Pero entonces una rama crujió detrás de él y el príncipe vio a la criatura emerger de entre la maleza. Al principio, se le aceleró el corazón por el miedo; después vio que no se trataba de una criatura.

Era el espectro de un niño de mejillas hundidas, silencioso, de unos tres o cuatro años de edad. El príncipe bajó del caballo y se acercó a él, le preguntó dónde estaban sus padres, pero el niño no pudo responder. El príncipe lo tomó en brazos, lo subió al caballo, delante de él, y regresó a Caer Aberhen. Cada paso que daba la bestia hacía gritar de dolor al niño y el príncipe lo agarró por el *hombro izquierdo. Buscó heridas en él, pero solo halló una cicatriz antigua.*

—¿Cómo te hiciste esto? —preguntó, pero el niño no respondió.

El pequeño solo pronunció palabra tras tomar un baño y comer un plato caliente.

—Ellis —dijo cuando el príncipe le preguntó su nombre.

No sabía dónde estaban sus padres, tampoco si estaban vivos.

—Te quedarás aquí —declaró el príncipe y lo entregó al cuidado de los criados. El príncipe consideraba a Ellis una prueba de su caridad y benevolencia. Presentaría al niño a los nobles que fueran de visita, contaría la historia de cómo había encontrado a Ellis, huérfano y solo, y recibiría los elogios por haber dado al pequeño un buen hogar.

Ellis mantenía la mirada gacha y hablaba solo cuando le hacían una pregunta. Le gustaba Caer Aberhen, con su piedra robusta y pasillos sinuosos. Le gustaba sentarse en el tejado y contemplar a la gente entrar y salir. Le gustaban las rebanadas gruesas de pan oscuro relleno de arándanos deshidratados que le guardaba la cocinera. Le gustaban los tutores y aprender, aunque le daba miedo hacer preguntas.

La cocinera se encariñó con él. Le echaba en las gachas bayas deshidratadas y miel, y le compraba tinturas de corteza de sauce cuando le dolía el hombro. Poco a poco, fue tomando confianza. Sonreía, hablaba e intentaba hacer amigos, pero los otros niños lo evitaban. No sabían qué pensar de él y Ellis pasaba la mayor parte del tiempo en el jardín, bajo las hojas gruesas de un viejo olmo escocés. No podía trepar, su brazo izquierdo no soportaba su peso, pero le gustaba sentarse con la espalda apoyada en el árbol y un libro entre las rodillas.

No le gustaba ser la prueba de la benevolencia del príncipe. Le hacía sentir tan fuera de lugar como un perro extraviado a la mesa de un noble. Y a pesar de los tutores y la buena comida, Ellis nunca cometió el error de pensar que él pudiera ser un noble. Los otros niños se aseguraron de ello. Un día, una niña dos años mayor que él, con los ojos tan azules como el cielo de invierno e igual de cálidos, lo tiró al suelo de una patada y lo retuvo con el pie en el hombro izquierdo. Los ojos se le llenaron de lágrimas por el dolor y la humillación, y un criado amonestó a la niña por su comportamiento, que tildó de indigno. Pero el criado hizo poco más que dirigirle una mirada a Ellis y no le ofreció una mano. Se levantó él solo, con las mejillas enrojecidas y el hombro dolorido.

Cuando Ellis declaró que quería ser cartógrafo y se convirtió en aprendiz, hizo amigos. No les habló nunca de su pasado, por lo que estos supusieron que era el hijo ilegítimo de algún noble. Era una historia bastante común, y soportó algunas bromas afables por su falta de apellido. Le encantaban los mapas, ¡cuánto le encantaban los mapas! Le encantaba la sensación del pergamino en las manos, las agujas y el cordel que usaba para hacer líneas rectas. Le encantaban incluso los números, tener que usar el pulgar para medir las distancias y trazar caminos. Había lógica en la actividad, nobleza. A fin de cuentas, un pueblo podía pasar hambre si no había mapas que marcaran su existencia. Los viajeros podían desaparecer y los puntos de referencia, pasar desapercibidos.

Una parte de él se preguntaba si le gustaban los mapas porque eran una seguridad. Una promesa de que nunca volvería a quedarse sin camino.

Pero en sus sueños, vagaba por un bosque infinito y nunca era capaz de encontrar el camino a casa.

14

Ellis cruzó Colbren. Pasó por jardines destrozados y puertas desencajadas. Algunos habitantes del pueblo se reunían en el Red Mare, veía movimiento por las grietas de las ventanas tapadas con tablones de madera. Toda esta destrucción había tenido lugar en el transcurso de una sola noche. Y se acercaba otra.

Cuando llegó al patio, Ceridwen estaba en la puerta de entrada. Tenía dos gallinas, una debajo de cada brazo.

—¿Han entrado en la casa? —preguntó Ellis.

La niña sacudió la cabeza.

—No, no. Yo las he traído dentro. —Alzó la barbilla y vio en sus ojos parte del acero frío de Aderyn cuando habló de nuevo—: Los entes de hueso habrán matado a mi cabra, pero no voy a permitir que acaben también con las gallinas.

Ellis asintió.

—¿Necesitas ayuda?

—Estas son las últimas. Las dejaré en mi habitación y, con suerte, Gareth no se enterará.

—¿Dónde está tu hermano?

—Afianzando la puerta de la despensa.

Claro, se oía el golpeteo distante de un martillo contra la madera.

Aderyn apareció por la esquina de la casa con una pala en una mano y una gallina en la otra.

—Gareth se está encargando de algunos arreglos —señaló—. Las cosas han quedado bastante mal. —Levantó a la gallina por las patas. La tenía bocabajo y el ave tenía las alas extendidas, pero no las movía ni intentaba escapar; parecía tan resignada como podía parecerlo un pájaro—. Te has olvidado de esta.

Ceridwen entró corriendo en la casa.

—Sujétala un momento, por favor.

Aderyn miró a Ellis. Por unos segundos, ninguno dijo nada.

—¿Todavía quieres pagarme para que te lleve a las montañas? —preguntó ella entonces.

Él respondió tartamudeando por la sorpresa:

—Sí, pero… no querrás…

—¿Que si sigo dispuesta a hacer de guía? —terminó ella—. Pues sí, y saldremos esta noche.

—¿Esta noche? —No se habría sorprendido más si le hubiera dado la gallina y le hubiera pedido que bailara con ella—. ¿Quieres salir de noche?

—Sí. Hemos puesto tablas en las ventanas y asegurado la puerta de entrada y la de la despensa. Salvo por las puertas, este lugar es robusto. Mi casa estará a salvo, a menos que los entes de hueso traigan un ariete. En cuanto a Eynon… probablemente no tenga tiempo para desalojarnos mientras los entes de hueso estén llamando a su puerta. —Desvió la mirada al este, en la dirección de la vivienda de Eynon—. Y si los entes de hueso están concentrados en el pueblo, no verán a dos viajeros internarse en el bosque.

—¿Quieres aprovechar la batalla como distracción para que podamos acceder al bosque? —Casi esperaba que lo negase, pero ella asintió—. ¿Por qué? No haces esto solo por dinero.

Aderyn lo repasó con la mirada y se sintió como la noche que se conocieron, cuando ella lo miró impasible, desmenuzando cada pequeño detalle.

—Tú tampoco. Por mucho que afirmes que eres un cartógrafo, hay otro motivo por el que deseas ir a Annwvyn.

Podría haberlo negado, pero no tenía sentido.

—Sí. Tengo mis razones. ¿Cuáles son las tuyas?

Antes de que Aderyn pudiera responder, Ceridwen salió de la casa.

—Bien, dámela. —Le quitó la última gallina a su hermana. La criatura miró a su alrededor, como si se alegrara de que la sostuvieran del derecho. Ceridwen la sujetó entre las alas con cuidado y regresó dentro.

Aderyn la contempló con una expresión más suave que ninguna que le hubiera visto Ellis antes.

Oh.

Por esto quería ir a las montañas. Debería de haberlo sabido, pero él no sabía lo que era tener una familia. No podía entender hasta dónde sería capaz de llegar para protegerla.

—Quiero asegurarme de que no vuelva a suceder nunca más nada como lo de anoche. —Su garganta subió cuando tragó saliva—. Voy a acabar con esto.

Hubo un momento de silencio.

Ellis abrió la boca, vaciló y tuvo que probar una segunda vez.

—¿Crees… que puedes destruir a los entes de hueso?

—Sí.

Por un momento, su mente no cooperó. Estaba exhausto, probablemente en *shock*, y aquí había una joven que afirmaba que iba a acabar con los monstruos. Si pudiera reducir la situación a ángulos y distancias, tal vez podría considerarla de forma racional.

—Castell Sidi —dijo—. El caldero. Eso fue lo que empezó todo esto... si las historias son ciertas.

—Creo que hemos confirmado que las historias son ciertas —replicó Aderyn con una sonrisa sombría—. Todo comenzó cuando el caldero de la resurrección se quebró. Debió de hacer que la magia se malograra... He pensado que si puedo destruir el caldero por completo, la magia desaparecerá. En cuanto a llegar hasta Castell Sidi... La mina conduce a las montañas. Si puedo atravesarla, podría ahorrar una semana de viaje.

—¿La mina derruida?

—Un pozo se derrumbó. No toda la mina.

—Así que vas a ir a un bosque repleto de muertos vivientes, atravesar una mina y seguir hacia las montañas de Annwvyn en busca del caldero de la resurrección.

—Sí.

—Te das cuenta de cómo suena, ¿no?

—Han atacado mi hogar —afirmó Aderyn. Tenía los puños apretados—. Si los muertos más allá del bosque empiezan a despertar, no quedará ningún lugar seguro. Y si tú sigues queriendo ir a las montañas... tendré entonces dinero suficiente para pagar a Eynon.

—¿Y si morimos los dos en el bosque?

—Tal vez pueda encontrar el caldero de todos modos. —Le ofreció una sonrisa débil—. La muerte no parece detener a la gente últimamente.

O puede que los dos se convirtieran en una de esas criaturas estúpidas con ganas de atacar un pueblo.

Ellis sabía qué debía hacer. Lo más sensato era que recogiese sus cosas, se despidiera de esta gente y regresara a Caer Aberhen. Podía redactar un informe y entregárselo al príncipe, pedir que los nobles enviaran refuerzos y esperar que no llegaran demasiado tarde.

Pero si tenía en consideración el ataque de esa noche, sabía que los entes de hueso seguirían asediando Colbren una y otra vez y las posibilidades de que la carta llegase a tiempo al príncipe serían escasas. Como también lo era que el príncipe creyera que un ejército de muertos vivientes estaba atacando un pueblo remoto.

No obstante, aunque enviara soldados, ¿qué podrían hacer ellos? Defender Colbren, por supuesto. Pero ninguno había estudiado los mapas del bosque como él, ninguno había pasado noches trazando con los dedos los bordes, examinando las líneas y los espacios vacíos.

—Uno de mis mapas podría ayudarnos. El que me trajo a Colbren...

—¿El que hizo que te perdieras?

—Sí. Contiene todos los bordes de las montañas, en su mayoría imágenes de bestias salvajes. Pero tiene algunos esbozos de la mina. —Le devolvió la sonrisa—. Puede que te resulte útil. Aunque yo no te acompañe hasta Castell Sidi, puedes quedártelo. Y también el dinero que tengo.

No le hacía ilusión encontrar Castell Sidi. No había emprendido este viaje para recuperar magia perdida ni para buscar monstruos.

Lo había emprendido por sí mismo. Pero si podía ayudar a esta gente, mejor.

Aderyn inclinó la cabeza en un gesto silencioso de aceptación.

La decisión estaba tomada. Para bien o para mal, Ellis iba a entrar en un bosque plagado de monstruos.

Oyó pasos y apareció Ceridwen por tercera vez, con los brazos vacíos.

—Bien, y ahora a por la cabra —declaró.

Aderyn emitió un sonido lastimero.

—Ceri, la cabra está…

—Muerta, ya lo sé. —La chica se cruzó de brazos—. No soy tonta. Pero no voy a dejar que se pudra en el jardín.

—Mañana deberías llevarla al cementerio —señaló Aderyn—. Hay una tumba medio preparada para la señora Turner. Usa esa. Pero está oscureciendo, Ceri, es mejor que entres.

Ceridwen tensó los rasgos y se dirigió con paso decidido al jardín trasero.

Aderyn suspiró y se llevó la mano a los ojos.

—Condenada cabra —murmuró para sí misma. Siguió a su hermana.

Ellis esperó sin saber qué hacer. Entonces sacudió la cabeza y las siguió.

La cabra estaba tirada en el suelo. Ceridwen se arrodilló junto a ella, con la mirada gacha. Tocó la cabeza de la criatura y murmuró unas palabras silenciosas. Miraba a la cabra con tristeza y cansancio, pero no había un dolor salvaje.

Ellis se acordó de que la chica había perdido a sus padres y de que había visto el cadáver de su tío la noche anterior. Tal vez una persona podía acostumbrarse a la pérdida, o tal vez el dolor era tan profundo que él no podía verlo.

—Pareces un poco incómodo —le dijo Aderyn, mirándolo—. No has pasado mucho tiempo con criaturas muertas, ¿verdad?

Él negó con la cabeza.

—En Caer Aberhen han muerto personas, por supuesto, pero yo no las he visto. No he perdido a nadie cercano. Incluso los animales muertos eran responsabilidad de los criados. —Se arrodilló al lado de la cabra. Sin saber qué otra cosa hacer, arrancó una flor silvestre pequeña y la dejó sobre el cuello del animal. Rozó con los dedos el pelo suave, solo una vez por accidente. La segunda fue a propósito. Le apartó un mechón de pelo de los ojos cerrados.

Aderyn se levantó y se sacudió la tierra de las rodillas.

—Muy bien, ya nos hemos despedido todos de la cabra. Vamos adentro. Ceri, es mejor que te prepares para ir a la cama…

No terminó la frase.

Porque en ese momento, la cabra levantó la cabeza.

Ellis gritó. Tiró de Aderyn para ponerla detrás de él y se apartó. Ella emitió un sonido de sorpresa y tropezó con una raíz. Los dos se tambalearon y se agarraron el uno al otro.

Ceridwen se cayó, boquiabierta.

La cabra los miró.

Ellis reprimió una maldición.

—Por los reyes caídos, ¿qué…?

—Ceri, ven aquí —resolló Aderyn—. Ceri, ¡vamos!

La cabra se movió para levantarse con dificultad. Por un momento, Ellis se preguntó si habría estado dormida todo este tiempo. Pero no era posible… tenía una herida abierta en el lomo. Había muerto. Todos habían oído cómo la habían matado.

Estaba muerta.

Pero no lo estaba.

—¿Cabra? —pronunció Ceri con voz temblorosa.

Ellis permaneció quieto, apenas se atrevía a respirar. Le ardía el pecho, pero temía que la criatura los atacara si se movían.

La cabra parpadeó. Entonces bajó cabeza a la pierna de Ceridwen y la acarició con lo que parecía adoración.

—¿Qué es esto? —pregunto Ellis sin apenas mover los labios.

—Es una cabra —contestó Aderyn.

—Está muerta. —Se sintió estúpido por señalar lo obvio, pero alguien tenía que decirlo.

—Ya lo veo.

Se produjo un instante de silencio. Y entonces la cabra dio un paso adelante, luego otro. Ellis buscó a tientas la ballesta, pero no la alcanzó lo bastante rápido. La cabra estaba delante de ellos, bajó la cabeza y...

La frotó contra el muslo de Aderyn en un gesto amable.

Movida posiblemente por la costumbre, ella le rascó entre los cuernos.

Ellis se quedó allí, con la ballesta en la mano, paralizado por la imposibilidad de la situación.

—No le dispares —le pidió Ceridwen tras ponerse en pie. Rodeó a la cabra y la abrazó.

—La cabra está muerta —dijo Ellis.

—Eso ya ha quedado claro —repuso Aderyn.

—La cabra está muerta y la estáis acariciando.

—¿Qué vamos a hacer si no? —preguntó ella, impotente.

—¡Matarla!

—¡Ya está muerta! —Aderyn miró a la criatura—. Y no... no nos está atacando. Se... comporta como siempre.

Ellis alzó las manos. Notó una punzada en el hombro izquierdo y bajó el brazo de golpe.

—Justo cuando pensaba que la situación no podía ser más rara, una cabra vuelve a la vida. Pensaba que... ¿los animales resucitan?

—No. —Aderyn sacudió con fuerza la cabeza—. Si no, Colbren estaría invadida por tuzas y ratones muertos. Esto... no ha pasado nunca. A lo mejor los soldados han traído parte de la magia con ellos. No lo sé.

Aderyn acarició con los dedos el pelo de detrás de un cuerno. Ellis retorció la mano, no sabía si quería acariciar a la criatura o huir de ella. Experimentó una especie de fascinación retorcida por el animal, aunque le repulsara. La cabra cerró los ojos de placer y se inclinó hacia Aderyn.

Al menos no parecía querer hacerles daño.

—Ha cambiado algo —comentó Aderyn con calma—. La ausencia de hierro, tal vez.

—¿Qué quieres decir? —preguntó Ellis.

Ella señaló a la cabra.

—Esto no pasa. Sencillamente, no pasa. Los animales no se convierten en entes de hueso y los entes de hueso no despiertan fuera del bosque. ¿Sabes tú qué significa? Porque yo no.

Ceridwen pegó la mejilla al lomo de la cabra.

—Significa que Gareth ya no podrá venderla —declaró.

* * *

Ryn ató la cabra al poste de la verja.

Fue lo único que se le ocurrió, ¿qué se suponía que tenía que hacer una persona con una cabra muerta viviente?

—Ya nos encargaremos después —señaló, cansada. Se estaba convirtiendo en una frase recurrente—. Ahora te tienes que ir a la cama.

Ceri la miró.

—¿En serio?

—Sí. Eres una niña y tienes que descansar.

—Pero ¿y si los entes de hueso...?

—Vamos. —Ryn la empujó hacia el dormitorio—. Voy a arroparte y luego te quedarás en la cama.

La habitación de Ceri era pequeña y estaba llena de hierbas secas y tarros de conservas. Las habría sacado de la despensa. Olía a menta y romero.

En su trabajo como enterradora, Ryn había visto a mucha gente que había presenciado la muerte. A veces se encariñaban con una silla o una mesa que pertenecía al difunto. A veces acudían a un amigo. Y algunos sencillamente se abrazaban el cuerpo. Ceri sacó una colcha vieja. La había bordado su madre y se la regaló al nacer.

—¿Qué vas a hacer? —preguntó la niña.

En ese momento, Ryn se sentía capaz de ocuparse de todo Annwvyn. Por su hermana, por su hermano, por su hogar. Haría cualquier cosa por conservar esto, todo esto.

Tomó los dedos fríos de Ceri y le dio un apretón.

—Lo que debo —dijo sin más y le dio un beso en el pelo—. Descansa.

Ceri asintió y se subió la colcha hasta la barbilla. Ryn se levantó, se dirigió a la puerta y le dedicó una última sonrisa a su hermana antes de cerrarla tras ella. Ellis estaba fuera y no quería que siguiera esperándola.

Empaquetó rápido sus cosas, en su mayor parte comida y una muda de ropa. Unas cuantas herramientas: un pedernal y un cuchillo pequeño, una cantimplora e hilo para sujetarse la trenza del pelo.

Y la mitad de una cuchara de amor de madera. Metió los dedos en el bolsillo de los pantalones y acarició los bordes.

No podía despedirse. Sería demasiado duro. Se movió como un fantasma por la casa y se dirigió al fin a la puerta de entrada.

Antes de llegar, apareció Gareth, que venía de la despensa. Tenía todavía un clavo detrás de la oreja y un martillo en la mano izquierda. Parecía agotado y sucio, pero no menos mordaz por ello.

La recorrió con la mirada: la capa de viaje sobre los hombros, la bolsa a sus pies, el hacha amarrada en el cinturón.

—¿Vas a salir a cazarlos? —preguntó.

Existía algo entre hermanos: una lengua que era mitad recuerdo y mitad mirada. Bromas y burlas. Eran un manojo de amor y resentimiento y, a pesar de sus diferencias, Ryn sabía que su hermano la defendería hasta la muerte.

Pero no podía acompañarla.

De niño, a él también le encantaban las historias de *afancs* y *pwcas*, de tratos y magia, de cadáveres que nunca morían del todo. Pero cuando ella se adentraba en el bosque, él esperaba a las afueras. Él se quedaba con su madre, aprendiendo a usar el libro de cuentas y a administrar su dinero. Le encantaban las historias, pero solo como historias. Nunca tuvo el deseo de salir ahí fuera y tocarlas.

Ryn no respondió, y el silencio pareció hablar por ella.

—No —dijo Gareth, muy serio—. Esa mochila es demasiado pesada para una sola noche. —Soltó el martillo y se llevó la mano a los ojos—. Por los reyes caídos, Ryn. Me acuerdo de cuando éramos pequeños y te adentrabas en el bosque tú sola. Siempre fuiste muy valiente. Y no me he olvidado de lo aterrador que podía resultar. —Presionó la base de la palma en sus ojos—. Vas a hacerlo, ¿verdad? Sin importar lo que te diga.

Ella se encogió de hombros. Gareth la conocía lo suficiente para entender su gesto como un sí.

—Pues regresa —le exigió. Había cierta tensión en su voz que tan solo había oído en una ocasión, cuando su madre murió. «¿Dónde está?», le preguntó Gareth. Su dolor se había visto enjaulado por el decoro y las tareas que rodeaban a la muerte. Se había perdido entre números y papeles, pero en ese momento su voz sonó rota.

«¿Dónde está?».

Sonaría igual si Ryn no regresaba.

Regresaría. De una forma o de otra. Con el corazón latiendo o no, regresaría. De eso estaba segura.

Gareth se adelantó y la abrazó con fuerza. Olía a polvo, libros y hogar, y Ryn se aferró a ese olor tan solo un momento.

—Protege el pueblo —le pidió—. Asegúrate de que tenga un lugar donde regresar. Y si Eynon intenta enviaros a un asilo, le atizas en la cabeza.

Notó la carcajada ronca de su hermano.

—Ah, estoy seguro de que eso no supondrá ningún problema.

—Morwenna te ayudará a deshacerte del cuerpo —indicó con una sonrisa.

Se separó de los brazos de su hermano, le sonrió una última vez y se agachó para tomar la mochila.

—Dile a Ceri que me guarde algunos tarros de conserva de serbas.

Salió.

Ellis aguardaba agachado a unos metros, con la ballesta apoyada en una rodilla. Cuando la oyó, se levantó y le ofreció una sonrisa.

—¿Preparada?

—Casi.

Ryn se acercó al poste de la verja. La cabra muerta-no-muerta estaba tumbada en el suelo, masticando hierba con aire ausente. Se arrodilló a su lado y le desató la cuerda. Ellis emitió un ruidito detrás de ella, pero no le hizo caso.

La cabra no intentó matarlos. Tal vez quedaba en ella lealtad o tal vez era su naturaleza animal lo que la hacía una criatura segura. En cualquier caso, no merecía quedarse allí atada cuando regresaran los entes de hueso. Al menos debía tener la oportunidad de huir.

La cabra se levantó y pegó el morro a la mano de Ryn, buscando un premio. Ryn a acarició.

—Ya —dijo—. Estoy lista.

15

Ryn lo condujo al bosque, bajo arcos de abedules y serbales, sobre musgo y helechos, con tan solo la luz de la luna y el recuerdo como guía. Sus expediciones anteriores al bosque se habían limitado a los bordes, pero ahora se adentraba al corazón de los árboles, más allá de lo que había recorrido en años.

No encendieron ninguna antorcha por miedo a que los entes de hueso los encontraran. Ryn estaba inquieta por los ruidos que hacían, la respiración agitada y las ramitas bajo las botas. Solo la cabra muerta se movía en silencio. Sin importar las veces que Ryn la miraba por encima del hombro, la bestia los seguía igualmente.

Las cabras eran igual de leales en la muerte como lo eran en vida. Y Ryn no tenía corazón para rematarla con el hacha. La criatura parecía inofensiva.

Acogió con agrado la lasitud que se apoderó de su cuerpo; el agotamiento podía ser tan fuerte como un trago. Y siempre que estuviera exhausta, el miedo no podría asentarse en ella. La maleza susurraba por el movimiento de criaturas que no se veían; el viento hacía que los árboles se estremecieran; un río fluía cerca, fuera de la vista, pero no del alcance del oído. Ellis se detuvo varias veces para marcar su paso con un cuchillo en un árbol. Ryn se preguntó si estaría marcando el camino en su mente, si hacía un mapa del trayecto con el pensamiento antes de poder hacerlo con tinta y pergamino.

Unas horas antes del amanecer, vieron un ente de hueso.

Ryn oyó el repiqueteo del metal contra el hueso y extendió un brazo para agarrar a Ellis por el pecho. Lo pegó a un árbol, ambos con la espalda contra el tronco para no tener que preocuparse por recibir ataques de todos los lados.

El susurro del movimiento tensó cada músculo de su cuerpo. Los recuerdos de la batalla emergieron: la sangre de Hywel cayendo a la tierra, los gritos de sorpresa, el golpeteo de puños armados contra las puertas desvencijadas.

Era solo una criatura. Se movía con pequeños pasos erráticos y cojeaba como un anciano. Llevaba la armadura de años pasados y un garrote en los dedos delgados.

Ryn echó mano del hacha, pero Ellis le agarró el brazo.

—Si hay más —susurró y su aliento le acarició la oreja—. Si hay demasiados... —Se quedó callado, pero ella comprendió.

No había donde esconderse en el bosque. No había casas que fortificar ni lugares donde pudieran refugiarse. Si había más entes de hueso, si había demasiados, arrollarían a Ryn y a Ellis antes de que pudieran llegar siquiera a la mina.

Pero si los dejaba seguir su camino, podrían atacar a más personas.

Le sobrevino un recuerdo: el cadáver medio podrido de su tío, los dientes expuestos, una sonrisa en su cráneo al acercarse a Ceri.

Los confines del bosque ya no retenían a los monstruos.

Le dio un escalofrío y tensó los músculos en un intento de detener sus pensamientos.

La cabra le acarició con el morro y ella le agarró uno de los cuernos con fuerza para que el animal no moviera la maleza. Los tres, la chica, el chico y el animal muerto, esperaron unos minutos, sin aliento. Cuando Ryn ya no oía nada, cuando el bosque se quedó en silencio e inmóvil, se atrevieron a seguir caminando.

Cuando el amanecer teñía el cielo de tonos rosas y dorados, se habían adentrado ya bastante en el bosque, más allá de lo que se había atrevido Ryn a recorrer nunca antes. Le dolían las piernas, pero siguió moviéndose. El bosque era hermoso por la mañana, con el rocío todavía en las hojas y el aire fresco y limpio. Olía a enebro, a montañas y a...

Humo.

Se quedó paralizada.

Humo significaba personas, y no estaba segura de si eso la asustaba o la emocionaba. Se suponía que aquí no vivía nadie. El atractivo del cobre no era suficiente para que la gente arriesgara la vida. Al menos todavía no. Ryn pensó si unos cuantos años más de veranos austeros e inviernos duros cambiarían eso. Tal vez cuando la gente se quedara tan delgada como los entes de hueso, se adentraría en el bosque en busca de dinero.

Una rama se quebró detrás de ella y Ryn se encogió. Ellis sacudió la cabeza en una señal de disculpa.

—He sido yo. Perdón.

Eso era algo que le gustaba de él; nunca se andaba con evasivas ni trataba de eludir la culpa. Sencillamente, se disculpaba, y Ryn no se había fijado en lo poco común que era eso hasta que lo había conocido a él.

—Es mejor que nos movamos más despacio —señaló—. ¿Hueles el humo? Creo que hay gente más adelante.

Ellis tenía el rostro marcado por la falta de sueño: los pómulos resaltados y ojos muy brillantes.

—Gente —repitió, como si probara la palabra—. Gente en el bosque. —Posó la mano derecha en un árbol y se apoyó en él—. ¿Qué clase de... gente vive cerca de Annwvyn?

La pregunta la hizo vacilar. Le recordaba a un hombre famélico, a uno que se sentaba a la mesa y preguntaba con moderación si podía servirse un plato de comida. Había hambre en cada palabra.

Debería de haber preguntado por detalles antes. Cuando estaban en la calidez del Red Mare, rodeados de muros y personas, cuando tenía una taza de té en la mano y la certeza de que estaba a salvo. Tal vez entonces no habría temido las respuestas.

—Creo que ha llegado el momento de que me cuentes por qué querías venir aquí —dijo rápidamente.

Ellis la miró. Torció la boca en una sonrisa burlona, pero toda recriminación parecía dirigida hacia adentro.

—Quiero hacer un mapa de las montañas. Este lugar es el sueño de un cartógrafo, si es que es capaz de sobrevivir el tiempo suficiente, claro. —Tomó aliento y la exhalación nubló el aire que los rodeaba—. Pero no, no estoy aquí solo por las montañas. —Cerró los ojos para centrarse.

»Cuando era un niño, el príncipe de Caer Aberhen me encontró en los bordes de este bosque. Me acogió. No tenía nada, solo la ropa que llevaba puesta. —De nuevo, una sonrisa burlona—. ¿Has ido alguna vez a los otros pueblos que bordean Annwvyn? ¿Sabes qué uso le dan al bosque?

Ryn negó con la cabeza.

—Es un vertedero. Pero no aquí. Colbren no parece tener mucho de lo que deshacerse. Pero si fueras al sur, lo verías. La gente envía cosas al bosque, cosas que no quiere. Animales enfermos, gente contagiada de la peste e incluso niños no deseados. —Su sonrisa se tornó tan dura que parecía una mueca.

Niños no deseados.

—Estás buscando a tus padres —comentó ella al comprender.

—Alguna pista de ellos. Sé que es muy poco probable que encuentre nada, he buscado en muchos otros pueblos que limitan con el bosque. He buscado en todas partes, excepto dentro del bosque y las montañas. Me gustaría intentarlo.

Ir a las montañas en busca de su pasado… era irracional y estúpido, pero Ryn lo entendía. Había cosas que ni el tiempo ni la distancia podían resolver.

—Y, por supuesto —añadió Ellis—, hacer un mapa de Annwvyn me convertirá en el cartógrafo más buscado de las islas.

—Por supuesto.

—Pero si hay gente en las montañas… no sé. Puede que yo me alejara o que no quisieran perderme. A lo mejor mi familia vive todavía ahí. —Se quedó callado, como si dar voz al deseo fuera una muestra de debilidad.

Ryn no pronunció su respuesta: *o puede que estén muertos.*

La muerte era muy habitual en el bosque. Muerte por inanición, por frío, por enfermedad, por la mordedura de un animal. Sus padres podrían estar pudriéndose en el suelo o seguir caminando encima de él. Pero Ryn no dijo nada de eso porque algunas cosas no podían decirse. Y menos a una persona invadida por el dolor y la esperanza, cuando una sola palabra podría destrozarla.

Para la mayoría de las personas, la muerte era lo peor.

Tras años cavando tumbas, Ryn la temía poco. La muerte era silencio y quietud. Era tierra fresca y flores silvestres. Era dinero para sus bolsillos y un agujero en el suelo.

No, lo peor que existía era la inseguridad. Cuando su padre desapareció, habría supuesto un alivio tener un cuerpo en lugar de solo preguntas. Para su familia no hubo ninguno de los pequeños rituales que rodean a la muerte: cubrir el cuerpo con telas blancas, dejar flores frescas, construir un montículo de piedras.

Sus dedos encontraron la cuchara de amor de madera en el bolsillo y trazaron el borde roto.

—Es mejor que sigamos —dijo y miró tras ella.

La cabra se había acurrucado en la tierra, como si estuviera dormida. Con los ojos cerrados, rozaba las hojas con la nariz y tenía las patas flexionadas debajo del cuerpo.

Ellis se fijó en lo que estaba mirando e hizo una mueca.

—¿Está muerta?

—Lleva muerta un tiempo —replicó ella—. Si preguntas si es una muerta inmóvil... es de día. Supongo que si se parece a los otros entes de hueso, entonces no despertará hasta que anochezca.

Ellis sacudió la cabeza.

—Una cabra de hueso. De todas las cosas que pensaba que vería en mi vida, una cabra de hueso no estaba entre ellas.

Eso la hizo reír.

—¿Qué sabes de este lugar? —preguntó Ellis mientras señalaba con la cabeza los pilares de humo.

Ryn echó a andar de nuevo; sus pasos eran más lentos, más cautos.

—Hubo gente aquí hace mucho tiempo. Había en todas las minas, pequeñas comunidades que habitaban en las cercanías. Familias de mineros, personas que vendían comida, comerciantes que vendían pólvora negra y reparaban equipamiento, gente que se llevaba los metales...

Apartó una rama de su camino y la sujetó para que pudiera pasar Ellis. Cuando lo hizo, vio su cuaderno en la mano. Tenía un ojo en el camino y el otro en el pergamino. Vio líneas y notas; medidas, comprendió. Ellis había estado contando sus pasos.

—Pero fue antes de los entes de hueso —prosiguió—. Después de la aparición de los muertos, reabrir la mina era imposible.

—Los muertos vivientes tienen un efecto negativo en el comercio, al parecer. —Ellis señaló el humo—. ¿Y entonces sigue viviendo gente aquí?

—No lo sé —respondió Ryn con la mandíbula tensa—. Eynon enfurecería de saber que este lugar se está usando para otra cosa que no sea en beneficio de sus arcas. Serán marginados, por eso no han ido a Colbren. Pero no entiendo por qué se quedan aquí. No es seguro.

—A lo mejor no vienen en busca de seguridad —comentó Ellis.

Tardaron otra media hora en llegar al campamento. Ryn pasó por debajo de una rama baja y llegó a un claro. Las casas estaban construidas a partir de roble y cedro, y algunas tenían cimientos de piedra. Formaban un círculo y en el centro había una construcción que posiblemente tuviera la función de comedor o taberna. El tiempo había pasado factura; un tejado estaba hundido y otro se había derrumbado por completo. Por las paredes trepaban enredaderas y el musgo poblaba los caminos.

Una de las puertas se abrió y, en ese pequeño espacio, Ryn vio una cara menuda observándola. La puerta se cerró de golpe.

—¿El saludo tradicional en el bosque? —preguntó Ellis con tono suave.

Ryn abrió la boca para responder, pero una voz los llamó. Se llevó la mano al cinturón. La anciana tenía un bastón hecho con la rama de un árbol viejo, con los nudos y rugosidades alisados. Estaba sentada en una silla, al lado de una de las cabañas. Y ahora se dirigía hacia ellos con ojos duros y saltones, como los de una de las gallinas de Hywel.

—Buenos días —habló Ellis. Se llevó los dedos al corazón para saludar—. Esperamos no molestar.

La mujer entrecerró los ojos y fijó la mirada en Ellis.

—Hablas como un sureño —dijo—, pero tienes acento del norte. ¿Qué os trae a este lugar?

Detrás de la mujer, Ryn atisbó movimiento. Se abrían otras puertas y de las casas salía más gente. Iban vestidos con prendas remendadas, pero limpias.

—Estamos buscando un lugar para descansar —respondió Ryn—. No seremos una molestia si no nos molestan.

Ellis le lanzó una mirada dura con el rostro tenso. No parecía aprobar la amenaza implícita.

Ryn se limitó a sonreír y a posar los dedos con suavidad en el hacha. Conocía lo bastante bien el hambre como para mostrarse recelosa; estas personas parecían tener poco y la desesperación podría conducirlas a tomar lo que pudieran. Ryn no iba a atacar sin motivo, pero tampoco iba a permitir que les robaran.

La mujer entornó los ojos y desvió la mirada de Ryn a Ellis.

—¿Nadie más?

Ryn vaciló ante la pregunta. No sabía si la mujer estaba verificando que estaban solos, que no tenían refuerzos o si había otros que necesitaran comida. Pero fue Ellis quien respondió.

—No hay más.

Si la respuesta tranquilizó a la mujer, no lo mostró. Tensó los dedos torcidos alrededor del bastón y asintió.

—Hay una casa libre al este del campamento —les informó—. Podéis quedaros allí si queréis.

Parecía pensar que ellos querían vivir en el campamento. Ellis abrió la boca, pero Ryn le tiró de la manga para acallarlo. Él la miró, confundido, y ella sacudió la cabeza.

—Gracias —le dijo a la mujer—. Soy Ryn y él es Ellis.

Casi esperaba que la mujer preguntara por los apellidos, pero no lo hizo.

—Ah —respondió sin más. Dio media vuelta y se dirigió a una de las casas. Se movía a una velocidad sorprendente para una mujer de su edad.

Durante un segundo, Ellis y Ryn se quedaron mirándola.

—¿Qué hacemos? —preguntó en voz baja él.

—Desayunar.

—¿Y luego?

—Puedes preguntar por aquí. Comprobar si alguien sabe algo de un niño perdido hace quince años. Voy a preguntar si alguien ha visitado la mina. —Se movió, atraída por la sombra de la montaña. Se dirigieron juntos a la mencionada casa vacía. Caminaron despacio, concentrados en la imagen y los sonidos del campamento.

Ellis miró las cabañas.

—¿Cómo sobreviven en un lugar como este? ¿Cómo han mantenido a los entes de hueso alejados?

Ryn lo miró a los ojos.

—Es una buena pregunta. Y otro motivo por el que no confío en este lugar ni en esta gente.

—Hola.

Ryn miró por encima del hombro; había una mujer a pocos metros de ellos. Tenía el pelo trenzado sobre un hombro y parecía solo unos años mayor que Ryn, a quien dirigió una sonrisa.

—¿Os han ofrecido algo para desayunar?

—No —respondió ella.

La mujer se rio, pero era una risa triste.

—Me temo que mis vecinos no son muy proclives a ofrecer hospitalidad a los viajeros. —Se ajustó el mantón que llevaba sobre los hombros. Era una prenda delicada y la mujer tenía un cuerpo redondeado. No llevaba mucho tiempo viviendo aquí o, si así era, había traído mejores suministros que el resto—. Entrad, tengo una habitación libre y la tetera está en el fuego. Creo que os sentará bien.

Ryn no se movió.

La expresión amistosa de la mujer no desapareció.

—Soy Catrin —se presentó—. Mi madre vive también aquí. Ya sé... que este lugar parece intimidante de primeras. —Ladeó la cabeza—. Sé lo que se siente al venir aquí con poco más que unas cuantas pertenencias a tus espaldas. Mi madre y yo llegamos el año pasado. No fue fácil. Podéis devolverme el favor. Tengo madera que cortar antes del invierno y otro par de manos me vendrían bien.

Ryn asintió. En estas tierras no se podía confiar en la bondad, pero sí en un trato justo.

Ellis miró a Ryn.

—Os dejaré solos para que habléis —dijo Catrin y retrocedió unos pasos—. Vivo a dos casas de aquí, podéis llamar a la puerta si decidís que queréis quedaros conmigo. —Asintió antes de retirarse por el camino.

—No me gusta este campamento —señaló Ellis.

—Ni a mí. —Ryn movió un poco el cuerpo; le dolían las pantorrillas de caminar y estaba deseando sentarse y cerrar los ojos. El agotamiento de los últimos días estaba empezando a calar en sus huesos—. Pero puede seguir sin gustarnos dentro de una casa. Con un fuego caliente. Pasaremos aquí la noche, necesitamos descansar.

Ryn dio un paso, pero Ellis permaneció parado.

—Vamos —le animó ella dándole un codazo—. Tenemos tu ballesta y mi hacha. No es más alta que tú. En una pelea, podemos derribarla.

—Ha dicho que vive con otra persona —indicó Ellis.

—Con su madre. Probablemente se trate de una mujer vieja y frágil.

—Está claro que no has pasado tiempo con mujeres viejas. He conocido a unas cuantas que podrían derribar a un dragón con una mirada y una palabra dura. —Se masajeó el hombro izquierdo—. De acuerdo. Comida y descanso, y luego decidiremos qué hacer a continuación.

16

La casa de Catrin era más grande de lo que esperaba Ellis. La mujer los llevó a la cocina, donde había un fuego encendido. Le empezaron a lagrimear los ojos por el fuerte olor a turba quemada. Sobre una mesa había sartenes de hierro y una piedra para hornear, y junto a una mecedora reposaba una taza de té a medio beber.

—Por aquí. —Catrin señaló arriba. Por encima de la habitación había construido un altillo y una escalera de madera reposaba contra la pared—. No tengo muchas camas, pero sí mantas. Mejor eso que el suelo frío. Mi madre duerme al otro lado del pasillo, pero, por favor, dejadla tranquila. Se despertará cuando esté preparada. —Retrocedió un paso—. Yo estaré en la segunda habitación del pasillo. Si necesitáis algo, llamad a la puerta. —Les dirigió una última mirada a los dos antes de cerrar la puerta.

—Vamos. —Aderyn se acercó a la escalera—. Es mejor que descansemos un poco.

Ellis reculó un paso. Notó una punzada en el hombro ante la idea de subir. Después de una noche entera caminando, no estaba seguro de que pudiera hacerlo.

—Creo que voy a dar un paseo. A echar un vistazo al campamento.

Aderyn se encogió de hombros.

—Que no te aticen en la cabeza, por favor.

—Gracias por el consejo. —Inclinó la cabeza antes de salir de la casa.

No sabía por qué, pero se sintió mejor en el instante en el que salió de allí. Tal vez era por la turba quemada o por la oscuridad opresiva. Estas casas tenían rendijas muy pequeñas por ventanas que dejaban pasar muy poca luz.

El campamento estaba despierto y bullicioso. El horno de piedra comunitario estaba encendido y una mujer sacaba hogazas de pan y las colocaba en una cesta de mimbre. Los niños colgaban ropa mojada en una cuerda y se detenían a menudo para usar las camisas y los calcetines mojados como armas de juguete. Un establo de ovejas se hacía notar con fuertes balidos hasta que un hombre abrió la puerta y condujo a los animales al bosque. Un perro trotaba al lado.

Ellis notó las miradas fijas en él. Se irguió, con la ropa elegante y el pelo pulcro. La mujer del horno asintió con educación, pero los niños se escabulleron. Ellis se encaminó a las afueras del campamento y allí encontró un antiguo tejo. Se sentó entre las raíces y apoyó la espalda en el tronco. La luz del sol lo calentaba y notó que el cuerpo se relajaba. Se quedó allí un rato, oyendo los sonidos del bosque.

Una rama se quebró.

Ellis se irguió, abrió los ojos y miró el círculo de casas. Un niño de unos doce o trece años se acercó a él mientras vigilaba con cautela a los demás. Tenía la constitución nervuda de un perro callejero y los ojos penetrantes de los niños de la calle que había visto en las ciudades.

—Hola —lo saludó con una sonrisa.

No recibió la misma afabilidad en su respuesta.

—¿Eres nuevo? —preguntó el niño. Hizo un pequeño movimiento con la barbilla como para indicar que no le importaba la respuesta en realidad.

—Sí.

—¿Has huido con esa chica? ¿Cuál de los dos es? Tienes que ser tú, tan pálido y flaco.

Ellis frunció el ceño.

—¿Pálido y flaco?

—A lo mejor a las chicas les gustan esas cosas —comentó el niño, como si tratara de resolver un acertijo—. Aunque no sé por qué.

Ellis ladeó la cabeza y se rio.

—Crees que… Aderyn y yo…

—Bonito nombre. —Se encogió de hombros—. Chica bonita. No serías el primero que se casa en contra de los deseos de su familia, ni el primero en venir aquí cuando las cosas no funcionan.

Ellis sonrió, solo un poco. No es que pensara que Aderyn no fuera atractiva… por supuesto que lo era. Le recordaba al mar: hermoso, con suficiente sal para matar a un hombre. Sospechaba que solo un caballero o un héroe legendario podría impresionar a alguien como ella.

—No, he venido para buscar a mis padres —explicó.

El niño lo miró con los ojos entrecerrados.

—¿Eres de aquí? No lo pareces.

—Me he criado en Caer Aberhen. El príncipe me acogió.

El muchacho arqueó las cejas.

—¿Has huido con una criada?

Ellis resopló.

—No. Aderyn verch Gwyn es una enterradora de Colbren. Yo soy cartógrafo.

—¿Y venís aquí? —preguntó el niño, confundido—. ¿Por qué?

Ellis sonrió. Sabía bien qué aspecto tenía: un joven alto y delgado con prendas elegantes prestadas.

—Me encontraron cerca de aquí. Cuando era un niño muy pequeño. Tenía hambre y estaba solo. Mi familia debía de estar cerca. —Si es que no lo habían dejado en el bosque y se habían marchado después.

El niño lo miró con interés renovado.

—¿Cuándo desapareciste?

Su forma de preguntarlo hizo que Ellis se detuviera. Nunca había contemplado su pasado de esa forma: lo habían encontrado, no había desaparecido.

O, con más probabilidad, no había sido deseado.

Apartó el pensamiento.

—Hace unos... ¿quince años? Creo que tengo dieciocho ahora. —No podía estar seguro, aunque la médica del príncipe lo había examinado varias veces y había pronunciado esa declaración.

—Hace quince años —murmuró el niño, como si estuviera buscando entre sus recuerdos—. Yo no había nacido todavía, pero puedo preguntar a mi madre. Vino aquí justo después de que cerrara la mina. No era minera, pero estas casas estaban preparadas para que las ocupasen... así que ocupó una.

—¿Y tu padre?

El niño sacudió la cabeza.

—Ya no habla —afirmó—. Es uno de los mudos.

Ellis no estaba seguro de qué quería decir, pero intentó mostrar comprensión.

—¿La mayoría vivís aquí desde que cerró la mina?

El chico asintió.

—Preguntaré por tus padres —indicó—. ¿Cómo te llamas?

—Ellis.

—¿Y tu apellido?

—No lo sé.

El niño puso cara de algo parecido a la lástima. Este chico, que vestía ropa desgastada y tenía los dedos agrietados por el trabajo, sentía lástima por Ellis.

—Los entes de hueso —cambió de tema, con la esperanza de que las palabras sirvieran de distracción—. ¿Cómo lidiáis con ellos?

El niño entornó los ojos.

—¿A qué te refieres?

¿No habían molestado los entes de hueso a esta gente? No podía ser el caso. Ellis no había visto hierro alrededor del campamento y este lugar estaba más cerca de Annwvyn que Colbren. ¿Por qué no habían atacado el asentamiento?

—Ah, no importa. —Le daba la sensación de que la conversación se había desviado de su intención inicial—. Si te enteras de algo, me gustará saberlo. Puedes encontrarme en la casa de Catrin.

El niño asintió.

—Estaré por aquí.

Volvió con los otros niños. Había un niño y una niña peleándose; se golpeaban con túnicas mojadas. El niño con el que acababa de hablar Ellis les gritó y los dos regresaron a los tendederos.

Cuando Ellis volvió a la casa de Catrin, subió al altillo, soportando su peso con el brazo bueno. Aderyn estaba tumbada de lado, con la mochila de almohada y la capa de manta. El pelo castaño rojizo se le había soltado de la trenza y le caía en ondas alrededor de la cara. Incluso dormida, tenía la mano apoyada suavemente en la empuñadura del hacha. Un ronquido suave escapó de sus labios separados.

Ellis sonrió.

Era una mujer valiente y una parte de él la envidiaba por ello. Se había pasado la mayor parte de su vida intentando anticipar los deseos de otros, ajustarse a lo que esperaban de él, ser la clase de persona que gustaba a todo el mundo. A veces sentía que no había un Ellis real. Había sido un protegido obediente del príncipe, un buen estudiante para sus profesores y correcto con todo aquel a quien conocía. Y si era un poco distante... era mejor contenerse que arriesgarse a acabar herido.

El aire estaba denso por el humo del fuego que ardía abajo. Le lagrimeaban los ojos y le ardía la garganta. No sabía si podría dormir en un lugar así.

No le gustaba dormir, siempre soñaba con un bosque interminable, unos dedos que apartaban ramas, unos pies desnudos entumecidos por el suelo frío, un fuego abrasador en el hombro y dolor en el vientre.

Nunca soñaba con sus padres, pero en el momento entre el despertar y el sueño, oía el susurro de una mujer: «Mi querido niño».

* * *

Durmió profundamente. Cuando abrió los ojos, la luz había cambiado.

No veía a Aderyn. El fuego se había apagado y la casa olía a carne guisada. Sacó una pequeña tira de corteza de sauce y se la colocó entre los dientes para poder bajar a la planta baja.

Catrin estaba junto al fuego. Lo miró y esbozó una sonrisa. Era una sonrisa extraña; amable, pero sin humor.

—¿Corteza de sauce? —preguntó en voz baja.

Él se la sacó de la boca.

—Sí.

—Ah. —La mujer suavizó los rasgos al comprender—. Tengo algunas hierbas que ayudan con el dolor. Y una bebida. Sabe mal y se llevará cualquier sabor de tu boca, pero te permitirá dormir bien.

Ellis soltó el aliento.

—No quiero tomar nada que me deje adormilado. Prefiero estar despierto y dolorido antes que inconsciente e insensible.

Ella asintió.

—De acuerdo. Mi madre era igual cuando estaba enferma.

—¿Has dicho que vive aquí? —Miró a su alrededor. Casi esperaba ver a una mujer mayor.

Catrin asintió.

—No se ha despertado aún, pero le gustará conocerte.

Ellis era un hombre de modales e inclinó la cabeza en un gesto cortés.

—Seguro que a mí también me gustará conocerla.

La misma sonrisa extraña apareció en la boca de Catrin.

—Eres un buen tipo. —Su voz estaba cargada de alguna emoción tácita—. Tu amiga está fuera. Creo que quiere echar un vistazo a la aldea, buscar otro lugar donde podáis quedaros.

Ah, entonces Aderyn no le había contado a Catrin que no tenían intención de quedarse. A lo mejor quería mantener el viaje en secreto por miedo a que estas personas los entorpecieran o, peor, quisieran acompañarlos.

—¿Pasa algo por que salgamos cuando ha anochecido? —preguntó. No sabía aún cómo se enfrentaba esta gente a los entes de hueso y le pareció prudente preguntar.

Catrin se rio.

—No pasa nada. Tenemos a mucha gente fuera de noche. Hay un fuego encendido y siempre hay compañía. Puede que Caradoc se ponga a tocar su rota si tienes suerte y no tiene los dedos demasiado rígidos.

Ellis asintió una última vez y sonrió antes de salir por la puerta.

El campamento se estaba preparando para la noche: los padres iban a buscar a los niños díscolos, un perro ladraba a una oveja que se negaba a entrar en el establo y una pareja de ancianos discutía sobre a quién le tocaba llevar madera a la hoguera. Muchos miraban a Ellis, algunos incluso se asomaban a la puerta para verlo mejor.

Él se limitó a saludar con la mano. Una niña pequeña levantó la mano como respuesta; con el otro brazo sostenía un caballo de madera. Un hombre, su padre tal vez, aprovechó su distracción para tomarla en brazos y echarla sobre el hombro. Ella chilló, se rio y protestó mientras el hombre la llevaba a la casa.

Ellis experimentó un brote de anhelo, como la sangre que brotaba de una herida reabierta. Quería... no estaba siquiera seguro de qué era lo que quería. Desde el punto de vista de un noble, no había nada que envidiar aquí: casas pequeñas, tejados maltrechos y olor a cabras y hogueras. Pero había calidez, un sentido de pertenencia que él nunca había encontrado.

Era estúpido, tal vez, pero no había dejado de buscarlo.

Se dio cuenta de que había mantenido la mirada fija en el padre y la hija demasiado tiempo cuando el hombre inclinó la cabeza al pasar por su lado.

—Si buscas a tu chica, se ha dirigido al norte del campamento.

Ellis hizo una mueca. Seguro que a Aderyn no le gustaría que se refirieran a ella de ese modo.

—Gracias.

La encontró apoyada en un árbol, con la mirada fija en la forma de las montañas. Bajo el resplandor de la puesta de sol, tan solo pudo distinguir los picos bañados en tonos rojos y naranjas. Las montañas eran una sombra oscura.

—Te has despertado —comentó ella sin mirarlo—. Dormías como un muerto cuando salí. Al menos no roncas.

—Tú sí —señaló él con una sonrisa.

Se ganó una mirada dura. Por un momento, Aderyn se quedó con la boca tensa, pero entonces la mueca se convirtió en una sonrisa renuente.

—Muy bien.

El sonido de pasos le llamó la atención. Ellis levantó la mirada y vio al niño de antes. Tenía la cara roja, como si acabara de lavársela, y el pelo mojado. Parecía un poco un gato fiero que había huido de un baño. Asintió en dirección a Ellis.

—Hola, principito —lo saludó.

Ellis exhaló un suspiro.

—Cartógrafo, no príncipe. —Dirigió una mirada desesperada a Aderyn—. ¿Me mirará algún día alguien y pensará en un cartógrafo?

—Probablemente no —respondió el muchacho.

—Son tus botas —indicó Aderyn.

—Y tu forma de hablar —añadió el niño con una sonrisa.

—Y tu pelo. —Aderyn intercambió una sonrisa con el chico—. Lo llevas demasiado perfecto.

Ellis se llevó la mano al pelo, pero se obligó a bajar el brazo.

—¿Has encontrado algo?

El niño asintió.

—He preguntado.

Aderyn arrugó la frente al mirar al chico.

—¿Tú?

Este se irguió aún más.

—Si alguien quiere saber algo en este pueblo, me tiene que preguntar a mí —declaró con orgullo. Parecía intentar sacar pecho para presumir delante de Aderyn, pero el intento fue en vano.

—Ah, ¿sí? —preguntó ella con indiferencia—. ¿Es que pegas el oído a las puertas?

La pose del muchacho desapareció y de pronto pareció irritado.

—No, pero conozco a la gente y los ancianos no se fijan en mí cuando estoy cerca.

Aderyn parecía divertida.

—De acuerdo. Os dejaré solos entonces. —Dio media vuelta, pero el niño levantó la mano.

—Verch Gwyn, ¿no? —preguntó—. No eres la primera que pasa por aquí.

Ellis vio en una ocasión cómo disparaban a un niño. Fue un accidente en un tiro con arco: los dedos de un aprendiz se deslizaron y la fecha se clavó en la cadera de un niño. El muchacho salió bien parado, pero Ellis no pudo olvidar nunca la expresión de su cara.

Aderyn tenía el mismo aspecto ahora.

Las pecas resaltaban en su piel y se había quedado paralizada.

—¿Qué has dicho?

El niño se cruzó de brazos.

—Hace unos años pasó por aquí otro sepulturero. Un tipo mayor, tenía el pelo rojo. Me acuerdo de él porque dejó algo de comida en el bosque. Dijo que era para tener suerte. Nos la llevamos en cuanto desapareció de la vista. —Sonrió—. Yo era pequeño por entonces, no me dejaban internarme mucho en el bosque.

—Agradeceríamos concisión —señaló Ellis.

—¿Qué? —preguntó el muchacho.

Ellis hizo un gesto impaciente.

—Sigue.

El niño frunció el ceño.

—Ya no sé si quiero seguir. Estás muy irritable.

Ellis suspiró. Se metió la mano en el bolsillo y sacó una moneda. La sostuvo con el dedo índice y le dio un papirotazo. La moneda giró en el aire, brillante bajo la luz de la luna, y el niño la agarró. Se había sonrojado por la emoción.

—Venga, cuéntanos lo que has descubierto —le pidió Ellis.

El niño miraba la moneda. Era solo un penique, pero a sus ojos parecía oro.

—De ti nada. Por estos lares no se ha conocido nunca a ningún niño llamado Ellis. Si se perdió algún niño, o desaparecieron sus padres también o encontraron signos después. Dedos o partes de la ropa.

La decepción era una vieja conocida y se instaló sobre los hombros de Ellis.

Aderyn miró al niño como si deseara sacudirlo para sonsacarle las respuestas.

—Mi padre…

—Se marchó a la mina —respondió él—. No volvimos a verlo.

Ellis vaciló; una parte de él quería posar una mano en el hombro o el brazo de Aderyn. Sabía que el contacto podía suponer un consuelo, pero sabía también que podía verse como una imposición.

—Gracias —le dijo al niño.

Este no se movió.

Ellis hizo ademán de cruzarse de brazos, pero un hormigueo le hizo mantenerlos junto a los costados.

—Nos gustaría tener privacidad.

El chiquillo sonrió.

—Ya lo imagino. —Retrocedió varios pasos, como si esperara que Ellis pudiera darle un manotazo. Le dirigió una sonrisa antes de marcharse. Ellis se quedó mirándolo hasta que desapareció en el interior de una cabaña.

—¿A qué se refería? —preguntó Aderyn, aunque no parecía importarle la respuesta.

—Estoy seguro de que cree que tenemos un romance ilícito y que tu familia no me aprueba.

Ella resopló.

—Es verdad —añadió Ellis—. Aunque creo que el rumor me favorece más a mí que a ti.

Un movimiento captó su atención. Con el corazón acelerado, se dio la vuelta para ver si el niño había vuelto.

Vio a una criatura a la luz de la luna.

Era una cabra.

Una cabra de cuernos retorcidos, mechones de pelo alrededor de las orejas y una herida abierta en el costado.

—Cabra de hueso —dijo Aderyn sacudiendo la cabeza—. Has despertado.

—Nos ha encontrado —comentó Ellis. Al menos la criatura seguía sin parecer peligrosa. Trotó hacia ellos, moviendo la cola de un lado a otro.

Aderyn le rascó las orejas sin pensar. El animal se pegó a ella, se le cerraban los ojos.

—No has pasado mucho tiempo con cabras, ¿no? —preguntó la joven.

Ellis negó con la cabeza.

—Un verano ayudé con las gallinas.

—Las cabras tienen dos cualidades que no tienen las gallinas. Son muy, muy leales, e increíblemente testarudas.

—Ahora entiendo por qué estás tan encariñada entonces. —Las palabras salieron sin querer y puso una mueca—. Disculpa.

Aderyn sacudió la cabeza.

—No te disculpes por eso. Sé cómo soy. Y hay cosas peores que la lealtad y la testarudez.

Ellis la contempló mientras acariciaba a la cabra de hueso con el trato que dispensaría alguien a su animal preferido. Cuando todos los demás huían, Aderyn se quedaba firme y quieta. Cuando todos los demás retrocedían, Aderyn simplemente se encogía de hombros.

Lo miró a los ojos y esbozó algo que se parecía mucho a una sonrisa.

—Pero eso no quiere decir que vaya a dejar que los demás vean a la cabra. Tendremos que dejarla aquí. No quiero que cunda el pánico. —Agarró un cuerno y condujo a la criatura al bosque—. La ataré a un árbol durante la noche, hasta que nos vayamos. Volverá a buscarnos, estoy segura, pero no podrá seguirme por la mina. Espero que se quede en el bosque, no quiero que nadie vuelva a hacerle daño.

Ellis se fijó en el uso del singular.

—¿No vas a cumplir tu parte del trato? —le preguntó.

Ella le dirigió una mirada dura.

—Es peligroso ir a las montañas. ¿Seguro que quieres venir?

—También es peligroso salir de las montañas —replicó.

Había una parte de él que deseaba ir más allá de los límites del mapa. Tomar su propio camino en lugar de seguir el de otro. Ver lo que tan pocos habían presenciado.

Y hacer su propio mapa, por supuesto.

—Voy contigo —declaró.

Aderyn asintió.

—De acuerdo, pero si mueres, buscaré entre tus cosas el dinero que me debes.

Ellis soltó una carcajada por la sorpresa.

—Muy bien.

Aderyn terminó de atar la cuerda. La cabra la miraba fijamente, como para mostrarle su desaprobación.

—Estarás bien —le aseguró a la criatura.

La cabra parecía querer exhalar un suspiro, pero no respiraba.

—Vamos. —Aderyn se encaminó al campamento—. Deberíamos volver. Si la cabra está despierta, las otras criaturas también lo estarán. Mejor que no nos descubran por sorpresa.

La noche parecía sangrar de las sombras en lugar de descender del cielo. Se movía entre los árboles. Ellis se puso de los nervios.

Cuando regresaron al campamento, comprobó que la gente tenía poco miedo a la noche. Se oía la melodía intensa de una rota y la luz de una hoguera se derramaba por el suelo de tierra. Unas cuantas parejas danzaban con los brazos agarrados y más elegancia de la que Ellis podría tener nunca. A la luz titilante, no veía muchas caras; estaban bañadas por las sombras, extrañas, pero le pareció ver a la pareja de ancianos compartiendo un trago. La imagen le hizo sonreír; disfrutaba de la camaradería, aunque no participara.

Aderyn evitó el resplandor del fuego y caminó a las sombras de las cabañas.

—Si te ve una de las mujeres, seguro que intenta secuestrarte para un baile —comentó.

Ellis notó una punzada en el hombro como respuesta y se masajeó la clavícula.

—No soy buen bailarín, pero voy a hablar con la gente antes de entrar —le informó—. Voy a preguntarles por la entrada a la mina, si está obstruida o abierta, y si alguien se ha adentrado en ella.

Aderyn vaciló y Ellis vio la indecisión en su rostro.

—Te veo dentro —añadió él con tono amable.

La chica asintió, pero se quedó allí parada, con una mano en la puerta de la casa de Catrin y la cara ladeada hacia él. La luz del fuego confería a su pelo castaño rojizo un resplandor carmesí. Experimentó una punzada dolorosa en el corazón al ver el ángulo de su barbilla y mandíbula.

Por un momento, pensó en contárselo todo: cada noche que había pasado despierto, que nunca soñaba con su familia, que sentía su cuerpo como un campo de batalla y no un santuario, que no sabía quién era y tan solo quería ser alguien.

No dijo nada de eso.

En lugar de ello, dio media vuelta y caminó hacia el fuego.

17

Papá estuvo aquí.

El pensamiento latió en su interior una y otra vez hasta que ahogó todo lo demás. Ryn contempló el campamento con una nueva conciencia, recorrió con la mirada las casas y se preguntó si su padre también las habría visto. Se preguntó qué habría pensado de ellas. ¿Se habría acercado al horno de piedra o habría comido con esta gente?

Algo caliente y amargo le ardía en la garganta, así que tragó saliva.

Los pensamientos la abordaban con recuerdos de su padre, y una parte de ella deseaba salir ahí fuera y hablar con todo aquel que pudiera. A lo mejor podía recabar de esta gente recuerdos de él como si sacara agua de un pozo.

Pero ese no era el propósito de su viaje.

Cuando Ryn entró en la casa, su vista se ajustó a la oscuridad.

Había una mujer sentada delante del fuego para cocinar, que seguía encendido. Estaba de espaldas a Ryn y le caía una melena blanca por los hombros. Vestía un camisón viejo y tenía los dedos delgados sobre el reposabrazos de la silla tallada con formas toscas. La madre de Catrin se había levantado por fin de la cama solo para refugiarse junto al calor del fuego. Ryn se acercó a ella.

—Buenas noches —saludó.

La mujer torció los dedos en la silla, pero no respondió.

—Perdón por molestarla, solo iba a subir al altillo.

La mujer volvió la cabeza y la luz del fuego le alumbró el rostro.

Efectivamente, llevaba un camisón. Estaba limpio y era blanco con flores bordadas por las mangas.

Pero no tenía ojos y la piel de los pómulos estaba muy tensa. Tenía la boca demasiado grande, retraída por encima de los dientes.

La mujer extendió un brazo, como si le hiciera señas o suplicara.

Ryn se tambaleó y se tropezó con sus propios pies. Un sonido sin palabras emergió de sus labios y se apartó.

La mujer estaba... muerta.

Llevaba muerta el tiempo suficiente para que se le hubiera tensado la piel y disecado la carne, pero no lo suficiente para que el pelo hubiera perdido el brillo. Se lo había cepillado recientemente y ese detalle se le quedó grabado en la mente.

Tenía el cabello cepillado, cada mechón cuidado con amor. El camisón estaba inmaculado. Habían cuidado de ella.

Y estaba muerta.

La puerta se abrió y entró Catrin. Llevaba una taza con algo caliente y dejaba tras ella volutas de humo. Cuando vio a Ryn, sonrió.

Sonrió.

—Ya veo que has conocido a mi madre —dijo con tono amable.

Loca. Catrin tenía que estar loca. Y era imprudente al tener aquí, en su casa, a un ente de hueso.

—Es... es... —comenzó a decir Ryn con voz temblorosa.

—Madre. —Catrin posó una mano sobre el hombro de la mujer muerta—. No temas, es una invitada.

La mujer muerta ladeó la cabeza y fijó en Ryn sus ojos ciegos. Su mirada le congeló la sangre de las venas y le dio náuseas.

—¿Qué...? —probó Ryn, pero volvió a quedarse sin palabras—. Es... es una de ellos...

La sonrisa de Catrin titubeó.

—Claro que sí.

Como si debiera haberlo sabido. Como si no fuera un terrible secreto.

—Lo sabíais —murmuró Catrin—. ¿No vinisteis por eso? Por eso viene todo el mundo. —Miró a Ryn a los ojos y en su rostro había un extraño júbilo—. La muerte no puede tocar este lugar. Si te estás muriendo, si tienes un padre, una hermana o una esposa que se está muriendo... puedes venir aquí.

O una madre, pensó Ryn, pero no lo dijo.

—Tu marido —prosiguió Catrin—. Es... es él quien se está muriendo, ¿no? He visto cómo se mueve, como si le doliera la espalda. He visto la corteza de sauce que mastica. Has venido para no tener que separarte de él.

Ryn abrió la boca para decir toda clase de cosas. Que Ellis no era su marido, que no se estaba muriendo...

¿O sí?

Eso explicaría que no tuviera miedo a morir en las montañas. La muerte resultaba barata en un lugar donde los muertos despertaban cada noche. Podría regresar y...

Y entonces fue cuando comprendió.

Las personas no venían aquí a vivir.

Venían aquí a morir.

Venían aquí para que sus seres queridos pudieran seguir adelante, para que una versión silenciosa y en descomposición de sí mismos despertara cada noche. Para poder aferrarse a aquellos a los que querían. Para no tener que enterrar nunca un cuerpo en la tierra ni dejar flores en la tumba. Era estúpido, peligroso y...

Muy tentador.

—No hemos venido a eso. —Las palabras emergieron de la boca de Ryn. Apenas se oyó a sí misma, tenía toda la atención puesta en la mujer muerta que había sentada en el sillón. Parecía tan tranquila, en paz.

Se acordó de la criatura que vio en el campo. Estaba muerta, pero no atacó. Solamente deambulaba con paso inestable por el tobillo roto. Deambulaba, como si buscara algo.

¿A su familia?

¿Su casa?

—Aquí solo viene gente para vivir con sus seres queridos —comentó Catrin con tono amable—. Y se quedan aquí porque la magia no funciona lejos.

Ryn creía que la maldición del caldero convertía a los muertos en algo que no eran. Que los hacía atacar, que los transformaba en monstruos. Pero ¿y si no era el caso? Su tío siempre fue violento y no le costaría imaginar que intentara sacar a Ceridwen de casa a rastras para lastimarla. El hombre muerto que había atacado a Ellis podía ser un ladrón o un asesino. Y en cuanto a los soldados de Castell Sidi, tal vez habían atacado solo porque eran soldados.

Si la muerte no cambiaba a una persona...

Le dio un escalofrío.

Pensó en los muertos que había desmembrado. Había llevado cuerpos a la forja con la idea de que eran poco más que monstruos. Si no lo eran, ¿la convertía eso en una asesina?

No podía pensar en eso. Ahora no, con una mujer muerta mirándola y una viva esperando a que se explicara.

—Ninguno de los dos nos estamos muriendo —explicó con la esperanza de que no fuera una mentira.

Catrin estaba confundida.

—¿Y por qué estáis aquí entonces?

La respuesta llegó apresurada.

—Nosotros… la mina. Vamos a cruzar la mina.

La confusión de Catrin se transformó en agudeza al comprender.

—Vais a Annwvyn. Pero… nadie se dirige a las montañas. No hay motivos.

—Allí está el caldero.

Catrin se quedó pálida. Por un momento, Ryn pensó que se trataba de preocupación por ella. Estaba tan acostumbrada a que la gente creyera que iba a morir en esas montañas que esa fue la primera conclusión que le vino a la mente. Pero entonces vio cómo tensó Catrin la mano en el hombro de su madre. El camisón inmaculado que envolvía el cuerpo huesudo de la mujer muerta. Esa atención se prestaba a los muertos, y Ryn lo respetaba, pero había algo repugnante en la imagen de Catrin aseando y vistiendo a su madre, ayudando a la mujer muerta a ajustarse la ropa porque ella no podía con las manos podridas.

—Vas a… acabar con la magia de este lugar —dijo Catrin muy despacio.

Ryn no respondió. No pudo porque en ese lapso de silencio, reparó en su error.

Catrin se quedó paralizada un segundo.

Y entonces se abalanzó sobre Ryn.

18

Sonaba música en el campamento.

La canción comenzó despacio, las primeras notas prolongadas, antes de que el ritmo tomara forma y la gente empezara a bailar con las manos entrelazadas y el pelo brillante a la luz del fuego. Ellis observaba desde la distancia; con los brazos junto a los costados, escuchaba la música agradable. El hombre que tocaba la rota estaba medio oculto por las sombras que proyectaba el toldo de una cabaña. Estaba sentado en una silla de madera con el instrumento pegado al pecho; movía el arco con dedicación por las cuerdas de crin de caballo.

—¿No baila? —preguntó una joven que se acercó a Ellis. Tenía el pelo dorado recogido y una sonrisa demasiado complaciente.

Ellis inclinó la cabeza con educación,

—Me temo que le lastimaría los pies, señorita.

—Vaya, es usted un señorito bien hablado —dijo con una amplia sonrisa—. Nada de señorita, hemos abandonado todo título.

Interesante. Algunos de ellos tenían títulos en el pasado. Ellis pensaba que estas personas eran granjeros pobres o gente que había huido de la servidumbre, que no tenía ningún lugar donde ir.

—¿Dónde está su compañera? —preguntó la joven—. ¿Se ha ido a la cama?

—Sí. —Pensó en decir que quería estar un momento a solas, pero le pareció que sonaría grosero—. La música es bonita. Me gustaría escuchar más.

—Caradoc. —La chica señaló con la cabeza al hombre cuyos dedos delgados tocaban la rota—. Algunos dicen que tocaba para príncipes antes de que su caballo se desbocara. Le pasó una carreta por encima del pie, la herida se infectó y apenas le dio tiempo a llegar aquí.

Ellis parpadeó. No habría creído que los curanderos del campamento tuvieran la destreza o el material para tratar una herida infectada, pero guardó silencio por miedo a ofender a esta mujer.

—Ahora solo toca de noche —continuó—, pero eso es mejor que nada, ¿no?

Ellis asintió.

Una canción dio paso a otra. Esta era más lenta, una melodía que removió algo en el pecho de Ellis.

—Venga —le dijo la mujer—, seguro que con esta canción no me lastima demasiado.

Antes de que entendiera del todo lo que había dicho, la mujer le tomó la mano y lo llevó junto a las parejas que estaban bailando.

Ellis había aprendido a bailar, por supuesto. El príncipe se encargaba de que todos los niños nobles de Caer Aberhen conocieran los pasos tradicionales. Incluso Ellis, que no disfrutaba del escrutinio de su instructor ni del esfuerzo de tener que levantar la mano izquierda sobre su acompañante, había recibido una clase tras otra. Se vio ahora girando junto a otros bailarines, con una mano en la de la mujer y la otra apoyada en su cintura. Ella sonreía, como si estuviera encantada de contar con una nueva pareja, y las otras personas les hicieron hueco.

Al principio, tropezó un poco. No recordaba cómo moverse, dónde iban los pies. Pero cuando la canción volvió a cambiar, la memoria se abrió paso. Giraron, si no con total elegancia, al menos sí con entusiasmo. La luz del fuego proyectaba sombras y titilaba sobre ellos, resaltando contrastes extraños en los demás bailarines. Un hombre demacrado con ojos hundidos pasó junto a ellos y su rostro hizo que Ellis se detuviera. Pero el hombre se había alejado antes de que pudiera examinarlo mejor. Ninguno de los bailarines era experto, pero su disfrute era contagioso.

La música se aceleró y los latidos del corazón de Ellis siguieron el ritmo. El baile salvaje le dio ganas de sonreír y de pronto se vio envuelto en la melodía. Todo pensamiento se esfumó y entonces comprendió que ese era el motivo por el que le gustaba bailar a la gente: porque cuando se hacía bien, había poco en lo que pensar. Su mente se retiró y todo cuanto quedó era movimiento. Era tan embriagador como el alcohol, como un beso robado, como todas esas cosas que había temido probar.

Las figuras en sombras se movían a la luz del fuego, giraban y giraban, y Ellis sonrió. La joven sonreía, incluso cuando le pisó el bajo del vestido. Se tambalearon juntos al lado del fuego, que le calentó los antebrazos desnudos y el cuello.

—No está mal —señaló la joven con una risa despreocupada—. Y eso que me había dicho que me haría daño.

Ellis se rascó el cuello. Tenía la piel húmeda y el sudor le caía por los omóplatos. A la luz del fuego, pudo al fin ver al hombre que tocaba la rota. Estaba inclinado sobre el instrumento, moviendo los dedos al tiempo que terminaba la canción.

—Estaba seguro de que...

Se quedó sin palabras.

Porque en ese momento, el hombre alzó la cabeza. Sus dedos se movieron más despacio, deslizó el arco por las cuerdas y la melodía terminó. Sonaron aplausos y gritos, pero Ellis no los oyó.

El músico no tenía los dedos finos.

Tenía dedos de hueso.

Eran lisos y marrones, como madera arrastrada por una corriente. El rostro contenía huecos profundos porque no había carne bajo las mejillas. La boca esbozaba una sonrisa como en una calavera y el cuello alto casi ocultaba las crestas de la columna. Solo el cabello seguía brillante, cuidado y bien cortado.

El impacto dejó a Ellis clavado en el suelo. No se trataba de miedo, aún no. No había espacio para el miedo. Su mente buscaba una explicación. Esta gente no debía de haberse dado cuenta. No podía ser, porque, si no, habrían salido corriendo. Habrían reaccionado como los habitantes de Colbren, que se alzaron para defender sus hogares y a sus familias. No habrían seguido bailando.

Pero ahora los observaba de verdad.

Había una niña con un camisón rojo y rizos hasta los hombros. Tenía la cara tensa, como si la piel hubiera empezado a desprenderse de los tendones. Su boca era el rictus de una sonrisa. Y entonces vio a otro hombre, uno anciano, calvo y con ojos lechosos. Y el hombre que había visto antes no tenía los ojos hundidos, sencillamente no tenía ojos.

Tres, no, cuatro. Había entes de hueso bailando en torno a él. Tenían las manos entrelazadas con las de los vivos y giraban con un glorioso abandono.

—¿Estás bien? —preguntó la joven, pero su voz era ligera, despreocupada. Una mera formalidad porque su pareja de baile se había quedado completamente inmóvil.

Había estado bailando entre muertos y no se había dado cuenta.

El hombre muerto acercó el arco a la rota con movimientos sinuosos y ensayados, y la música comenzó de nuevo. La chica tiró de él, pero Ellis se soltó y sacudió la cabeza en un gesto silencioso de rechazo.

¿Qué es esto?, quiso preguntar.

¿Qué es esto?

Las palabras se quedaron tras sus dientes; le dolía la mandíbula y se fijó en que tenía cada músculo del cuerpo tenso. El hombro le ardía de dolor, pero incluso eso le parecía distante.

Por primera vez, se alegró de no haber encontrado a sus padres entre estas personas.

Se apartó del círculo de luz, del movimiento, de la canción, y se dirigió a la casa de Catrin. La sorpresa estaba mermando y el miedo se abría paso rápidamente. Empezaron a temblarle las piernas, pero se obligó a seguir caminando. No corrió, y no por falta de valentía, sino porque no estaba seguro de que las piernas respondieran.

Tenía que encontrar a Aderyn. Se concentró en ese pensamiento. Iba a encontrar a Aderyn y a contarle que algo iba mal, que tenían que irse, que...

Los dedos temblorosos encontraron el pomo y abrió la puerta.

El interior estaba iluminado solo por las ascuas del fuego casi extinto. No había velas, ni lámparas, solo un suave brillo anaranjado.

Así y todo, vio enseguida la pelea.

Aderyn estaba bocarriba y pateaba mientras Catrin la inmovilizaba en el suelo. Las manos de la mujer estaban sobre los hombros de Aderyn, la agarraba con una fuerza dolorosa mientras decía «No puedes, no puedes...» como si mantuviese una conversación. Aderyn gritó y lanzó un codazo que impactó en el pecho de Catrin. Ellis sintió el fantasma del dolor cuando Catrin se llevó la mano a la clavícula y se tambaleó. Aderyn intentó levantarse, pero Catrin le agarró el tobillo y tiró.

Ellis se adelantó y el movimiento captó la atención de Catrin, quien alzó la vista y lo miró. Ellis esperaba ver rabia, pero lo que se encontró fue terror.

—No podemos dejar que se vayan —resolló la mujer—. Madre…

Al principio, Ellis pensó que se había vuelto loca al referirse a él de ese modo.

Entonces el dolor le invadió la base del cráneo. El mundo se tornó rojo por la periferia y el suelo se alzó hacia él. Aterrizó con fuerza y se golpeó el hombro. Fue como tirar un avispero al suelo de una patada: lo invadió una agonía ardiente y punzante en el cuello que se extendió hacia la espalda.

El dolor podría haberlo debilitado de no ser porque llevaba toda una vida sufriéndolo.

Si Ellis conocía algo, era el dolor. Sabía cómo sentirlo, cómo evitarlo, cómo calmarlo con compresas calientes y hierbas. Permitió ahora que este rugiera en su interior, respirando de forma entrecortada, y entonces usó la mano buena para alzarse y miró a su atacante.

Era una anciana con un camisón y un rodillo de amasar de madera en la mano.

No, eso no era correcto.

Era una anciana muerta con un camisón y un rodillo de amasar de madera en la mano.

Eso era un poco menos vergonzoso.

Ellis tenía poca experiencia en la lucha. Pero incluso él sabía que, en la distancia corta, él tenía ventaja. Lanzó la pierna hacia la rodilla de la mujer. Se la agarró con el pie y tiró de ella para desestabilizarla. La anciana cayó al suelo con la boca abierta en un grito silencioso. Detrás de él, oyó el desagradable sonido de un puño golpeando un cuerpo, pero no podía ayudar a Aderyn. Así, desarmado y desprevenido, no. Se puso en pie y corrió hasta la escalera que daba al altillo. Apretó los dientes por el dolor y se alzó para buscar con los dedos la mochila. Tiró la de Aderyn por el borde y oyó que golpeaba a alguien, seguido de un grito de sorpresa. Su mochila cayó por encima de su hombro.

Aterrizó en el suelo con ambos pies, en cuclillas, con la ballesta en las manos.

—Para —exclamó y apuntó a Catrin.

Aderyn y ella estaban enredadas en el suelo. Aderyn le agarraba el pelo a Catrin y tenía la pierna enganchada a su brazo, intentando ganar ventaja. Catrin tenía la cara arañada, pero no parecía reparar en ello. La sangre salpicaba el suelo, debajo de ellas, negra en la penumbra.

Y la mujer muerta intentaba levantarse.

—Suéltala —le exigió a Catrin.

Esta se quedó quieta, con la vista fija en la ballesta. Su pecho subía y bajaba con espasmos incontrolables y entonces abrió la mano. Aderyn se alejó a cuatro patas hacia su mochila. Tenía el pelo alborotado y una marca roja debajo del ojo izquierdo. El hacha estaba en el suelo y la alcanzó.

—Pensaba que esa sería tu primera respuesta —dijo Ellis con una sonrisa tensa. Aderyn miró el arma y luego a él.

—No soy una asesina, a pesar de todos mis errores —respondió con voz ronca, pero firme—. Y creo... creo que ya he tenido suficiente hospitalidad.

—Vámonos de aquí. —Ellis desvió la mirada hacia Catrin—. Nos marcharemos y nadie resultará herido.

Catrin dio medio paso hacia ellos.

—No... no podéis.

Ellis tocó el gatillo y ella se encogió.

—La magia —murmuró, vacilante—. No podéis acabar con ella. Es lo que mantiene a esta gente viva. Mi madre... Caradoc. Están...

—Descomponiéndose —terminó Aderyn.

Catrin cerró los ojos un momento y volvió a abrirlos.

—Están conscientes. No pueden hablar, pero saben quiénes son. Lo que quieren. No son un peligro para nadie. He oído... hemos oído rumores de otros que han atacado a otras personas, pero aquí ninguno hace eso. Vienen en busca de una segunda oportunidad.

Aderyn extendió el brazo y señaló a la mujer muerta. Había conseguido ponerse de pie y desviaba los ojos ciegos hacia Catrin y Ellis, como si pudiera sentir lo que estaba pasando.

—¿A esto lo llamas segunda oportunidad?

—¡Sí! —bramó Catrin—. Tú no lo entiendes. Nunca has perdido a nadie. Nunca has tenido que ver el final acercarse y saber que no hay más opciones. Vinimos aquí porque no podía perderla.

Sus palabras resonaron con una seguridad terrible.

Aderyn temblaba; sutilmente, pero Ellis vio cómo se agitaba el hacha.

—Los entes de hueso...

—No los llames así —gritó Catrin.

—Los muertos —corrigió Aderyn con tono duro— están muertos.

Catrin dio otro paso adelante.

—¡Pero no tienen por qué estarlo!

Un titileo de emoción cruzó el rostro de Aderyn.

Ellis la miró y comprendió algo. La había visto a la sombra del bosque, cómo inclinaba el cuerpo hacia las montañas, el rostro en paz. Para alguien con tan poco miedo a la muerte o la magia, este lugar debía de parecerle el paraíso. Un lugar donde no tendría que perder a sus seres queridos, donde estos podrían despertar con la luna, silenciosos y constantes. Aderyn debió de pensar en su madre enterrada. Esto debía de ser tentador. Esto era tentador.

—Aderyn —la llamó.

Ella no lo miró.

Podía perderla en este lugar. Sería muy fácil para ella dejar a un lado su misión, desenterrar los huesos de su madre y traerlos aquí. A lo mejor podía incluso encontrar a su padre en la mina o en las montañas de más allá y traerlo también.

Y en cuanto a él, podría continuar solo. Intentar encontrar a su familia, bordeando el bosque, siempre buscando, siempre medio perdido.

O podría regresar a casa. Volver a Caer Aberhen, dormir en una cama suave, sonreír a los nobles y, cuando las manos del maestro cartógrafo se volvieran demasiado rígidas, Ellis ocuparía su puesto.

Todo cuanto tenía que hacer era correr. Dar la espalda a Colbren, a los viajeros que podían perderse en el camino, que podían morir si permitían que los entes de hueso siguieran existiendo.

No. Había venido aquí en busca de sus padres. Había encontrado, en cambio, peligro y magia, pero no iba a huir. No tenía un apellido, ni familia, ni ataduras a nada, pero tenía orgullo.

Ryn intentaba hacer de este un lugar más seguro.

Él no podía hacer menos.

—Aderyn —repitió.

Los ojos de la chica se encontraron con los suyos y el joven vio una batalla en ellos. El dolor, la necesidad y el miedo intentaban inmovilizarla. Pero él no podía hacer esto sin ella.

Así pues, hizo lo único que se le ocurrió.

—Ceridwen —dijo.

Fue como sumergirla en agua helada: se estremeció y pareció despertar, con los ojos muy abiertos. Sacudió la cabeza y se alejó un paso de Catrin.

Se la había jugado, pero había visto cómo miraba a su hermana pequeña. Y tal vez había también un poco de sí mismo en esa apuesta; si él tuviera una hermana pequeña, imaginaba que habría hecho cualquier cosa para mantenerla a salvo.

—No... —dijo Aderyn—. Esto... esto no está bien.

Catrin se adelantó, pero Ellis levantó un poco más la ballesta y la mujer se quedó quieta.

—Nos vamos —declaró Ellis—. Lo siento.

No estaba seguro de con quién o por qué se disculpaba, pero le parecía necesario. Echó el brazo hacia atrás para buscar el pomo de la puerta. Una parte de él sabía que darse la vuelta era una invitación a que le dieran otro golpe en la cabeza. El pestillo cedió con un ruido pesado y el aire frío de la noche le acarició el cuello. Retrocedió un paso y luego otro hasta que el brillo del fuego se disipó y salió afuera. Aderyn lo siguió un momento después con la mochila rebotando en la cadera. Se movía como si estuviera en un punto medio entre el despertar y el sueño, y formaba con la boca palabras que él no lograba entender.

—Tenemos que irnos ya —dijo Ellis. Un miedo terrible descendió sobre él y, antes de poder darle voz, Catrin se puso a gritar.

Era un sonido terrible, parecido al que emitía un animal cuando le disparaban, cuando no había esperanza de supervivencia. La música cesó y el sonido de los bailes también. Ellis casi podía sentir los ojos buscando en la oscuridad, tratando de encontrar la fuente del sonido.

Echó a correr. Oyó a Aderyn detrás de él, tambaleante al principio y firme después. Las zancadas de él eran más largas, pero ella sabía correr en la oscuridad. Mantuvieron el ritmo.

Juntos, rodearon una de las cabañas medio derruidas. Si estas personas los alcanzaban, no tenía duda de lo que harían para proteger a sus seres queridos. Incluso a sus seres queridos muertos. Si romper la maldición era una amenaza para ellos...

Algo voló en el aire y cayó en la hierba. Ellis sintió el susurro del movimiento y sonido, pero desapareció antes de entender de qué se trataba. Flechas. Alguien tenía un arco, posiblemente para cazar conejos y ciervos. Reprimió un improperio, se agachó y trató de seguir moviéndose, girando a un lado y a otro para esquivar la caza.

—La cabra de hueso —señaló de pronto Aderyn antes de girar a la derecha.

Ellis no entendía cómo podía acordarse de la cabra en medio de este lío. Quería seguir corriendo, pero si se adentraba mucho en el bosque oscuro, podría acabar peor de lo que estaba ya. Se esforzó por calmar la respiración y siguió a Aderyn, guiándose más por el oído que por la vista. El espeso follaje ahogaba la luz de las estrellas y los envolvía en una oscuridad asfixiante. La oyó murmurar algo y después el susurro de un cuchillo al cortar una cuerda. Notó el sonido de una bestia de cuatro patas al ponerse en pie.

Se oyó un grito en la distancia.

Aderyn le agarró el brazo.

—¿Sabes adónde tenemos que ir? —preguntó él. En la oscuridad e invadido por el miedo, se había desorientado.

—Sí. —La palabra fue breve, pero segura—. Por aquí. —Tiró de él y Ellis la siguió, o lo habría hecho si la cabra de hueso no hubiera elegido ese momento para colocarse delante de él. Se tambaleó, a punto de tropezar y caerse, y oyó a Aderyn gruñir a su lado.

Tenían que ir con tremendo cuidado al huir de los demás, porque Ellis y Aderyn no podían correr sin partirse el cuello con las raíces de los árboles o las rocas afiladas. Corrieron pequeños tramos, agachados, y trataron de dejar atrás cuantos árboles pudieron. Aderyn parecía tener una buena orientación para saber cuándo moverse y cuándo detenerse. Un perro aulló, y Aderyn maldijo entre dientes.

Ellis no supo cuánto tiempo corrieron, pero conforme se movían, la maleza del suelo se aclaraba y la textura cambiaba de un musgo suave a tierra dura y piedras. Incluso los olores eran diferentes: habían pasado de la hierba intensa a un pesado aroma metálico. Solo cuando se resbaló en un charco, cuando tocó la piedra dura y sintió lo fría que estaba, lo comprendió.

Estaban en la boca de la mina.

Aderyn se detuvo y Ellis se agachó, jadeando. Le dolía todo el cuerpo, pero sabía que no podía descansar. Esta noche no, podían seguirlos hasta la mina. Oyó a la chica rebuscando en la mochila y después el sonido familiar de la yesca. Una luz brillante le hizo parpadear para apartar las lágrimas de los ojos; un farolillo ardía alegremente en la mano de Aderyn. Tenía aspecto demacrado, con sombras bajo los ojos y los labios apretados.

Se acordó de las palabras silenciosas que había formado su boca al mirar a Catrin. No las oyó entonces, pero, al mirarla ahora, vio la forma de esas palabras.

Lo siento. Tengo que hacerlo.

19

La montaña se llamaba Carregdu, la roca negra. Había historias que narraban que recibía el nombre por el fuego que un día escupió al cielo, cubriendo las estrellas de nubes negras. Incluso después de que el rey del Otro Mundo dejara las islas, cada poco tiempo se adentraba en los bosques hacia las montañas. Los árboles de esos bosques tenían raíces gruesas y una corteza que parecía repeler las hachas; no había grandes piezas que cazar e incluso las hierbas y las bayas podían recolectarse de forma más segura en otro lugar.

Tan solo la mina de cobre había atraído a la humanidad a la maraña de árboles. La promesa de riqueza en la montaña era un atractivo, y Ryn se preguntaba si habría bastado para aquellos que habían construido casas y caminos, que habían luchado contra la maleza y la sensación diferente que aún permanecía en el aire.

Ryn caminó entre charcos de agua; había sedimentos oxidados en ellos e incluso en la oscuridad podía ver cómo había manchado el cobre la tierra. En el pasado, cientos de hombres y mujeres vinieron a este lugar a ganarse la vida sacando cobre a la superficie y con el sueldo llevaban comida a su mesa.

El terreno era rocoso y estaba inclinado hacia arriba, los árboles eran cada vez más escasos. Había carretas abandonadas por todas partes, saqueados en busca de piezas de metal y herramientas útiles. Restos de tiempos mejores abandonados para pudrirse.

Trató de no buscar un sentido más profundo a esto.

Seguía con las emociones demasiado intensas; tenía las puntas de los dedos entumecidas y la frente febril. No podía cerrar los ojos sin ver a la madre de Catrin: esos ojos ciegos taladrándola, como si la mujer muerta pudiera ver a través de ella. Y peor, la súplica en la cara de Catrin. La mujer le había implorado y ella la comprendía. Si alguien hubiera intentado arrebatarle de nuevo a su madre, sabía que podría haber hecho más que tirar a una persona al suelo y tratar de disuadirla.

Cuando decidió poner fin a la maldición, lo hizo para salvar vidas, no para segarlas una segunda vez.

Cerró los ojos y los abrió de nuevo.

—No tienes que venir conmigo —dijo con voz temblorosa.

Agarró con más fuerza el hacha.

Era una enterradora. Enterraría su miedo.

—Creo que ya hemos hablado esto —respondió Ellis con tono suave y una sonrisa—. Y que no haya encontrado pruebas de mis padres en el campamento no significa que no vaya a encontrar algo en la mina. O más allá. —Afiló la mirada y Ryn sintió todo el peso de su atención. Le erizó la piel de la nuca—. Además, tengo que hacer un trabajo. Los cartógrafos tienen una responsabilidad con el mundo, han de retratarlo con toda la exactitud y esmero que puedan. Se ganan guerras con mapas. Se crean rutas de comercio. Y pueden salvarse vidas o no dependiendo del trazo de la tinta sobre el papel. Sería un flaco favor para un cartógrafo que me marchara ahora.

Eso arrancó una carcajada a Ryn.

—Hablas de la cartografía como si poseyera cierta nobleza.

—Así es —confirmó él. Aguardó un momento y añadió—: Igual que la sepultura. Ningún oficio es particularmente romántico, pero sospecho que el mundo sería un lugar peor sin nosotros.

—Eso espero —respondió Ryn. Cuadró los hombros y tomó aliento—. Si esperamos a que amanezca, puede que nos encuentren los habitantes del campamento.

La mina olía a metal viejo; el techo era bajo y Ryn tuvo que agachar la cabeza para entrar. De pronto notó la presencia de piedra a su alrededor. El peso de las montañas parecía presionar hacia abajo y el aire era denso y húmedo. La luz del farol hacía estremecer las sombras y Ryn esperaba que no se le notara que le temblaban las manos. Oía a Ellis detrás de ella y el sonido de las pezuñas cuando la cabra de hueso la siguió. Los pasos resonaban en el pozo de la mina y regresaban a ella.

—¿Lo notas? —murmuró Ellis.

Ryn lo miró.

—¿El qué?

Ellis sacudió un poco el cuerpo, como si tratara de desprenderse de algo. Como… si algo despertara.

Tenía la cara alzada hacia la oscuridad, como una presa que olía a un depredador. La puso nerviosa.

—No permitas que la mina te inquiete —dijo Ryn—. No podemos quedarnos aquí.

Ellis asintió y desenrolló la hoja de pergamino.

—Es un mapa aproximado —señaló—. El que usé para llegar a Colbren.

—Con el que te perdiste —volvió a remarcar ella—. Muy alentador.

—Bueno, es lo único que tenemos.

A ojos de Ryn, era un lío de líneas que se entrecruzaban y de formas, de palabras garabateadas de forma tosca, muchas de las cuales no conocía. Sabía leer gracias a las lecciones de su madre, pero el mapa parecía usar una especie de clave. Mientras Ellis estudiaba la hoja, algo lo cambió. Lo agudizó, le iluminó los ojos e hizo cada movimiento un poco más rápido, un poco más seguro.

—Ya veo —murmuró el joven mientras acariciaba el documento con los dedos. Se sacó una brújula del bolsillo, la dejó en el suelo y contempló la aguja de hierro. Era todo muy practicado, muy preciso, y Ryn se quedó mirando. Siempre le resultaba fascinante observar cuando la gente hacía lo que mejor sabía hacer. Las manos de Gareth se volvían firmes cuando trabajaba con los libros de cuentas del cementerio y era la única vez en la que parecía relajado de verdad; Ceri sonreía y se mostraba amable hasta que tenía que batallar con una masa que no subía, entonces entrecerraba los ojos y apretaba los labios en un gesto de determinación.

Ryn no sabía qué aspecto tenía ella cuando trabajaba. Manchada de tierra, seguramente.

—Tenemos que ir por aquí. —Ellis señaló el pergamino.

Las paredes de la mina estaban tintadas de dorado por el cobre. Del techo emergían estalactitas que bajaban como los dedos de una bestia con garras. Oía de tanto en cuando el sonido del agua moviéndose. El aire olía… mal. Tal vez fuera por la quietud, el estancamiento del mundo que los rodeaba.

Los mineros habían clavado clavos en las paredes para sujetar tablas estrechas de madera como si fueran peldaños de una escalera. Las tablas estaban separadas por un brazo de distancia y ascendían hacia la oscuridad.

—Escaleras —señaló Ryn—. A los otros niveles de la mina. Algunas subirán y otras bajarán. Irán en ambas direcciones.

—¿Son seguras? —preguntó Ellis. Tocó una tabla, como para probar la fuerza.

—Es madera dura. No se habrá podrido aún. —Se impulsó hacia la primera tabla y le tendió una mano a Ellis. Él la aceptó sin dudar y deslizó los dedos fríos y secos entre los de ella. El ascenso habría sido agotador, si no imposible, de no haber estado estas escaleras toscas.

Ellis miró abajo. La cabra de hueso seguía allí, con la cabeza ligeramente ladeada.

—Me he olvidado de ella —comentó Ryn y movió las manos hacia la cabra—. Muy bien, chica, no puedes...

Antes de terminar la frase, la cabra se preparó. Tensó las patas traseras y saltó en el aire. Encontró con las pezuñas unos surcos invisibles a lo largo de la pared de piedra y... y la cabra de hueso se detuvo en un pequeño saliente. El movimiento fue tan repentino que Ryn se encogió y Ellis le agarró un brazo para sujetarla. Por un momento, ambos se quedaron mirando al animal muerto.

La cabra de hueso les devolvió la mirada.

—No creo que tengamos que preocuparnos por dejarla atrás —comentó Ellis.

Ryn exhaló una media carcajada, medio suspiro.

—Eso parece.

Avanzaron despacio y Ryn se mantuvo atenta todo el tiempo. Casi esperaba oír los gritos de aquellos que los perseguían o el rechinar del hueso contra el metal. Pero solo oía el goteo del agua y el susurro del viento en el túnel.

Una de las tablas de madera se había caído y quedaban solo clavos de metal. Ryn iba primero y probaba los asideros mientras ascendía. Había pasado su infancia trepando árboles y no le daban miedo las alturas. Ellis esperó un poco más para evaluar el ascenso antes de agarrarse al primer asidero.

La mina tenía varias plantas. La mayoría eran artificiales, creadas a partir de helechos mezclados con piedra y barro y tablas de madera para sujetarlo todo. Algunos de los pozos eran tan estrechos que tenían que gatear. Ryn usaba un brazo para sostener el farol mientras avanzaba, arrastrando las caderas por el suelo de piedra. El agua le empapaba la ropa y se le metió el frío en los huesos.

Llegaron a otra planta y Ellis tuvo que examinar el mapa de nuevo. Ryn alzó el farol mientras él estudiaba el documento, ambos con la cabeza gacha sobre las marcas de tinta. El joven movía los labios en silencio mientras leía y trazaba las líneas con un dedo.

Un sonido agudo resonó en el pozo de la mina y los dos se sobresaltaron.

—Rocas —declaró Ryn—. Ha sonado a rocas cayendo.

—¿Qué lo habrá provocado? —preguntó Ellis. Miró en todas direcciones, tratando de ver todo lo posible.

—Prefiero no pensar en ello.

El pozo se estrechó hasta que Ryn podía tocar ambos lados si estiraba los dedos. Reinaba una sensación de pesadez a su alrededor, el peso de algo invisible que recaía sobre ellos. Oía la respiración entrecortada de Ellis detrás de ella.

Llegaron a la primera sección colapsada tras más o menos una hora de viaje. Ante ellos se alzaba una gran masa de grava que los obligó a trepar y pasar por encima. Ryn iba delante y le dio el farol a Ellis para utilizar ambas manos para pasar. Los dedos le resbalaban sobre los escombros y una parte cayó y rebotó en el suelo.

La cabra de hueso era la única que permanecía imperturbable. Una criatura que no había dejado que la muerte la detuviera.

—Bien —dijo Ellis cuando llegaron a una bifurcación en el camino. Había ahí un carro viejo con una rueda destrozada. Junto al carro había un único hueso, y la imagen hizo que Ryn se tensara.

Notó una mano en el hombro.

Levantó la mirada. Ellis estaba a su lado; la luz del farol proyectaba líneas duras en su rostro, pero también veía preocupación en sus ojos.

—Estuvo aquí —comentó Ryn—. Tuvo que estar aquí. Ver esto y… —Sacudió la cabeza y se le soltó de la trenza un mechón de pelo que le cayó en el hombro.

Cuando pensaba en su padre, recordaba unos dedos llenos de callos y que siempre ajustaba la carga que llevase para posar una mano en el hombro de Ryn. Tenía arruguitas en las esquinas de la boca de sonreír y le gustaba dar de comer a las gallinas, ponerles nombre y contarles historias sobre las aventuras que vivían los pájaros cuando nadie miraba. Era un hombre sólido, sonriente y siempre presente.

Hasta que dejó de serlo.

Estaba muerto. De eso no tenía dudas. Solo la muerte habría evitado que regresara a casa.

—¿Cuándo…? —comenzó Ellis.

Movió la cabeza y la pregunta murió en sus labios.

Un momento después, también Ryn lo oyó. Un sonido chirriante junto a los tobillos.

Una forma delgada como la tela de una araña salió de debajo del carro. Una mano, comprendió. Era una mano que se estaba arrastrando y dejaba cartílago a su paso. Ellis soltó un sonido de sorpresa y dio un paso atrás.

Ryn la pisó con la bota. Los huesos se rompieron y esparcieron por el suelo. El hueso de un dedo se retorció y se detuvo.

Nadie habló por un momento.

—Como hagas una broma sobre manos o sobre manejar esto, te empujo por un pozo de la mina —advirtió Ryn.

Ellis arrugó la nariz.

—Ni se me había ocurrido. Posiblemente sea lo más desagradable que haya visto nunca.

La cabra empujó con el morro uno de los huesos.

—No te atrevas a comerte eso —le recriminó Ryn.

—Olvídalo —dijo Ellis—. *Eso* es lo más desagradable que he visto nunca.

La cabra alzó la mirada, pero volvió a empujar el hueso. Ryn la agarró por un cuerno y tiró de ella.

La travesía los llevó a otra planta y, esta vez, Ryn vio una escalera. Estaba en buen estado, pero probó el peso en el peldaño inferior.

La escalera era robusta, pero de vez en cuando miraba abajo para comprobar que Ellis la seguía. Había arrugas de dolor en torno a su boca y ojos, y Ryn frunció el ceño.

En la parte superior de la escalera faltaba un peldaño. Ryn se estiró y dejó el farol en el saliente de piedra. Apoyó las manos en la piedra suave y se valió de toda la fuerza de los brazos para impulsarse.

Algo frío le agarró el brazo y la arrastró. Soltó un grito y pateó cuando el ente de hueso la inmovilizó en el suelo.

Era un minero; vestía ropa tosca y le faltaban la mayoría de los dientes. No sabía si había sido un hombre o una mujer. Hacía tiempo que se le había desprendido la piel y solo quedaba hueso y tendones rotos. Como el agua, estaba manchado de cobre. Tenía el cráneo salpicado de rojo y las cuencas vacías de los ojos fijas en Ryn. Notó sus manos encima y se defendió con los puños. Tenía el hacha amarrada a la espalda, debajo de ella, y no podía alcanzarla. El dolor se extendió por el brazo cuando se lo retorció y lo pegó a la piedra fría.

Ellis gritó algo y su voz resonó entre las paredes de la caverna. Las palabras se desdibujaron en sus oídos, pero no le importó. Estaba concentrada en el ente de hueso, en su peso y olor, en la proximidad y la amenaza. No sabía si tenía intención de lastimarla o si quería hablar con ella, o incluso si era un baile. No importaba. No cuando podía caer y morir fácilmente.

—Lo lamento —gimoteó antes de corcovearse como un caballo asustado. Le rodeó la cintura con las piernas y rodó. Con todas sus fuerzas, lanzó a la criatura por el borde del saliente.

Se oyó un grito y después el sonido de un impacto. Ryn se puso a cuatro patas y se acercó al borde.

—¿Estás bien?

—Por un pelo, pero sí —respondió Ellis.

Se impulsó hacia el borde y, un instante después, la cabra también subió.

—Ya entiendo por qué no han reabierto este lugar —comentó Ellis con voz aún más ronca de lo habitual.

Ryn alzó el farol e intentó que no le temblara la mano.

—¿Por qué algunos nos atacan? —Respiraba todavía con dificultad—. Los soldados, ese hombre. Pero otros... no. —Miró a la cabra de hueso, que estaba rascándole el trasero con un cuerno.

—No lo sé. —Ellis se apoyó en la pared—. ¿Crees... que la muerte cambia a la gente?

A la luz del día, Ryn podía apartar gran parte de los recuerdos o ahogarlos con trabajo. Pero en la noche volvían, como gallinas al gallinero, y no podía librarse de ellos. La cabra de hueso se acercó más y, por primera vez, le alegró contar con su presencia. Siempre había sentido que la muerte perseguía a su familia, que se los llevaba uno a uno; no quería ver a la cabra de su hermana descomponerse poco a poco.

Se resbaló en una roca, se cayó y se golpeó con fuerza la rodilla. Soltó un gruñido de dolor. Se quedó allí arrodillada un momento, hasta que notó la mano de Ellis en el hombro.

—¿Estás bien? —le preguntó con tono amable.

—Sí. —La mentira acudió a sus labios por sí sola, pero le sonó falsa incluso a ella.

Dejó el farol en las rocas. La llama parpadeó, pero no se extinguió.

Sentía una fuerte repulsión y no supo qué fue lo que hizo que lo dijera. Tal vez fue que la verdad llevaba meses cavando un agujero en sus entrañas y alguien tenía que saberla.

—Lo sabía.

—¿Qué? —Ellis se sentó a su lado, pero ella evitó mirarlo.

—Sabía lo de mi tío. —Entrelazó los dedos con fuerza.

Hubo un momento de silencio, interrumpido solo por la inspiración agitada de Ellis, que resonó entre los muros de la caverna.

—Sabía que estaba muerto.

—¿Ya lo sabías? —La voz de Ellis era suave ahora y a Ryn le dieron ganas de volverse. No merecía su amabilidad por esto.

No supo qué fue lo que le hizo decirlo. Tal vez la noche que la aplastaba, la íntima proximidad de la oscuridad o el recuerdo de la muerte en el campamento. Todos tenían a sus muertos, ella solo tenía más que el resto.

—Yo lo enterré.

Ellis le tocó la mano.

—¿Me lo quieres contar?

No quería, las palabras amenazaban con desarmarla. Pero tal vez pronunciarlas supusieran un alivio para tan pesada carga.

—Éramos felices —dijo, porque ¿no empezaban así todas las historias?—. Mi familia. Mi padre, mi madre, mi hermano y mi hermana. Tuvimos una buena vida, por un tiempo. Nuestro tío se mudó con nosotros cuando mi padre desapareció en la mina y ayudó a mi madre con la casa.

»No le teníamos mucho afecto —continuó—. Era el hermano de nuestra madre y ella lo quería, pero entonces ella enfermó. Deterioro pulmonar, se le metió en el pecho y nunca se curó. Cuando murió, quedamos al cuidado de nuestro tío.

»Él nos miraba como si fuéramos una carga. Todos intentamos no serlo.

Ryn lo había procurado saliendo de casa con frecuencia: se internaba en el bosque, recogía bayas y bellotas y cavaba tumbas cuando había necesidad. Gareth había abandonado sus nociones infantiles de juego y se había hecho cargo del libro de cuentas de su madre. Se ocupó del negocio de enterrar a los muertos y aprendió a hablar de forma que los adultos lo trataran como a un igual. En cuanto a Ceri, aprendió a poner comida en la mesa. Incluso cuando era pequeña, elaboraba comidas a partir de los restos más ínfimos, hacía mantequilla y queso con leche de cabra y horneaba dulces para vender el día de mercado.

—Lo hicimos lo mejor que pudimos —prosiguió Ryn—. Pero... hace unos meses, mi tío llegó a casa tras una de sus veladas en el Red Mare. Estaba borracho y enfadado por haber perdido otra partida de cartas. Le había pedido dinero prestado a Eynon, pero eso lo descubrimos más tarde. Nos culpaba por sus deudas y decía que, si no se viera obligado a vivir en Colbren, habría hecho cosas mejores. Estaba ebrio y enfadado, y se resbaló en las escaleras. —Aún podía oír el crujido del cráneo contra la madera—. Se golpeó la cabeza con el marco de la puerta y se cayó al patio. Nos quedamos todos allí un momento, esperando a que se levantara y siguiera gritándonos... pero no lo hizo.

Miró a Ellis a la cara por primera vez desde que había empezado el relato. Con una expresión seria, asintió, como para animarla a que continuase.

—Gareth quería contárselo a alguien. Pero si lo hubiéramos hecho... me habrían enviado a un asilo para pobres, y puede que también a Gareth. No sabíamos qué pasaría con Ceri. Y al enfrentarnos a eso... supe lo que tenía que hacer con el cuerpo, pero no me importó.

El respeto a los muertos era una de las muchas cosas que su padre le había inculcado. Por eso él cuidaba tan bien del cementerio, por eso siempre atendía a los pequeños rituales y por eso confió ese cuidado a su hija mayor. Porque sabía que ella lo comprendería.

Hasta que pasó a ser un inconveniente.

—Lo enterramos en el bosque —indicó—. Una tumba sin nombre en el bosque porque no quería poner en riesgo a mi familia. Y sabía... sabía que podía convertirse en un ente de hueso. Pero aunque lo hiciera, pensaba que no saldría de allí.

Y aunque nunca le gustó su tío, se sintió avergonzada por lo sucedido. Era la cosa más monstruosa que había hecho nunca, pero la había hecho. Por su familia y por ella misma.

Una vez que había rellenado el agujero, Gareth y ella regresaron a casa. Se limpiaron la tierra de debajo de las uñas, cubrieron la sangre del patio con heno y contaron a la gente que su tío se había marchado a la ciudad de negocios.

No volvieron a hablar de lo que sucedió aquella noche.

—Durante un tiempo no tuvimos que pensar en ello. Sencillamente, seguimos adelante, fingimos que nuestro tío estaba fuera. Pero hace dos semanas apareció un ente de hueso fuera del bosque. Se acercó tambaleante a la granja de Hywel y lo destruimos. Lo ayudé a llevar las partes a la forja.

El miedo se apoderó de ella. Al fin y al cabo, si un ente de hueso podía salir del bosque... ¿qué detendría a otro? ¿Y si la magia encontraba a su tío y lo obligaba a despertar? ¿Y si regresaba y lo reconocían? Todos sabrían que había muerto y que había acabado enterrado en una tumba sin nombre en el bosque. Fue entonces cuando Ryn sacó el hacha y empezó a pasar las noches en el cementerio.

Esperando a que apareciera un monstruo.

20

La llama del farol titiló y Ryn apenas se dio cuenta. Tenía la mirada perdida, la voz engañosamente uniforme. Ellis escuchó la confesión.

Cuando la chica terminó de hablar, dejó la mirada fija en la piedra húmeda.

—No voy a disculparme por lo que hice —dijo—. Fue horrible y sé que me convierte en una persona terrible, pero no me arrepiento.

Tal vez debería de sentirse asqueado. U horrorizado. En cambio, Ellis quería encontrar un modo de meterse en esa historia, de interponerse entre el tío y los niños. Nunca había conocido a ningún adulto que lo hubiera reprendido así. Lo habían ignorado o tratado como una carga, pero no había experimentado odio por parte de su familia.

—No fue culpa tuya.

Una media sonrisa amarga le tiró de los labios.

—Ah, ¿tendría que culpar entonces a mi tío?

—Su muerte fue un accidente. A veces pasan cosas horribles. Tus padres… siento tu pérdida. En cuanto a tu tío, da la sensación…

—¿De que no es una gran pérdida?

—Iba a decir que era un imbécil. —Aderyn soltó una risita de sorpresa—. Lo hiciste lo mejor que supiste. Si yo hubiera estado en tu lugar, tal vez habría hecho lo mismo.

—Tú habrías contado la verdad. —Ellis abrió la boca para protestar, pero ella siguió—: Eres una buena persona. Yo nunca he fingido serlo. —Inclinó la cabeza y un mechón de pelo cayó delante de sus ojos—. Enterré al último miembro de mi familia en un bosque, en una tumba sin nombre. Lo abandoné al olvido, sin la opción de que lo lloraran.

Ellis negó con la cabeza.

—No es el último miembro de tu familia. Aún tienes a tu hermano y a tu hermana.

Al escucharlo, sonrió, pero solo con la boca. Le dio una palmada en el brazo.

—Gracias.

Algo dentro de él se agitó. Sintió lo mismo que cuando se resbalaba en el hielo o en una piedra mojada: ingravidez en el vientre y la sensación de una caída inminente.

Aderyn apartó la mano y Ellis notó la pérdida.

—Gracias por escucharme —le dijo—. Por... tu comprensión.

—De nada.

Le dolía mucho el hombro. Cuando Aderyn le dio la espalda, buscó corteza de sauce en la bolsa. Sus provisiones habían disminuido, y se le revolvió el estómago al ver lo poco que le quedaba. Tendría que ser más cuidadoso... pero después. Ahora lo necesitaba. El familiar sabor amargo le empapó la lengua y tragó saliva.

A medida que caminaban, la mina se abrió de repente. Llegaron a una caverna. Aderyn emitió un sonido suave y, un momento después, Ellis comprendió por qué. El agua le salpicaba las botas. Se trataba de una caverna natural; tenía las paredes abombadas y deformadas, y ya no quedaba nada de la suavidad de los lugares donde las manos humanas habían cavado túneles. El tiempo y el agua habían dado forma a esta caverna.

Ellis llevaba la brújula en una mano y con la otra alcanzó a Aderyn. Sus dedos encontraron los de ella y le dio un apretón. Esperaba que ella se apartase, notar su mano fría deshacerse de la de él. Que lo taladrara con una de sus miradas.

No obstante, se la sostuvo. Le devolvió el apretón, como si también ella necesitara algo a lo que aferrarse. Algo vivo. La cabra de hueso se movía con la calma de un animal que no se preocupaba por su alrededor y solo se detuvo para olisquear una roca interesante.

Ellis no estaba seguro de qué profundidad tendría el agua, esperaba que poca. Así y todo, siguieron por los bordes de la caverna, tropezando con estalagmitas y aferrándose el uno al otro en busca de equilibrio. La luz osciló cuando Ellis tropezó y casi arrastró a Aderyn con él. Se agarró por poco a una roca. El frío le entumecía los pies, el dolor ascendía por las rodillas hasta los muslos. El agua era totalmente opaca y no podía parar de mirar para asegurarse de que no había nada ahí.

Así fue como vio las ondas.

Un leve movimiento captó su atención, como si algo hubiera resbalado en una piedra.

Tensó todo el cuerpo.

—Hay algo...

No terminó la frase.

Una mano emergió del agua. Era resbaladiza. El olor que manó era agrio y Ellis notó bilis en la garganta. La mano tenía solo cuatro dedos y uno de los huesos estaba roto a la altura del nudillo. La luz brillaba en los huesos de los dedos.

No hubo tiempo para gritar. En un segundo, Ellis estaba de pie. Al siguiente, cayó.

Se sumergió en la oscuridad y el agua helada.

Era una negrura como ninguna otra que hubiera conocido. En la ciudad, no existía la oscuridad total. Había velas, fuegos y lámparas de aceite. En el campo, había antorchas, luz de la luna e incluso el titileo de las estrellas.

En la profundidad, bajo las montañas, no había nada.

El profundo vacío, la fría nada.

El terror le apretó la garganta como una soga.

Algo le agarró el tobillo y pateó. Sacó la cabeza a la superficie y regresó el sonido.

Oyó gritos y eso fue todavía peor que el silencio.

La voz de Aderyn fue la primera que oyó. Ellis gimoteó su nombre, buscó el aire, trató de encontrar algo, cualquier cosa.

Tocó algo, pero se le escapó antes de que pudiera agarrarlo. Oyó un chapoteo y tropezó, se golpeó la rodilla con una piedra. Estaba de rodillas en el agua, buscando en el lodo con los dedos. Encontró su mochila y tiró de ella para echársela al hombro.

Algo le golpeó. Vio las estrellas cuando el hombro chocó con el suelo y soltó un grito. El agua le cubrió la nariz.

No era profunda, pero no tenía que serlo para que una persona se ahogara.

Intentó incorporarse, pero algo lo sujetaba con fuerza. Lo golpeó y de sus labios salieron burbujas. Parpadeó y le ardieron los ojos por el agua, pero no veía nada, no oía nada. Su codo conectó con algo duro y notó que cedía, que se quebraba por el golpe.

Salió a la superficie y llenó los pulmones de aire. Le dolía, el pecho le ardía y alguien gritaba su nombre.

Buscó a tientas y encontró pelo suave. Subió hasta darse cuenta de que estaba tocando el cuerno de la cabra de hueso. Apretó los dedos y notó que lo arrastraba; parecía que la cabra estaba decidida a mantenerlo en movimiento.

La luz estalló.

Eran solo unas llamas. Ryn había usado el pedernal para prender fuego a su bufanda. Ellis se incorporó con la cabra de hueso a su lado y vio otro ente de hueso. No tenía carne, la ropa le colgaba en tiras rasgadas de los brazos y la mandíbula le repiqueteaba, como si estuviera intentando hablar. Estiró el brazo hacia él, con una postura casi implorante, pero le apartó la mano con una patada.

Con una mano, Aderyn lanzó el hacha a otro ente de hueso. La criatura se sacudió y cayó, resbaló y desapareció en el agua.

El agua estaba agitada, comprobó. Viva. No, viva no. Las criaturas emergían, algunas se movían con una pierna o sin ninguna, arrastrándose con dedos huesudos. Otras no tenían cabeza y algunas estaban rotas de formas terribles.

Todas se acercaban.

—¡Muévete! —gritó Aderyn y no tuvo que decírselo dos veces.

El agua salpicaba delante de ellos mientras trataban de correr; el suelo resbalaba demasiado para una carrera de verdad. Cuando se acercó otro ente de hueso, la cabra de hueso bajó la cabeza cornuda y cargó hacia el agua. Ellis sintió una punzada de miedo por el animal.

—Sigue moviéndote —exclamó Aderyn. La luz del fuego titilaba y la bufanda colgaba de la punta de sus dedos.

Si se apagaba la llama, volverían a perderse.

Corrieron por la caverna, el sonido de sus pasos rebotaba entre las paredes, amplificado con cada eco. Sonaba como si cien personas corrieran para salvar la vida. Cuando Ellis miró por encima del hombro, vio las formas de aquellos que los seguían.

Los mineros estaban andrajosos y descompuestos tras haber pasado años en estas aguas. La carne de su cuerpo debió de desprenderse tiempo atrás y alguna marea se la llevaría o se la comerían los animales. Aunque las criaturas no contaban con el entrenamiento ni las armas de los caballeros de Castell Sidi, eran aterradoras.

Ellis y Aderyn salieron del agua, de la caverna, y ya en la piedra resbalaron cuando el suelo ascendió en una pendiente inclinada. La luz se apagó y, por un momento, el mundo desapareció a su alrededor. Entonces Ellis oyó que Aderyn soplaba las llamas y la luz surgió de nuevo, más débil, y las chispas se desvanecían en la oscuridad. La prenda se mecía en su mano y hacía que la cueva pareciese extrañamente irreal: presente en un momento y desaparecida al siguiente. Tenían que adivinar cada paso, rezar en silencio, y Ellis tan solo podía pensar en que ojalá no volviera a caerse… o que nada lo agarrara.

Echó la vista atrás de nuevo. El ente de hueso más rápido estaba a solo unos metros de distancia y la oscuridad no parecía un obstáculo para él.

Ellis no sabía qué había pasado con su ballesta. Ya no notaba su peso en la espalda. Por un segundo, pensó en agacharse y buscar piedras o alguna cosa que arrojar al ente de hueso, pero…

Unas pezuñas repiquetearon en la roca. Ellis echó otro vistazo y vio a la cabra de hueso con los cuernos bajados, agitando el agua con las patas traseras mientras cargaba contra los muertos. Tal vez intentaba vengar su propia muerte.

O puede que intentara salvar a su gente.

Oyó un sonido detrás de ellos. No sabía si era un ente de hueso o la cabra. Aderyn protegió la llama con las manos sin importarle si se quemaba.

—Vamos. —Ellis apenas fue capaz de pronunciar las palabras. Se dirigió al segundo túnel con la esperanza de que este los llevara al exterior.

El túnel se alzó en un ángulo imposible y una escalera medio podrida brilló a la luz del fuego. Le faltaba la mayor parte de la madera, pero el hierro estaba intacto.

Sin decir una palabra, Ellis se adelantó. Agarró las barras de metal por donde estaban incrustadas en la roca y las usó de asideros para impulsarse hacia arriba. Gruñó un poco cuando se resbaló, pero se mantuvo allí firme.

Aderyn soltó la prenda encendida. Por un momento vieron la llama, pero entonces chocó contra la piedra húmeda y todo se volvió oscuro.

Le ardía el hombro izquierdo como si se lo hubieran marcado con fuego; el calor lo abrasaba y, durante un segundo vertiginoso, Ellis pensó que podría desmayarse, que se caería y se quedaría allí. Que sus huesos se unirían a los del agua. Se mordió el labio inferior y se esforzó por agudizar la vista. Intentó echar más peso en el brazo derecho, usar ese para impulsarse, pero empezó a temblarle.

Por los reyes caídos. No podía hacerlo. Se quedó quieto, incapaz de impulsarse más o de bajar. Le ardía el pecho de dolor y le daba la sensación de que el corazón intentaba ascender por las costillas y la garganta.

—No... no puedo —gimió. Sencillamente, su cuerpo no podía soportar más, por mucho que intentara forzarlo a que cooperase. El hombro le chillaba y quería contestar gritando, pero encerró cualquier sonido de dolor entre los dientes.

Durante un terrible momento, permanecieron inmóviles en la pared. Notó la mano de Aderyn en el tobillo, se lo agarraba con fuerza, como si intentara decirle que se moviera, que siguiera huyendo, pero permaneció quieto. Entonces ella apartó la mano.

Notó que ascendía por su lado y lo comprendió. Lo estaba rodeando, escapaba antes de que los entes de hueso pudieran tirar de ella hacia abajo.

Bien. Sintió un tremendo alivio, no por él, sino por ella. Él se iba a caer, pero ella no tenía por qué. Podía seguir, continuar con su tarea y, tal vez, salvar a todos los demás. Su misión no tenía que terminar en la humedad y la oscuridad, con dedos ásperos y chasquidos de mandíbulas.

Y entonces notó su mano en el brazo. Tiró de él, lo separó de la pared y lo subió al siguiente peldaño.

Le dolió. Fue como si le vertieran fuego derretido en el hombro. Tal vez gritó, pero el ruido se perdió en las cavernas. Apretó los dientes y se obligó a continuar.

El ascenso fue confuso: pies y brazos, metal frío y piedra resbaladiza. Ellis oyó que Aderyn soltaba una exclamación de sorpresa y entonces notó el aire fresco en la camiseta. Sintió el frío, se le metió por el cuello y bajó hasta el pecho. Fue agradable.

Salió de la mina. En un momento estaba rodeado de roca por todas partes y de pronto se encontraba bajo tonos carmesí y dorados; la luz se colaba entre los árboles.

Cayó de rodillas, con una mano en el musgo suave del suelo del bosque.

21

Ryn había escuchado muchas historias sobre Annwvyn. Cómo era el Otro Mundo, el No Lugar, donde gobernó Arawn, en Castell Sidi, donde perros de ojos rojos cazaban para su amo, donde desaparecieron hombres durante una década y reaparecieron con el mismo aspecto, ni un día más envejecidos, donde las doncellas escuchaban canciones tan bonitas que lloraban, donde Gwydion luchó una batalla grandiosa y pidió a cada árbol que luchara por él, donde Arawn por fin abandonó las islas y navegó más allá de donde podía llegar la humanidad.

Y a pesar de todas las historias, Ryn no estaba preparada para la belleza de las montañas.

Estos árboles tenían hojas doradas. No eran del tono marrón ni rojo oxidado del otoño, sino doradas como el amanecer. Liquen blanco trepaba por los troncos y reflejaba la luz. El suelo estaba cubierto de musgo y salpicado de flores delicadas. Se trataba de una belleza imposible de crear por manos humanas.

Por primera vez, Ryn comprendió por qué podría codiciar un humano este lugar.

Se agachó en el suelo cubierto de musgo y contempló los primeros rayos de sol entre los árboles. Quería acurrucarse bajo la luz del sol.

—Tenemos... —dijo, pero le falló la voz. Probó una segunda vez—. Tenemos que secar la ropa. Comer algo, descansar.

Ellis no contestó, pero asintió con la cabeza.

El joven estaba agachado, con el pecho agitado y la ropa empapada. Temblaba mucho y no se movía ni hablaba.

—¿Estás bien? —le preguntó Ryn.

Él seguía con la mirada apartada.

—Se ha mojado mi mochila, pero estoy bien. —El agradable tono ronco de su voz se volvió áspero. No dijo más y ella no insistió.

—Oigo una corriente de agua —comentó—. Voy a rellenar las cantimploras y a echar un vistazo.

Casi se alegró de la soledad cuando se adentró en el bosque. Había un profundo silencio, una quietud que no se atrevía a interrumpir. Los árboles eran anchos, viejos, con troncos retorcidos y llenos de nudos, intactos, ningún hacha los había atacado. Las copas espesas mantenían a raya los rayos del sol y la maleza del suelo no era demasiado espesa; no costaba caminar entre los árboles y los pasos de Ryn se vieron silenciados por los suaves arbustos y el musgo. Siguió el sonido del agua y descendió una pequeña cresta.

El riachuelo era pequeño, posiblemente alimentado por un manantial de la montaña. Se arrodilló junto al agua. El frío le tensó todos los músculos. Pero era también agua clara y limpia, y la usó para limpiarse el barro de la cara y los brazos. Se quitó la túnica y la lavó lo mejor que pudo. Seguía oliendo a la mina: cobre y óxido. Tenía el pelo enredado e intentó rehacerse la trenza con algo de éxito. Cuando tenía los dedos limpios, bebió agua a puñados. Un pececillo pasó por su lado y se tensó por el deseo de haber traído una red.

—Oh... lo siento.

Ryn alzó la mirada y vio a Ellis a unos metros de distancia con la mirada apartada. Frunció el ceño.

—¿Por qué?

Seguía sin mirarla.

—Estás... eh... —Movió la mano para señalarla.

—Ah, venga ya, no estoy desnuda. Tengo ropa que cubre todas las partes importantes.

—No quería avergonzarte.

Ryn se puso de pie. Conocía su aspecto: brazos pecosos repletos de músculos nervudos. El vientre pálido y un pecho fácil de rodear con una tira de tela. Su cuerpo era como su hacha: tal vez no era el más hermoso, pero le resultaba útil, familiar y cómodo.

—No estoy avergonzada —replicó—. Parece que tú sí.

Ellis adoptó una expresión divertida, como si intentara reír y hacer una mueca al mismo tiempo. Cuando por fin la miró a los ojos, lo hizo con la vacilación de alguien que trataba de mirar el sol. Una mirada que apartó enseguida, luego otra.

—¿Qué? —exclamó Ryn—. No tengo un aspecto tan horrible. Probablemente no sea el mismo que el de tus damas delicadas.

Ellis emitió un sonido. Como si se le atragantase una carcajada.

—No lo sé.

—¿No te van las damas? —preguntó—. Si prefieres a los chicos, está bien. Aunque no eres el tipo de Gareth. A él le gustan rubios.

—Tampoco me he fijado en tu hermano. —Por fin logró sostenerle la mirada y soltó una risita—. La razón por la que no he podido ascender... por la que me quedé ahí parado....

—¿Te estás muriendo? —Las palabras salieron de corrido. Las dudas surgieron al recordar las palabras de Catrin.

Ellis parecía anonadado.

—Vaya, sé que no tengo un aspecto muy decente después de haberme bañado en aguas con cobre y de haber trepado en una mina, pero...

—Ellis.

Él se rio, pero fue una risa breve.

—Eres una de las pocas personas que no hace que mi nombre suene como si faltara algo... un apellido o un título.

—Probablemente porque me siento irritada —respondió con sequedad—. Ellis el Elusivo.

—Muy bien. —Él inclinó la cabeza—. No me estoy muriendo. Es el hombro... me duele. Siempre me ha dolido.

Ah, de pronto las cosas cobraban más sentido.

—¿Una herida antigua? —preguntó.

Ellis se tocó el pecho con cuidado y deslizó los dedos por la clavícula, como probándola.

—Eso dijo la médica del príncipe. Pensaba que el que hueso se había roto y que no había sanado bien. —Por un momento, un tono de amargura impregnó su voz—. A veces meter el brazo en la camiseta es más de lo que puedo soportar y otros días, es solo un latido que puedo ignorar. Siempre llevo corteza de sauce para poder calmar el dolor en caso necesario. Elegí la cartografía no solo porque me encanta, también porque necesitaba un oficio que no me lastimara. Nunca seré soldado, ni herrero, ni nada que requiera el uso de ambos brazos. —Sacudió la cabeza—. Y si estás pensando en compadecerme... no lo hagas. En su mayoría, disfruto mucho de mi vida, pero tengo limitaciones.

»A veces me pregunto si fue por esto por lo que me abandonaron mis padres —prosiguió en voz baja—. Si no podían permitirse tener un hijo que nunca podría ayudarlos en una granja.

Ryn supo, por cómo pronunció las palabras, que este era el secreto que se llevaba a la cama. Era la cosa más dolorosa y real que podría haberle confiado.

Por los reyes caídos. Le dolía el corazón por él. De pronto deseó encontrar a sus padres y poder gritarles. A lo mejor podía ayudarle a buscarlos. Podía preguntar a los ancianos, comprobar si alguien había perdido a un hijo de la edad de Ellis.

Si es que habían sobrevivido, claro.

—¿Te puedo ayudar? —preguntó.

Él parpadeó.

—¿Disculpa?

Ryn señaló su ropa mugrienta.

—Has dicho que te duele meter el brazo en la manga. Y tienes que lavar la ropa, a menos que quieras que ese barro se seque y se endurezca. ¿Puedo ayudarte?

El silencio se instaló entre ellos; Ryn estaba segura de que se había excedido. Gareth habría sabido que no debería insistir y Ceridwen se habría mostrado demasiado correcta como para preguntar siquiera. Notó el principio de una disculpa en los labios, pero entonces habló Ellis:

—Eh... si no hay problema...

Ryn se acercó y tomó el borde de la camiseta manchada de barro.

Tardó unos minutos en quitársela: era cuestión de que no hiciera un esfuerzo muy grande con el brazo y tampoco rompiera la prenda. Ellis soltó un gruñido leve de dolor, pero la camiseta salió. Ryn la tiró al agua poco profunda y se enganchó a una rama caída. El barro empezó a escurrirse en pequeñas corrientes de agua.

Allí de pie, junto al río, vestidos con poco más que la ropa interior, Ryn arriesgó una mirada. Efectivamente, su brazo izquierdo estaba menos musculado que el derecho y tenía una cicatriz estrecha justo por debajo de la clavícula, como si el hueso hubiera atravesado la piel. Así y todo, había en él una fuerza, una quietud que denotaba tranquilidad.

—Podrías habérmelo contado antes —le dijo.

Él tenía la mirada fija en el río y los pececitos que se habían acercado para investigar la camiseta sucia; la tocaban, se apartaban y volvían a acercarse.

—Contárselo a los demás es invitarlos a compadecerse —respondió con tono cansado—. O peor, a que den consejos.

—¿Consejos?

—Hierbas que probar. Estiramientos. Sanguijuelas en una ocasión. La gente no puede limitarse a dejarme en paz, tienen que encontrar la forma de arreglarme.

—No estás roto —replicó ella.

—Ya lo sé. Pero la mayor parte del tiempo cuesta convencer al mundo. Por eso me gusta tanto la soledad. La gente cree que el dolor me hace débil... o, peor, fuerte. Si tengo que soportar que una persona más me diga que soy muy fuerte solo por vivir... —Sacudió la cabeza.

Ryn sabía algo del dolor, había visto suficiente. La muerte y el dolor eran compañeros íntimos, a menudo entrelazados.

—El dolor no hace débil o fuerte a una persona —señaló—. El dolor solo... existe. No es purificador, es parte de la vida.

Ellis se rio. Soltó una risa buena, de esas que le arrugaban las esquinas de los ojos.

—Ah, entonces supongo que debería alegrarme. Me gusta mucho vivir. —Cuando la miró, lo hizo a través del flequillo—. Y gracias.

—¿Por qué?

—Por no dejar que muriera en la mina.

Ryn resopló.

—Como si pudiera.

—Podrías haberlo hecho. —Ellis ladeó la cabeza y se le apartó el pelo oscuro de los ojos. Le dirigió una mirada firme que pareció perforarle la piel. Como si le retirara la carne y el hueso y le mirara directamente al corazón—. La mayoría lo habría hecho. Al enfrentarse a la oscuridad y al terror, la mayoría de las personas habrían corrido y se habrían olvidado de los demás.

—La muerte no me asusta. Nunca me ha asustado. —Cerró los ojos y sintió la amargura de la mentira en la lengua—. Perder a gente es lo que me aterra. La inseguridad y el… no saber. —Presionó una mano en la frente como intentando apartar los recuerdos.

—Lo entiendo —respondió él sin más. No era un «lo siento» ni un silencio incómodo.

Porque sí lo entendía. Había coexistido con su propia inseguridad la mayor parte de su vida.

Ryn sonrió, solo un poco.

—Vamos, tenemos que comer.

Metió la mano en el río para recuperar la ropa mojada, pero limpia. Ya se secaría bajo el sol.

Él la siguió.

—¿Y qué vamos a comer?

Ryn señaló el bosque.

—Mira a nuestro alrededor. Hay muchas cosas.

Ellis soltó un sonido escéptico.

—¿En serio?

—Mírame. —Le dirigió una sonrisa.

Tenía provisiones en la mochila: la harina y las semillas encurtidas, las conservas de bayas e incluso un pequeño cuenco de hierro. Podrían comer durante semanas en caso necesario. Se acercó a los árboles y se agachó para recoger puñados de acederas. Usó el borde de la cama para tomar algunas ortigas, que adquirirían un sabor agradable una vez cocinadas. Las setas eran más peligrosas, pero su madre le había enseñado cuáles eran las venenosas. Encontró un grupo de lenguas de gato junto a la base de un árbol. Se sacó un pequeño cuchillo del cinturón y se dispuso a recolectarlas.

—Toma. —Le dio las setas a Ellis.

Él las tomó con cuidado con ambas manos, como si temiera aplastarlas.

Ryn encendió un fuego lo mejor que pudo con leña verde. Fueron necesarios varios mechones de su propio pelo y muchos intentos antes de que apareciera humo entre los dedos.

Cenaron una sopa de acederas, ortigas y setas. Echó por encima algunas semillas encurtidas que acentuaron el sabor con mostaza y pimienta. Era una buena comida, pero Ryn se guardó el último bocado y lo depositó en una hoja gruesa. Se alejó varios pasos y dejó la comida en una de las piedras con musgo.

—¿Para después? —preguntó Ellis.

Ryn sacudió la cabeza.

—Probablemente te parezca una superstición. A fin de cuentas, se supone que este bosque está abandonado.

Ellis asintió, comprensivo.

—Los *pwcas*.

Ella enarcó las cejas.

—En Caer Aberhen también tenemos los viejos relatos —explicó él—. Los he escuchado, pero nunca me los creí… hasta que un hombre muerto intentó estrangularme.

—Eso suele cambiar la forma de ver la vida de una persona.

Ryn le sonrió y volvió después a su pequeño campamento. Bueno, llamarlo campamento parecía bastante optimista; consistía en sus mochilas, el hacha y la ropa colgada en las ramas. Después limpiaría el cuenco de hierro, rellenaría las cantimploras y quitaría el fango de la mina de las botas. Por ahora, sin embargo, tenía la barriga llena, la luz del sol le calentaba la espalda y tan solo quería acurrucarse en el suelo de musgo.

—¿No deberíamos movernos? —preguntó Ellis, pero sonaba tan agotado como se sentía ella—. ¿Continuar?

—No nos hará ningún bien no poder pensar debido al cansancio —contestó—. Vamos a descansar unas horas y después seguiremos.

Ellis gruñó, conforme. Ryn notó que se acurrucaba a su lado, con la espalda contra la de ella, y su calidez le resultó reconfortante.

Cerró los ojos y se durmió rápidamente.

* * *

Esa tarde comenzaron el viaje de verdad.

En lugar de intentar seguir su propio camino, Ryn decidió que era mejor seguir por la orilla del pequeño riachuelo, que había abierto una franja tan profunda en la roca que en algunos lugares los acantilados los rodeaban por ambos lados. Los rayos del sol atravesaban las copas de los árboles e iluminaban la neblina y el musgo. El agua no era profunda, le llegaba por debajo de las rodillas. Con el follaje del otoño alrededor de ellos, Ryn tan solo podía esperar que encontraran Castell Sidi antes de que nevara. El invierno caería sobre este lugar como un lobo sobre un cadáver fresco. Cerraría sus mandíbulas y no lo soltaría.

Al permanecer junto al río, no se quedarían sin agua fresca. Ryn tenía el hacha en la mano en todo momento y avanzaba por el barro y las rocas.

Ellis la seguía unos pasos por detrás. El descanso parecía haberle sentado bien; se movía con más facilidad y parecía interesado en los árboles y la pendiente de la montaña. Cuando se detuvieron para recomponerse, él sacó un pequeño libro mojado de la mochila y anotó varios números.

—Distancias —explicó cuando la vio mirándolo—. Si puedo hacer un mapa a Castell Sidi... —Se quedó sin palabras—. Bueno, no sé cuál sería el equivalente para una enterradora.

—¿Enterrar a príncipes? —sugirió ella con una sonrisita—. Aún no obtenemos mucho reconocimiento por ello.

El bosque estaba cubierto de hiedra y musgo y los árboles eran tan anchos que Ryn podía rodear algunos troncos con los brazos sin llegar a tocarse los dedos. Las raíces gruesas daban forma al suelo; sobresalían en el aire antes de descender a la tierra. Los árboles de hojas doradas pertenecían a una variedad de roble, decidió Ryn, y tal vez contenían un poco de magia.

La tarde pasó rápido mientras Ryn continuaba con su ritmo. Le ardían las pantorrillas y el calor del cuerpo mantenía a raya el frío del agua del río.

—No hay ni rastro de gente —expuso Ellis cuando pararon a rellenar las cantimploras. El agua era fresca y afilada en la garganta seca de Ryn y la tragó.

—Estamos en Annwvyn —señaló—. Claro que no hay nadie. Solo nosotros somos lo bastante estúpidos para venir.

Ellis repasó el bosque con la mirada.

—Exacto. Hemos llegado. Pensaba que sería más difícil.

—¿Estar a punto de morir en la mina no te ha parecido suficiente?

Él frunció el ceño, pero su expresión estaba dirigida al bosque, no a ella.

—Este lugar es… Aquí la madera podría costar una fortuna. Si el cantref pudiera enviar obreros, podríamos enriquecer a los pueblos cercanos. Ofrecer trabajo. Convertir este lugar en un núcleo de comercio en lugar de la nada. Seguro que si la gente pudiera llegar tan lejos, habría venido.

—¿Crees que ha sido demasiado fácil para nosotros?

—Sí. Y eso significa que probablemente haya más monstruos más adelante.

—Una idea muy alegre.

Se acordó de las historias de los perros de ojos rojos que perseguían a viajeros solitarios, del monstruoso jabalí que solo cayó abatido a manos de diez caballeros, de las doncellas que habitaban en el lago y ahogaban a los que se acercaban demasiado y de los dragones de ojos penetrantes. Si los habitantes del Otro Mundo habían dejado atrás el caldero, podría haber otros artefactos mágicos también.

—Tendremos cuidado —comentó Ryn.

* * *

Esa tarde, cenaron carne seca, estaban los dos demasiado cansados para buscar comida más fresca. Ryn preparó té de agujas de pino y se rio al ver la mueca de Ellis.

—Supongo que hay que hacerse al sabor, Aderyn.

—Ryn —lo corrigió.

Él la miró fijamente.

—Ahórrate las tonterías sobre Aderyn —prosiguió—. Me has visto cubierta de barro y sin la túnica, creo que te has ganado un poco de familiaridad. Además, cada vez que me llamas así, me encojo. Normalmente, cuando oigo mi nombre completo, es porque alguien me está regañando.

—Ryn. —Ellis miró el bosque por encima del hombro—. ¿Crees que nos alcanzará la cabra de hueso?

—Por supuesto. No ha dejado que la muerte la separe de nosotros. Nos encontrará.

Si sobrevivían a esto, pensó Ellis, tal vez los bardos entonarían la historia. La enterradora, el cartógrafo y su cabra muerta.

—Puerta —murmuró—. Tuerta. Huerta.

Notó la mirada de Ryn.

—¿Qué estás diciendo?

Ellis la miró.

—Ah, eh… solo pensaba si nos volveremos conocidos si acabamos con esta maldición. Y si la cabra de hueso merece un verso propio si los bardos deciden contar nuestra historia.

Ryn soltó una carcajada que acabó en tos y se llevó una mano a la boca.

—Nunca me espero lo que dices —le dijo.

Ellis se encogió de hombros.

—No es algo malo —continuó Ryn. Le dirigió una sonrisa que hizo que se le revolviera el estómago a Ellis—. Con nuestros héroes iba la cabra de hueso. Una valiosa criatura de mucho peso. —Sonrió—. A la hija mayor se entregaba en exceso.

—Quien con suerte dará fin a la maldición antes de perder el seso.

Ryn intentó contener la risa y esta se transformó en un resoplido ahogado, lo que hizo que él se riera. Era una carcajada de las que se aferraban a una persona y no la soltaban hasta que le dolía el estómago y le ardían los pulmones. Ellis notó una punzada dolorosa en el hombro y se llevó la mano a la clavícula. El dolor agudo le arrebató todo el humor.

No le quedaba corteza de sauce y le sentó como un cubo de agua helada. No tenía forma de calmar el dolor. Hundió los dedos en el músculo tenso y forzó una sonrisa.

—Por mucho que me disguste tumbarme en el suelo frío y duro, deberíamos intentar dormir un poco.

Ryn enarcó una ceja.

—Pero estás sentado muy recto.

Él se tumbó con dificultad sobre el lado derecho. Se le arrugó la capa y se le clavó en las costillas. Le dio un tirón fuerte.

—Nunca he dormido muy bien —admitió—. La coci… la anciana que me ayudaba a levantarme lo sabía. Cuando llegué a Caer Aberhen, solía contarme historias. Por desgracia para ella, eso solo la mantenía despierta a ella también.

—En el lugar de donde vengo yo —comentó Ryn—, la gente no puede permitirse quedarse despierta por la noche. Las velas son demasiado costosas y también el aceite para las lámparas. Cuando oscurece, duermes.

—Bueno, tendrás que excusar mis extraños hábitos entonces.

Ryn se acurrucó de lado y usó una camiseta enrollada de almohada.

—Cuéntame entonces una historia.

Ellis enarcó una ceja.

—Yo te conté una —insistió ella—. Sobre los entes de hueso. Es justo que me cuentes tú una ahora.

Ellis se lo pensó.

—De acuerdo. —Se acomodó, con los ojos ligeramente desenfocados—. ¿Has oído la historia del perro del príncipe?

—No.

—Había una vez un príncipe. Le gustaba cazar y tenía varios perros para ese propósito. Su mejor perro era una criatura leal, tan amable y dulce que un día el príncipe confió al perro la tarea de cuidar de su hijo recién nacido mientras él estaba fuera.

»Cuando el príncipe regresó, encontró la cuna volcada. Llamó al perro y este acudió a su lado. El príncipe vio su hocico manchado de sangre y la furia le encendió el corazón. Asestó un fuerte golpe al animal y la criatura pereció. Un momento después, el príncipe oyó el llanto de un bebé y halló a su hijo al otro lado de la cuna. Junto a esta estaba el cuerpo todavía caliente de un lobo muerto.

»El príncipe lloró con una mezcla de alegría y tristeza y enterró a su perro en medio del pueblo. Dejó un mensaje tallado en la piedra para que cualquiera que la viera supiera de la valentía del animal.

Su voz se apagó y quedó solo el crepitar de la madera al arder y el goteo de la lluvia en las hojas.

—Es una historia horrible —murmuró Ryn.

—Lo es —coincidió Ellis.

—Espantosa. ¿La cocinera te contaba eso de niño?

—Sí. —Su voz sonaba afectuosa—. ¿Qué historias te contaban a ti tus padres?

—De monstruos —dijo de pronto—. Dragones. *Pwcas*. Batallas dramáticas.

—¿Y eso es mejor?

—Sí. Crecí con la idea de que se podía matar a los monstruos.

—Ah. Y yo crecí con la idea de que las personas eran monstruos.

22

Ryn soñó con tierra mojada.

Soñó que se ahogaba en ella.

Tenía la nariz y la boca llenas de tierra y, cuando hundió los dedos en el suelo, no encontró apoyo suficiente para sentarse. Bien podría estar enterrada en un lecho de roca, pues no era capaz de liberarse. El pánico la invadió, amenazaba con salir por sus labios con un grito, pero sabía que eso no le haría ningún bien. La habían enterrado lejos del pueblo, fuera del cementerio. Estaba sola... y...

Se sentó, con la respiración agitada.

Estaba envuelta en una capa de lana, no bajo tierra. Por un momento, todo cuanto pudo hacer fue respirar. La lluvia caía a trompicones y el bosque olía a pino y a hierba mojada. Dirigió la mirada al lugar donde había visto por última vez a Ellis, pero ya no estaba allí. No pasa nada, se dijo. Probablemente había ido a orinar. Volvería en un momento.

Tocó la capa de lana y se fijó en que no era la suya. Los bordes estaban elegantemente cosidos y bordados, así que pertenecería a Ellis. El joven debió de ponérsela en algún momento de la noche. Le parecería que ella tenía frío o que él no la necesitaría. Recorrió con los dedos el tejido suave.

Y entonces reparó en lo que la había despertado.

No era la soledad, sino el olor.

Una persona no se acostumbraba nunca al olor a cuerpo podrido. Si tuviera que compararlo con la carne, lo haría con la del cerdo. La carnosidad espesa, cómo se tornaba dulce y pesada, le empapaba la garganta y se le aferraba al pelo.

Se puso de pie.

Se movió con cuidado, como para no perturbar el terreno. Basaba cada paso en la memoria en lugar de la vista y cuando notó las raíces gruesas de los árboles a su alrededor, levantó más los pies. Tropezar ahora sería una invitación a la muerte.

El olor se volvió más intenso.

Tuvo que respirar por la boca e incluso así el sabor le empapó la lengua e hizo que la bilis ascendiera por la garganta. Notó una sacudida en el pecho y tuvo que reprimir las arcadas.

Las nubes pasaron y la repentina luz de la luna se derramó por el suelo del bosque e iluminó agujas de abetos, setas blancas y...

Un ciervo. Un ciervo muerto. El cadáver estaba tirado en el suelo, con las costillas separadas por algún animal carroñero. Se estremeció ante la imagen, no con repulsión, sino con alivio. Era algo corriente. Retrocedió un paso y sacudió la cabeza. Este viaje la había puesto de los nervios.

Se volvió para regresar al campamento...

Y vio al soldado delante de ella.

En la oscuridad, muy pocos detalles resultaban visibles. La luz de la luna resaltaba el contorno: los bordes afilados de la armadura, la constitución delgada, los huecos en el rostro esquelético.

Ryn se llevó los dedos al cinturón... y no encontró nada.

No tenía el hacha. Claro que no. Siempre se la quitaba para dormir para no cortarse por accidente si se daba la vuelta dormida. Lo único que tenía era una capa prestada y un pequeño cuchillo en el bolsillo. Era un cuchillo para despellejar conejos, no para defenderse, pero tendría que valer.

Flexionó las rodillas y rodeó el arma con los dedos.

El ente de hueso dio un paso hacia ella.

Ryn se quedó helada. La criatura muerta se movió como una sombra líquida y de repente la tenía delante, tan cerca que podía ver las grietas en los dientes, las pequeñas pecas en las mejillas. Era más baja que ella, y se preguntó si este soldado habría sido una mujer.

El ente de hueso exhaló el aliento entre los dientes y Ryn sintió como si extrajera todo el aire de sus pulmones. Le clavaría el cuchillo en la columna. O en la rodilla. Si pudiera ir a por la rodilla...

El soldado muerto se movía como una serpiente atacando. Agarró la capa de Ryn con dedos huesudos y tiró con fuerza. El cierre se le clavó en la garganta y lo siguiente que supo fue que estaba mirando arriba, a los árboles, y que se había quedado sin aliento. Ni siquiera pudo gritar cuando el ente de hueso le agarró el pelo y la capa y empezó a arrastrarla hacia las montañas.

Ryn gruñó. Hundió los dedos en la tierra suave, en busca de algo a lo que agarrarse. Se aferró a un helecho viejo cuyas raíces debían de estar muy profundas, porque dejó de moverse. El ente de hueso tiró con más fuerza y Ryn experimentó un fuerte dolor en el cuero cabelludo. Le dio un tirón terrible y notó que le arrancaba varios pelos.

El cuchillo se deslizó de la funda de cuero y notó que la hoja le mordía el pulgar. Retorció la mano, encontró la empuñadura y clavó la hoja de hierro en la muñeca del ente de hueso.

Hierro. La mejor defensa mortal contra la magia y todos sus peligros. Retorció la hoja con la esperanza de que la criatura reculara.

No sucedió. En cambio, el ente de hueso sacudió el brazo como un perro que tratara de deshacerse de una pulga irritante.

Ryn apretó los dientes y forcejeó para soltarse.

No había funcionado. ¿Por qué no...?

Por los reyes caídos. Algunos entes de hueso llevaban armadura. Forjada en hierro.

Nunca los había repelido. Su hacha los había herido, desmembrado, pero la hoja de metal no había bastado para ahuyentarlos.

Qué necia. Había sido una necia y ahora gruñía y luchaba como un animal enloquecido que trataba de liberarse de una trampa.

Si la historia era cierta, estas criaturas habían nacido de un caldero de hierro. Claro que no les afectaba el metal frío. Lo que significaba... Si la valla de hierro no los había mantenido alejados, ¿qué había sido? ¿La distancia del bosque y el caldero? ¿Otra cosa?

No había más tiempo para pensar porque el ente de hueso la sacudió con tanta fuerza que le castañearon los dientes. El dolor le invadió el cuello y soltó el helecho. La criatura la arrastró por el suelo del bosque.

* * *

Lo había despertado la vejiga.

Ellis abrió los ojos e hizo una mueca. Dormir en el suelo frío del bosque lo había dejado tenso, por lo que se tomó unos segundos para estirar los brazos.

Cuando miró las ascuas del fuego, vio que Aderyn seguía dormida. No, Aderyn no. Ryn. Estaba acurrucada sobre el lado izquierdo, con los ojos cerrados y el pelo sobre una mejilla. La recorrió un escalofrío.

Ellis se levantó y se movió muy despacio para no despertarla. Se quitó la capa de los hombros, la echó sobre ella y le ajustó el cierre para que no se le cayera.

Un momento de sentimentalismo que no podía permitirse. El frío se le metería en los huesos y endurecería cada tendón. Pero se permitiría esta estupidez, aunque solo fuera porque nadie lo veía.

Se agachó y agarró el hacha de Ryn, con los dedos sobre el mango de madera y las uñas en las muecas desgastadas. Era pesada, vieja, pero entendía por qué a ella le gustaba llevarla. El peso ofrecía cierto consuelo.

El fuego ardía bajo y añadió una rama. Las hojas verdes chisporrotearon y desprendieron humo. Ellis hizo una mueca, esperaba no apagarlo por accidente.

Se separó del pequeño campamento en busca de un lugar donde orinar con cierta privacidad. Escogió la sombra de un pino silvestre. Cuando terminó, dio media vuelta para regresar al campamento.

El estruendo de unas piedras al caer lo hizo girarse. Tenía el hacha en ambas manos y miró en la oscuridad, buscando cualquier movimiento.

Una criatura apareció a la luz de la luna. Ellis levantó el hacha para asestar un golpe y entonces se quedó paralizado.

El pelaje blanco de la criatura reflejaba la luz de la luna. De la cabeza emergían unos cuernos largos y sobresalía un pico de su costado.

—¿Cabra de hueso? —la llamó, horrorizado.

La cabra parpadeó y se sacudió el rocío del pelaje. El pico se bamboleó, pero permaneció ahí clavado.

—Por los reyes caídos. —Ellis soltó su arma y se acercó al costado del animal—. No puedo creer que nos hayas encontrado.

Debía de haberlos seguido cuando se puso el sol. Habría ascendido por la montaña con más facilidad que sus compañeros humanos. Ellis no sabía si todas las cabras eran tan testarudas o si la muerte la habría vuelto aún más implacable. Sin embargo, su estado se había... deteriorado. Empezaba a oler a putrefacción y el pico no mejoraba su situación.

La cabra lo miró.

Ellis le devolvió la mirada.

—No hagas que lamente esto —le dijo y entonces agarró el pico.

No le gustaba hacer daño a nada. Era incapaz de mirar cuando la cocinera le partía el cuello a las gallinas y cualquier intento de aprender a luchar le había ido bastante mal. Sencillamente no estaba en su naturaleza. Esperaba que la cabra de hueso no lo notara cuando agarró el mango y tiró del arma para sacársela del costado. La tiró al suelo, se limpió las manos en los pantalones y se estremeció.

—Imagino que a los mineros no les ha gustado que te defiendas, ¿eh?

La cabra abrió la boca en una respuesta silenciosa.

Ellis sacudió la cabeza.

—Eres el animal más extraño que he conocido nunca.

La cabra movió la cola y le acarició la mano con el hocico. Vacilante, el joven le rascó entre los cuernos como había visto hacer a Ryn.

El animal se inclinó hacia él, con los ojos entrecerrados de placer.

—Pero agradable.

La cabra tensó las orejas y Ellis lo oyó un segundo después: un grito. Rasgó el bosque y le encendió el pecho.

Alcanzó el hacha de Ryn y salió corriendo hacia el campamento. Todos sus sentidos se aguzaron, con cada aliento que tomaba saboreaba el toque picante del enebro y la lluvia fresca; las sombras parecían abrirse para que mirara entre ellas. Oyó una pelea.

Corrió al claro y lo halló vacío, pero entonces dio media vuelta y atisbó movimiento. Ryn estaba en el suelo, fuera del círculo de luz de la hoguera, bajo el peso de una criatura con armadura. La joven hundió un pequeño cuchillo en el brazo del soldado muerto una y otra vez, pero el ataque no sirvió de mucho.

La furia ardía dentro de Ellis. Alzó el hacha y cargó....

Pero la cabra de hueso fue más rápida.

El animal golpeó al ente de hueso en el muslo. Los cuernos chocaron con la armadura y la pierna del soldado se dobló debajo de ella. Ryn rodó de debajo de la criatura y le estampó el codo en la cara expuesta. Resonó un crujido en el bosque y el ente de hueso se retorció hacia atrás. Se tambaleó, al parecer aturdido, pero seguía activo. Extendió los dedos esqueléticos para agarrar la capa de Ellis, que tenía Ryn enredada en las piernas.

Ellis blandió el hacha con todas sus fuerzas. Al retroceder, sintió que los músculos de los omóplatos ardían con un dolor nuevo, pero la rabia apartó la sensación, la hizo soportable.

El hacha se hundió en la columna expuesta del ente de hueso y se alojó entre el hombro y el cráneo. La criatura cayó y se retorció. Parecía un gusano medio aplastado, la imagen resultaba más patética que aterradora. Ryn se levantó, tambaleante, y pisoteó el cráneo del ente de hueso. Una, dos, tres veces, y entonces el forcejeo mermó. La criatura movía los brazos y las piernas despacio, buscando algo que no lograba encontrar.

Hasta que Ellis atacó con el hacha, una y otra vez.

Cuando el soldado muerto era poco más que un puñado de hierro y huesos destrozados, Ellis miró a Ryn. En la penumbra, tan solo atisbaba sangre cayendo del pelo. Con el pecho agitado por la respiración entrecortada, Ryn se agachó y apoyó el peso en las rodillas. Por un momento, ninguno dijo nada.

La cabra de hueso acarició con el hocico una de las piezas de la armadura, como si tratara de decidir si podía comérsela o no. Insatisfecho, el animal se alejó.

Ryn se volvió para mirarla.

—Lleva armadura —comentó con voz ronca.

Ellis frunció el ceño.

—¿La... la cabra?

Ryn tosió y se irguió. Le dirigió una mirada exasperada.

—La cabra no, el soldado.

Ellis le devolvió la mirada.

—Los soldados suelen llevarla, sí.

Ryn alzó el brazo y señaló el bosque.

—Estamos en Annwvyn. Magia. Se supone que el hierro repele la magia. Por eso Colbren construyó la verja de hierro cuando las criaturas como los *pwcas* y los *afancs* suponían una amenaza. Pensaba que era el motivo por lo que los entes de hueso habían ido a Colbren, porque Eynon derribó la verja.

Al fin, Ellis comprendió.

—Pero el hierro no les afecta —señaló—. Lo llevan encima.

—Si las historias son ciertas, el caldero de la resurrección está hecho de hierro —comentó Ryn, asintiendo—. Tiene sentido, pero nunca se me había ocurrido que el hierro podría no afectarles.

Ellis bajó la mirada al soldado muerto.

—¿Has... has pensado en todo esto mientras un hombre muerto te arrastraba por el bosque?

—Estoy segura de que era una mujer.

—No preguntaba eso.

—Sí. —Torció las comisuras de la boca—. Lo he pensado. Como ya te he dicho, ha cambiado algo. Los entes de hueso están saliendo de bosque, atacan a la gente e ignoran cómo se supone que funciona la magia. Si queremos acabar con esto, necesitamos saber qué es lo que ha cambiado.

Se volvió para mirarlo, con el pelo hecho un desastre y la capa torcida. Sin pensar, Ellis acercó la mano y le tocó la sangre de la sien.

—Estás sangrando.

—Creo que me ha arrancado algunos pelos. Volverán a crecer.

—Ven aquí —le pidió y, antes de poder detenerse, se acercó más a ella. Apoyó una mano suavemente en su mandíbula y le ladeó la cara mientras usaba la manga para limpiarle la sangre. Ella hizo una mueca y él la tocó con suavidad—. Ya está, ya no te caerá sangre en los ojos.

Ryn soltó un suspiro.

—Gracias. —Lo miró a los ojos y Ellis sintió como si le arrancaran el suelo de debajo de los pies.

Ryn tenía un aspecto desastroso, pero su piel era cálida bajo sus dedos y tenía la boca alzada por una esquina. *Por los reyes caídos.*

Quería besarla.

Se sentía enfermo por el deseo. Incluso ahora, sucia y exhausta, seguía impávida. Llevaría a cabo esta misión. Era su fin, su fiero propósito, y Ellis quería absorber ese sentimiento. Ryn tenía los ojos fijos en él y no se apartó.

El joven experimentó una punzada de dolor; bajó las manos y se apartó. Inspiró de forma entrecortada. Ya sentía los músculos de la espalda agotados. Tendría que haber tenido más cuidado al blandir el hacha, pero no lo lamentaba.

—Toma. —Le tendió el hacha y en el rostro de Ryn titilaron varias emociones. Todas ellas desaparecieron tan rápido que Ellis fue incapaz de ponerles nombre. Aceptó el hacha y luego se quitó la capa gris.

—Un intercambio —dijo y se la devolvió—. Estás temblando.

Así era. No se había dado cuenta, un efecto de la batalla, tal vez.

Regresaron al campamento y Ryn alimentó el fuego con agujas secas de pino. Saltaron chispas brillantes en el aire y Ellis intentó concentrarse en ellas en lugar de en la incómoda sensación ardiente del hombro.

—Eh —le dijo Ryn y él alzó la mirada. Estaba sentada con las piernas cruzadas y la cabra de hueso apoyada en ella. Le rascaba el lomo al animal con aire ausente—. Gracias.

Ellis consideró varias respuestas y las descartó todas excepto:

—Me alegra ser de utilidad.

Ryn movió un hombro en señal de conformidad.

Ellis se acomodó en el suelo, junto al fuego. Esperaba que la calidez aflojara algunos de los nudos de la espalda. Cerró los ojos e intentó descansar.

Pero el sueño tardó en llegar.

23

Ryn se despertó al alba.

Miró a Ellis, quien seguía dormido, aovillado sobre el lado derecho. Una sonrisa apareció en sus labios y sacudió el cuerpo.

No había dormido bien después del ataque. Incluso con la cabra de hueso vigilando, Ryn sabía que encontraría poco descanso en este bosque.

—Muy bien, es hora de recoger. —Se puso en pie.

Ellis no se movió.

—No podemos quedarnos aquí mucho más —comentó mientras se agachaba.

El joven no se movió, siguió acurrucado, de lado.

Un sonido escapó de él. Fue un ruidito suave, un quejido animal de dolor.

A Ryn se le heló la sangre.

Cuando Ellis abrió los ojos, parpadeó varias veces. Soltó un siseo y se llevó la mano al pecho.

—¿Estás…? ¿Qué pasa? —preguntó ella y detestó lo temblorosa que sonó su voz.

Ellis cerró los ojos y volvió a abrirlos. Apretó la camiseta con los dedos, como si necesitara algo a lo que aferrarse. Rodó sobre la espalda y tosió.

—Por los dioses caídos —jadeó. Maldijo y las palabras salieron como un gruñido.

—¿Qué pasa? —repitió Ryn.

—Duele —respondió él con los dientes apretados. Se clavó los dedos en el hombro y cerró con fuerza los ojos—. Maldita sea.

Ryn echó mano de la mochila del joven.

—¿Dónde está la corteza de sauce?

Un músculo de su cuello palpitó.

—No hay más.

—¿No te queda? —Sus dedos se detuvieron.

—No hay boticarios en el bosque —respondió él y torció los labios para formar una sonrisa dolorosa. Era una sonrisa compuesta solo de músculo, sin emoción verdadera, un pobre consuelo. Ryn se clavó las uñas en el cuerpo. Por un momento, sintió una rabia frustrada dentro de ella.

—Tendrías que habérmelo dicho. Podría haberlo…

—¿Arreglado? —Esta vez no se molestó en sonreír—. Estoy seguro de que escapa incluso de tus manos. —Pareció esforzarse mucho por respirar—. Pasará. Siempre pasa. Solo necesito… descansar. Y calor, si puede ser.

Ryn se balanceó sobre los talones.

—Tendría que haberme dado cuenta de que pasaba algo.

De nuevo, esa sonrisa titilante, más autocrítica que divertida.

—Teniendo en consideración todo el esfuerzo que hago por ocultar cualquier incomodidad, eso habría sido todo un logro.

Ryn cerró los ojos. Sus suministros constaban de comida, algo de ropa, el hacha, un cuchillo, un pedernal y unas ramitas de milenrama seca. Útil para las heridas, pero no para esto.

Alimentó el fuego hasta que este danzaba sobre la madera verde; las llamas enviaban chispas alegres al aire. Ayudó a Ellis a acercarse un poco y detestó cada atisbo de dolor que vio en su rostro.

No era solo que probablemente se hubiera lastimado ayudándola, era también que se suponía que debía de estar calmado, con el rostro un tanto divertido, un cuaderno en una mano y una pluma en la otra.

El humo del fuego le picaba en los ojos, que notaba secos y doloridos. Parpadeó varias veces y el mundo se difuminó por los bordes.

Debería haber prestado más atención a su acompañante. Él habría hecho lo mismo si fuera ella la herida. Era bueno y amable, y ella... ella era una niña que portaba un hacha y desmembraba a los muertos.

El día pasó con una lentitud insoportable. El sol se movía encima de ellos y la mañana dio paso a la tarde. Ryn se acercó al riachuelo, se quitó la ropa sucia y se lavó la piel con agua limpia. Estaba tan fría que apretó los dientes para reprimir un grito, pero, cuando terminó, tenía la piel rosada y ya no olía a cabra muerta.

Regresó con Ellis y le llevó un vaso de agua. Él asintió con agradecimiento, pero no dijo nada. Veía el dolor tras sus ojos, por mucho que intentara ocultarlo incluso ahora. ¿Hacía esto cada día? No podía ni imaginárselo.

—No siempre estoy tan mal —comentó como si pudiera oír sus pensamientos. Ryn se sobresaltó y vio su leve sonrisa—. Te he visto la cara. Y no, no siempre es así. Algunos días solo es un dolor de fondo, ni siquiera lo noto. Otras veces es molesto. Y de vez en cuando, si hago mucho esfuerzo, o a veces sin hacerlo, surge de pronto.

—Como ahora.

—Como ahora.

Ryn vio sus dedos hundirse en el músculo del hombro, como si intentaran relajar parte de la tensión.

—No puedes quedarte aquí para siempre —dijo Ellis.

Ryn miró el fuego.

—Tienes razón, necesitamos más madera.

—No. —Exhaló un suspiro hondo—. No puedes quedarte aquí por mí.

Ryn lo miró y parpadeó.

—¿Crees que voy a irme y a dejarte aquí?

—Creo que tienes que hacerlo. Tu familia, tu hogar, todo está en juego. Has venido aquí para acabar con los entes de hueso y yo he venido por mis propios motivos. No deberías arriesgarlo todo por mí.

Ryn lo pensó. Pensó en cómo sería salir de este bosque, seguir el río hasta su fuente. Cruzar el Llyn Mawr ella sola, abrir las puertas de Castell Sidi y encontrar el caldero de la resurrección.

Una cosa estaba clara. Si dejaba solo a Ellis, él moriría. No podía moverse por el bosque, buscar comida ni defenderse si volvían a atacarlo los entes de hueso. Perecería... de frío, de hambre, destrozado por las criaturas muertas.

—Estaré bien —declaró Ellis.

Ryn le dirigió una mirada de disgusto.

—Tu cara es bastante expresiva —señaló él—. Y creo que empiezo a entender las diferencias en tus muecas.

Ella frunció el ceño todavía más.

—Como ahora, que estás deseando que deje de hablar tan a la ligera sobre esto —continuó.

—Eso no ha sido muy difícil de adivinar.

24

L a tarde siguió su curso. Ryn cazó un conejo y lo cocinó en el pequeño fuego; el cartílago burbujeaba en las brasas y el olor a carne asada pareció animar un poco a Ellis. Ryn le dio la porción más grande y se acomodó para contemplar la puesta de sol. No volvieron a mencionar la opción de que lo abandonara, pero incluso ella sentía que la urgencia comenzaba a tirar de ella.

Las nubes llenaron el cielo, borraron las estrellas y la luna, y la única luz provenía del fuego, que crepitaba y escupía. La madera verde estaba demasiado húmeda, así que no ardía fácilmente. Ellis dormía, o, más bien, permanecía quieto, con los dedos apretados en la camiseta. Ryn observó cómo su pecho subía y bajaba, subía y bajaba, hasta asegurarse de que estaba descansando.

Ella descansó a ratos. Se despertó cuando el fuego comenzó a chisporrotear, se despertó cuando Ellis se movió y se despertó cuando oyó ruidos de pasos.

Enseguida alcanzó el hacha. Se levantó, con las rodillas un poco flexionadas y los nervios a flor de piel. El bosque estaba tranquilo, en calma, e incluso el sonido del riachuelo parecía haberse desvanecido. Ryn avanzó unos pasos.

Algo se aproximaba. La hierba susurraba y la maleza se movía. Ryn blandió el hacha y apretó los dientes. Le temblaban los brazos por la tensión.

Apareció una cabra.

Ryn hundió los hombros.

—Tienes que anunciarte para no asustar a la gente —le espetó.

La cabra de hueso parpadeó despacio. Se acercó entonces y pegó a ella el hocico, como si estuviera pidiéndole comida.

Por todos los reyes caídos, la criatura empezaba a apestar. Ryn hizo una mueca y le rascó rápidamente las orejas antes de apartarse.

—¿Vas a seguirnos hasta Castell Sidi? —Se sentó en una piedra grande. Tenía la superficie rugosa por el liquen y hurgó en ella con la uña del pulgar de forma distraída.

La cabra olisqueó a Ellis.

—Él tampoco tiene comida —le dijo Ryn.

La cabra se tumbó junto al joven y la enterradora arrugó la nariz. Pensó en agarrarla por los cuernos e intentar convencerla de que se apartara de Ellis, aunque solo fuera para que él no oliera a muerte al día siguiente.

Una rama se quebró detrás de ella y se giró tan rápido que cayó de rodillas, con una mano en la tierra cubierta de musgo y tratando de agarrar el hacha con la otra.

Había alguien delante de ella.

Otro ente de hueso.

Llevaba una capa gris ajada, el atuendo de un viajero, no un soldado. No tenía piel y los huesos poseían el tono marrón de alguien que había pasado tiempo en la mina. Debía de haber seguido a la cabra hasta aquí.

El ente de hueso se quedó ahí parado, la luz del fuego titilaba en los huecos de su rostro. Se acercó un paso.

—No —dijo Ryn con tono suave.

Como si notara su rabia, el ente de hueso retrocedió varios pasos. Los huecos vacíos de los ojos permanecían fijos en ella y Ryn notó el peso de su mirada.

Bajó el hacha y la pesada arma de hierro descansó en el suelo, a su lado. Mientras él no atacara, tampoco lo haría ella.

—¿Has salido a dar un paseo? —preguntó, como si fueran meros extraños que se habían encontrado en un camino—. No pareces un minero. ¿Nos has seguido desde el campamento? ¿Me sigue una abuela muerta con la intención de frustrar nuestra misión?

En ente de hueso alzó un hombro como si estuviera contestando. Incluso sin los rasgos, Ryn sintió algo parecido a la diversión en su gesto.

—Si no vas a atacar, te agradecería que nos dejaras solos —señaló—. Mi amigo no está muy bien y no puedo quedarme toda la noche vigilándote.

Se había preguntado en ocasiones si los entes de hueso podían entenderla. Este pareció hacerlo, pues su mirada recayó sobre Ellis. Reculó un paso y luego otro, y Ryn lo observó retirarse en silencio.

Apoyó los codos en las rodillas y cerró los ojos. El agotamiento cayó sobre ella y lo combatió, pero sabía que sería una batalla perdida. Pasó el tiempo, minutos u horas, no estaba segura.

Una raíz se quebró.

Ryn levantó la cabeza y enfocó el mundo: las nubes iluminadas por la luna, el boque y la figura de capa gris delante de ella.

El pánico la invadió. Acercó los dedos al hacha, pero antes de que pudiera blandirla, el ente de hueso dejó algo en su regazo.

Con dedos temblorosos acarició las delicadas flores blancas. Se desprendieron algunos pétalos y el olor dulce de las plantas le alcanzó la nariz.

Se quedó allí parada, agachada encima de Ellis, con las flores en una mano y el hacha en la otra. Nadie se movió. Y entonces el hombre muerto señaló con el dedo a Ellis.

Ryn reconoció al fin las flores. Matricaria.

Servían para tratar dolores de cabeza y fiebres, pero conocía a muchos ancianos que las usaban en las articulaciones, que se las bebían en infusiones y afirmaban que ayudaban con los dolores.

—¿Querías darme esto? —preguntó.

El ente de hueso asintió.

Experimentó una enorme confusión. Pensaba que conocía a los muertos, que los conocía mejor que nadie. Conoció a uno cuando era una niña y vivió para contarlo; se dedicaba a enterrar bajo tierra a los muertos pacíficos y a arrojar al fuego a los muertos vivientes. Pero estos seguían sorprendiéndola.

Vació la cantimplora de agua en el pequeño cuenco de hierro y lo puso sobre el fuego. Cuando el agua estaba hirviendo, le echó hojas de matricaria y lo apartó para que reposara.

Cuando levantó la mirada de nuevo, el ente de hueso seguía ahí. Tenía los brazos a los costados, inmóvil, inofensivo.

—Gracias —le dijo y vaciló—. ¿Hay... no sé, algún mensaje que quieras darme? ¿Tienes familiares cerca con los que quieres que hable? ¿Que les diga que estás muerto? —Era lo menos que podía hacer.

El ente de hueso tardó un momento en responder. Entonces alzó una mano y la señaló a ella.

En las historias antiguas, los héroes siempre seguían a los monstruos. Ryn recordó haber pensado que era una decisión estúpida; seguro que aquellos héroes de antaño eran lo bastante listos para saber que no debían de acompañarlos a su guarida.

Pero allí lo entendió.

Se levantó.

La cabra de hueso levantó la cabeza y la miró. La muerte se había abierto paso en el cuerpo de la criatura con una putrefacción repugnante y dulce; era cada vez menos cabra y más monstruo. Así y todo, Ryn posó la mano en su frente.

—Vigílalo, ¿vale? —le pidió.

La cabra de hueso le acarició los dedos con el hocico y apoyó la cabeza en el vientre de Ellis.

Tendría que bastar. Despacio, con mucho cuidado, siguió al ente de hueso.

Se movía como las sombras, con gracia, ingrávido, una silueta sin forma. Aquellos que no supieran cómo moverse en un bosque no podrían haberle seguido ritmo. Ryn se alegró de ser medio salvaje, de haber sido criada en los límites de Annwvyn. Sus pies hallaron puntos de apoyo y sus manos se deslizaron entre las zarzas sin quedar enganchadas.

Lo siguió por la misma razón por la que pedía a su madre historias de monstruos. Los monstruos eran desenfrenados, desatados y hermosos en su destrucción. Podían matarse, pero nunca serían verdaderamente derrotados. Y, tal vez, incluso entonces, Ryn pensaba que si podía amarlos, podría amar las partes monstruosas que había en ella.

Avanzaron por el bosque, el hombre muerto y la chica viva. El aire olía a cosecha, a bayas maduradas al sol cubiertas de escarcha. Subieron las montañas, rodearon peñascos y ascendieron montículos de piedra que debieron de ser casas en el pasado. Los árboles se volvieron más escasos y entonces desaparecieron por completo, hasta que Ryn se encontró en un campo de hierba seca.

Caminaron en silencio, eso era lo único que siempre le gustó a Ryn de los muertos. No había necesidad de hablar.

El camino ascendía cada vez más y tuvo que agarrarse a rocas y maleza para mantenerse erguida. Apoyó la mano en un saliente polvoriento y se impulsó hacia arriba. Cuando se alzó, vio lo lejos que habían llegado.

Estaban en el borde de una montaña.

Cuando las nubes se separaron, vio el bosque extenderse más abajo y una mancha oscura en la tierra. Más allá, atisbó la forma de las colinas y los campos, y el lugar donde residía Colbren. Sintió que las islas estaban a sus pies.

Tal vez por esto había escogido Arawn este lugar como su hogar; el rey del Otro Mundo tenía las tierras humanas bajo su vista.

Un temblor ascendió por sus piernas y el ente de hueso le agarró el brazo. Lo hizo con fuerza, pero sin apretar. Parecía que temía que pudiera caerse.

—Estoy bien —aseguró ella mientras hundía el hombro. Él se apartó y movió la mandíbula en silencio. Ryn tan solo podía imaginar su respuesta y pensó que podía haber una broma y una risita en ella—. ¿Por qué me has traído aquí? —Señaló el saliente—. Es bonito, pero una escalada un tanto difícil.

El hombre muerto se quedó mirándola. Se agachó entonces y ella vio el hueco en la roca.

Era pequeño, apenas de la anchura de los hombros de un hombre. El ente de hueso se coló en el espacio y se arrastró hacia la oscuridad.

Existía un relato antiguo de un hombre que se había metido a rastras en la madriguera de un conejo y había aparecido en la tierra de los *tylwyth teg*. Los inmortales lo recibieron y le pidieron que se uniera a su fiesta, y él los complació con sus buenos modales. Le dijeron que podía regresar. El hombre usó el agujero para entrar y salir, hasta que le pudo el orgullo. Alardeó delante de una dama y le prometió que podía enseñarle las tierras del Otro Mundo. Pero la vez siguiente que intentó entrar, solo halló la madriguera de un conejo.

Ryn se arrodilló junto al agujero.

Alguien había cortado la roca; era un agujero tosco, como si una hoja afilada hubiera golpeado repetidamente la piedra.

Se parecía un poco a una estrella. Deslizó el pulgar por los bordes.

Pensó en un hombre que buscaba un tesoro en las montañas y usaba un cuchillo de caza para marcar el camino. Tocó la roca suave y empezó a arrastrarse. El aire sabía a tierra y las raíces le rozaban la espalda. Cayeron guijarros que se oyeron, pero no se vieron, y Ryn esperaba que no hubiera ratas ni otras criaturas aquí.

Algo goteó sobre su hombro y se encogió. Maldijo entre dientes. Siguió adelante y estuvo a punto de caer de cabeza cuando el camino empezó a descender. Se deslizó a cuatro patas, las piedras le mordisqueaban las palmas de las manos, el hacha rebotaba en la cadera y cuando dejó atrás el túnel, lo hizo con un gemido y un golpe.

Medio se escabulló y medio se arrastró fuera del agujero. Clavó los dedos en la tierra húmeda y se sentó.

El ente de hueso estaba a unos pasos de distancia, todavía con los brazos junto a los costados. Ryn miró detrás de él.

Todo pareció ralentizarse.

Vio una orilla de roca lutita rota. Las piedras de color gris oscuro se sobreponían unas sobre otras, destrozadas por el tiempo y el viento. Y el agua lamía las rocas.

Miró más allá del agua, la mancha de oscuridad contra el cielo. No podía verlo de verdad, pero sabía que estaba ahí, al otro lado del lago.

Castell Sidi.

La emoción la impulsó hacia delante y caminó hasta el borde de la orilla con los ojos fijos en la oscuridad. Cuando el ente de hueso la guio un poco más adelante, el olor cambió, se volvió más fresco y húmedo, oyó el batir de unas alas y un chapoteo cuando un ave descendió al agua.

El corazón de Annwvyn. Lo había encontrado.

No, no. Un ente de hueso la había llevado hasta él.

Tal vez nunca lo hubiera encontrado sin su ayuda. ¿Qué clase de persona se habría arrastrado por un agujero oscuro y profundo para comprobar si le llevaba a alguna parte?

Las rocas resonaron detrás de ella y Ryn se volvió. El ente de hueso estaba a un brazo de distancia.

—¿Eras un caballero? —preguntó—. ¿Tú también viniste aquí en busca del caldero?

Este sacudió la cabeza.

Cierto, no llevaba armadura. Entonces no sería un soldado. Pero tal vez...

Se estremeció.

La historia de caldero no mencionaba qué había sucedido con el ladrón. Tal vez... tal vez. Lo miró y deseó, por primera vez, que pudiera hablar, aunque solo fuera para pronunciar su nombre.

—Tengo que volver —señaló—. Pero gracias por esto.

El ente de hueso asintió. Le tendió una mano y Ryn retrocedió. El hombre muerto bajó la mano y reculó unos pasos, como disculpándose.

No le había hecho daño. Ryn no tenía motivos para apartarse, él había hecho todo lo posible por ayudarla.

—Lo siento. Es que... no estoy acostumbrada a...

Se quedó callada.

En silencio, el ente de hueso dio un paso hacia ella. Tenía los dedos marrones levantados a la luz de la luna. Se movía despacio, como si no quisiera asustar a un animal.

El corazón de Ryn latía con fuerza contra las costillas, pero esta vez no se apartó.

El ente de hueso le tocó un mechón de pelo. Fue amable, tan suave que apenas notó el contacto. Él sacudió la mano y entonces Ryn notó el susurro del hueso contra su mejilla, la barbilla. La caricia fue fría y seca, pero se quedó quieta.

El hombre muerto solo la miraba. Por unos segundos, todo cuanto oía Ryn eran las olas del lago en la orilla de piedra y su propia respiración.

El ente de hueso retiró la mano. Retrocedió sin apartar la mirada de ella y, antes de que pudiera pronunciar otra palabra, despareció en el agujero.

Ryn se quedó allí parada, esperando a que reapareciera.

No lo hizo.

Esperó otro minuto y entonces ella regresó al otro lado. La emoción volvió ligeros sus pasos. Lo había logrado. Lo había logrado cuando nadie más había podido, había encontrado Castell Sidi.

Iban a conseguirlo. Por primera vez, lo creía de verdad. Ellis y ella iban a terminar con esto, a acabar con los entes de hueso y regresar a casa como héroes.

Cuando salió del pequeño túnel, comprobó si el ente de hueso la estaba esperando.

—¿Hola?

No obtuvo respuesta, claro. Y no había rastro del hombre muerto.

Sin embargo, sabía que se lo debía a él.

—Gracias —dijo a la noche vacía.

Tardó menos tiempo en regresar, estaba más segura de sus pasos. Cuando se arrastró al saliente, estaba sola. Se apresuró a volver al pequeño campamento.

El fuego estaba a punto de extinguirse, lo alimentó con raíces secas y sopló las ascuas hasta que salieron chispas. Ellis estaba quieto, su pecho subía y bajaba de forma estable. La cabra de hueso descansaba a su lado, pero tenía los ojos abiertos. Alzó la cabeza en un saludo silencioso.

El té de matricaria tenía un color verde suave. No estaba segura de que fuera a ayudar, pero cualquier cosa era mejor que dejarlo así. Se agachó y posó la mano en su brazo.

—¿Ellis?

Tardó un momento en despertar. Parpadeó varias veces, la luz del fuego se reflejaba en sus ojos. Entonces fijó la vista en ella.

—¿Por qué tienes aspecto de haberte revolcado en un charco de barro? —le preguntó.

Oh. Se tocó la mejilla y vio los dedos marrones.

Le pasó el té caliente.

—Bébete esto.

Mientras él bebía, ella regresó junto a su bolsa. Podía guardar lo que quedaba de matricaria y, si funcionaba, tal vez Ellis estaría lo bastante bien para salir por la mañana.

Fue entonces cuando vio lo que había encima de su mochila. Tenía el tamaño aproximado de su dedo medio y era un objeto oscuro y suave.

Estaba ahí colocado como una ofrenda.

Frunció el ceño y acercó los dedos al objeto.

Media cuchara de amor de madera.

Con manos temblorosas, trazó el borde de la talla. Unas espirales de madera familiares se deslizaron contra su pulgar.

Se metió la mano en el bolsillo.

El mango roto tenía tallado un diseño complejo de flores.

Le temblaban las manos cuando juntó las dos mitades de madera.

Encajaban a la perfección.

Se levantó. Se giró y miró en todas direcciones. El pecho resonaba en sus oídos y sintió que iba a desmayarse.

Por los reyes caídos. Por los reyes caídos.

Quería gritar, desgarrar el bosque con el sonido de su voz, oír su propio dolor aullado al cielo.

—¿Qué pasa? —Ellis habló con voz ronca, pero no se incorporó—. ¿Qué has encontrado?

Pero los labios de Ryn tan solo formaron tres palabras. Les dio voz, incluso cuando sabía que no recibirían respuesta.

—A mi padre.

25

No quería quedarse dormida, pero lo hizo. Se despertó con algo suave en la sien. Un hombro. Abrió los ojos y parpadeó a la luz del alba. Tenía una mano en el hacha y la otra en el brazo de Ellis. El fuego era poco más que cenizas humeantes. La noche parecía irreal, algo acontecido en un sueño. Pero había tallos de matricaria por el suelo.

Ellis se sentó y se pasó una mano por la cara. Inspiró, al principio con cuidado, después un poco más profundo.

—¿Qué tal? —preguntó Ryn.

Él se tocó la clavícula, rozó la piel desnuda con los dedos y se apartó el cuello de la camiseta. Allí estaba la suave cicatriz, blanca y abultada.

—Mejor —contestó—. La matricaria... ha ayudado. Siempre he usado otras hierbas para el dolor, pero recordaré esta.

—Probablemente crezca por aquí cerca. El ente de hueso no se alejó. Veré si puedo encontrar más.

Él movió los labios para formar una sonrisa leve.

—¿Planeas tenerme en un estado de buen humor ligeramente drogado?

—Planeo tenerte, me da igual el estado en el que estés.

Las palabras se le escaparon y no supo si fue el alivio o el cansancio lo que concedió tal libertad a su lengua.

No estaba segura de cuándo había empezado a considerarlo suyo. Su amigo, su aliado, una de las pocas personas que quería mantener a salvo. Y si le gustaba cómo le caía el pelo oscuro en los ojos y lo ronca que sonaba su voz cuando pronunciaba su nombre… bueno, eso no venía al caso.

Ellis carraspeó.

—Bueno, deberíamos seguir.

Recogieron las cosas de su pequeño campamento: carne seca y un puñado de bayas para un tentempié rápido, aunque no del todo satisfactorio. Cuando terminaron, Ryn lo condujo a las montañas. Dejaron a la cabra de hueso descansando a la luz del sol.

El follaje que los rodeaba pasó de ser frondoso a accidentado. Los líquenes se aferraban a las rocas desnudas, el río se convirtió en un riachuelo estrecho, los árboles estaban despojados de sus hojas por el viento, y tan solo se aferraban a la montaña con sus raíces gruesas. La hierba era amarilla y el viento era frío. El invierno cerraba sus dientes alrededor de las montañas.

* * *

No hablaron. Ryn estaba absorta en sus pensamientos y Ellis no la molestó. La historia que le había contado parecía sacada de una leyenda: un hombre muerto se le aparecía a la luz de la luna, ascendía por una montaña hasta un pasadizo olvidado y el lago aparecía ante ellos. Pero no podía dudar de ella. Por una parte, ella nunca le mentiría. Por otra, le había enseñado las dos mitades de la cuchara de madera.

—¿Crees que volverá? —fue la única pregunta que formuló Ellis.

Ryn apartó la mirada y no respondió.

Mantuvo un paso lento, pero Ellis respiraba con dificultad de todos modos. El camino ascendía y la pendiente era pronunciada. En algunos lugares tuvo que agarrarse a rocas y usarlas para impulsarse y continuar. El trayecto duró una hora, y fue por culpa de él, lo sabía.

—Me disculparía por ralentizarnos, pero temo que me empujes por la colina —dijo con voz ronca.

—Tus temores no son infundados. —Ryn le dirigió una sonrisa lobuna—. Te disculpas demasiado.

Él sacudió la cabeza a regañadientes y el pelo le cayó en los ojos. Se lo apartó.

—Espero que el agua del Llyn Mawr sea buena para el baño. Creo que necesito uno.

—Lo necesitas.

—Aduladora.

—Pareces un cadáver. Y hueles a cabra muerta.

Ellis se rio.

—Ryn. —Sacudió la cabeza. Pronunció su nombre solo por diversión, porque podía—. Ryn.

El pasadizo que cruzaba la montaña era pequeño. Tuvo que ladearse para que los hombros no se le quedaran atascados, uno detrás del otro. Ellis se movió con poca gracia, se arrastró sobre los antebrazos y las rodillas, con los dientes apretados por la incomodidad. Ryn iba delante, animándolo. Avanzaron despacio. Cuando salió del túnel, estaba cubierto de tierra y sudor. La cabeza le daba vueltas y se apoyó sobre las rodillas para recuperar el aliento.

Cuando alzó la cabeza, parpadeó varias veces.

La luz del sol resplandecía en la superficie de un lago. Se encontraba en el corazón de las montañas, rodeado por rocas dentadas a cada lado.

Estaban en la orilla del Llyn Mawr.

Y más allá: Castell Sidi.

* * *

Las olas lamían suavemente la orilla de piedra y la luz débil del otoño acariciaba la cara de Ryn. Los restos de viejos embarcaderos seguían en la orilla. La proa destrozada de un barco descansaba entre las rocas con la superficie cubierta de musgo. Un pájaro negro miraba a los humanos, posado en la proa.

Tan solo cuando Ryn vio las ruinas del embarcadero experimentó una sensación. Este había sido un lugar de comercio y viajes en el pasado. La gente del Otro Mundo, tal vez incluso humanos, cruzaron el Llyn Mawr para llegar al castillo. En su ausencia, el tiempo había librado una guerra en este lugar y tan solo quedaban los restos dispersos.

—Es bonito —murmuró Ellis.

Ryn asintió.

—Sí.

—¿Entras tú primero o yo? —Esta vez su voz estaba cargada de buen humor.

Ryn resopló.

—Sí, por supuesto. Cuando yo me haya ahogado, tú puedes pasar flotando agarrado a mi cuerpo hinchado.

Ellis hizo una mueca.

—Por una vez en este viaje, me gustaría un plan en el que no haya cadáveres involucrados.

—No deberías de haberte hecho amigo de una enterradora. Tendrías que haber conocido a un panadero o un herrero.

—Me dan escalofríos de pensar lo que podría haber hecho un panadero con los entes de hueso.

Ryn se encaminó al embarcadero.

—Vamos a ver si podemos usar algunos de estos barcos.

Había varias embarcaciones pequeñas a lo largo del lago. La roca repiqueteaba bajo los pies de Ryn cuando los rodeó para buscar un barco que no se hundiera en cuanto lo empujara hacia el agua. Los dos primeros estaban podridos, la madera estaba tan blanda que se desmoronó bajo sus dedos. El tercero tenía una grieta larga en la parte inferior. El cuarto era prometedor.

Era un barco más pequeño, probablemente de los que usaban las parejas para dar un paseo a remo agradable por el lago. Ryn agarró la proa y tiró, lo arrastró hacia arriba, fuera de la tierra. Se llevó con él una buena cantidad de piedrecitas y tierra que esparció por la orilla mientras lo arrastraba hacia el agua.

No se hundió. Tiró hacia abajo para ver si el agua se filtraba. Se arremolinó un poco en el fondo, pero nada demasiado preocupante.

Ellis sacó dos remos de un barco distinto. Tenían unos dibujos hermosos tallados: hojas y dragones, y la madera estaba lacada para protegerla de la podredumbre.

—A saber cuánto hace de la última vez que usó esto alguien —comentó Ryn al tiempo que colocaba los remos en su sitio.

—Desde que vino el ladrón a robar el caldero, supongo —respondió Ellis. Echó una mirada vacilante al barco, pero subió. Entró un poco de agua por el borde, pero no se hundió.

Ryn se sentó en una de las tablas suaves y empezó a remar. Tardó unas cuantas brazadas, pero pronto adoptó un ritmo estable y se apartaron de la orilla.

De espaldas a Castell Sidi, a Ryn casi le resultaba fácil fingir que estaban en un lago por diversión. La forma en que el agua lamía el barco le resultaba tranquilizadora y la luz del sol le calentaba los antebrazos desnudos. Sin una corriente que los arrastrara, el barco se abrió camino por el agua con facilidad.

Ellis pasó los dedos por el agua y formó unos surcos suaves. De pronto levantó el brazo, aguzó la mirada y apretó los labios.

—¿Qué pasa? —preguntó Ryn.

El agua goteaba de la mano de Ellis y el joven se la llevó al pecho.

—No… no lo sé. He tocado algo. Un pez, quizá.

Ryn sacó los remos del agua y se quedó parada. El barco se meció. En el agua agitada, Ryn vio algo moverse.

—Si hay peces, a lo mejor podemos pensar en ce…

Se quedó callada.

Al principio pensó que debía de ser una sombra o una nube reflejada en el agua. Algo demasiado oscuro y demasiado grande para que estuviera de verdad en el agua. La luz del sol se reflejaba en su forma. Tenía el cuerpo segmentado y escamas brillantes a ambos lados. Poseía la forma plana de un lagarto, pero era demasiado largo y tenía los pies palmeados. La larga cola lo impulsaba sin esfuerzo por el lago, tan suavemente que apenas dejaba una onda a su paso.

En todas las historias de los entes de hueso, se mencionaba siempre a los soldados que morían en el Llyn Mawr. Pero los relatos nunca contaban cómo morían.

Ahora lo entendía.

—No te muevas. —Ryn habló por la comisura de la boca.

El hacha estaba en el fondo del barco, porque ¿qué uso podía tener un hacha en el agua? Se maldijo ahora por haberse confiado. Había pensado que estarían a salvo a la luz del día, pero existían criaturas mágicas que no estaban atadas a la noche.

Una de las muchas historias que le había contado su madre hablaba de una criatura que habitaba en el lago. Cuando la criatura enfurecía, el lago inundaba las granjas y los pueblos cercanos. Durante muchos años, la gente vivió atemorizada por la criatura, hasta que un herrero ideó un plan. Forjaría cadenas lo bastante fuertes para retener al monstruo y con ellas se lo llevarían a rastras. Llevaron bueyes al pueblo y el herrero pasó días trabajando en su forja. Los que allí vivían decidieron que atraerían a la criatura fuera del lago con una doncella. Cantaba de una forma tan dulce que incluso los pájaros enmudecerían.

Una fatídica mañana, el herrero llevó las cadenas a la orilla del lago. Los bueyes se removieron inquietos bajo el yugo y la doncella se metió en el agua. El bajo del vestido se mojó, pero ella no se amedrentó. Abrió la boca y empezó a entonar una canción alegre.

No sucedió nada.

Los aldeanos comenzaron a inquietarse, a temer que su plan no funcionara, cuando la doncella decidió probar otra cosa. Entonó una canción triste y todos aquellos que la escucharon lloraron.

Algo emergió del agua y todos se estremecieron. Todos menos la doncella. Ella siguió cantando hasta que la criatura del lago salió a la orilla y se quedó dormida a su lado.

Los aldeanos azotaron a la criatura con las cadenas y los bueyes tiraron. El monstruo se despertó, se retorció furioso, y estuvo a punto de arrastrar a los bueyes al lago. Pero los animales eran demasiado fuertes y alejaron a la criatura de su hogar.

El herrero y otros hombres acompañaron a los bueyes con ojo avizor mientras se llevaban al monstruo. Cuando estaban todos lejos del pueblo, los hombres liberaron a la criatura.

Esta desapareció en el bosque en busca de un nuevo hogar.

Cuando era pequeña, Ryn se preguntaba por qué no había forjado el herrero una espada en lugar de unas cadenas. Para matar en lugar de confinar.

Pero cuando miró las profundidades del Llyn Mawr, lo entendió.

—*Afanc* —musitó.

Esta criatura era inmune al tiempo y a las espadas. Era un remanente de otra época y ella no podía matarla. Ni aunque quisiera.

La criatura se movía debajo de ellos, tan grande que bien podría ser una sombra o una nube. Ryn consideró saltar del barco como el héroe de una leyenda. Sin embargo, por una parte, era una nadadora únicamente pasable, y, por otra, estaba segura de que si caballeros y soldados no habían podido matar a este *afanc*, ella no tenía ninguna posibilidad. Pero tal vez podía entretenerla lo suficiente para que Ellis remara hasta la orilla.

Lo miró a los ojos y compartieron ese lenguaje silencioso que ella tan solo había tenido con su familia. Ellis entrecerró los ojos y sacudió con fuerza la cabeza.

El joven buscó en la mochila de Ryn. Ella se retorció, un pequeño movimiento para contener el deseo de detenerlo. ¿Qué estaba haciendo?

Ellis sacó un tarro de conservas

Echó entonces el brazo hacia atrás, arrugó el ceño y lanzó el tarro con todas sus fuerzas. Este voló alto, giró una y otra vez, y la luz del sol se reflejó en el cristal. Cayó en el agua con un chapoteo suave.

El *afanc* se lanzó hacia él. Con un poderoso movimiento de la cola, se impulsó en el agua hacia el tarro, lejos del barco. El monstruo desapareció en las profundidades, en busca del objeto desconocido que había caído en su territorio.

—Rema —le pidió Ellis con la mandíbula tensa—. Por los reyes caídos, rema.

Tenía poco sentido mantenerse cauta ahora, lo único que importaba era llegar a la orilla antes de que la criatura reparara en que su presa estaba escapando. El agua del lago se agitaba bajo los remos y a Ryn le ardían los brazos. Un dolor se manifestó en la parte baja de la espalda, pero hizo caso omiso.

No miró, no se atrevió. Mantuvo los ojos fijos en las rodillas, concentrada en el movimiento de los hombros. Tenía los brazos fuertes tras años cavando, las manos llenas de callos, y el barco avanzó con cada remada.

—Sigue —le indicó Ellis con calma, como si estuviera rezando—. Sigue, sigue...

—Qué —dijo Ryn con los dientes apretados— crees —hundió los remos— que —los remos salieron del agua— estoy —y otra vez— haciendo.

Las palabras eran casi un consuelo, familiaridad en una situación que parecía muy diferente. Ryn remó y remó, sintió el movimiento del agua debajo de ella, y conforme aumentaba la velocidad, también lo hacía el ritmo de su corazón. Puede que lo lograran. Tenían que lograrlo. Lo lograrían...

El remo izquierdo se hundió en el agua y se topó con algo sólido. Por un momento, pensó que había chocado contra la tierra. Pero la proa del barco debería de haber colisionado antes, no un remo. Y por supuesto, no solo un remo. Tiró hacia arriba, pero el remo no se movió. Era como si se hubiera atascado en algo.

O lo hubiera agarrado algo.

Ryn desvió la mirada a un lado y vio ese algo.

Tan cerca de la superficie, pudo apreciar la belleza de la criatura. Tenía unas escamas pequeñas que brillaban a la luz del sol como ópalos menudos. Los dientes eran afilados como dagas, angulados hacia dentro. Para desgarrar y destrozar. Y los ojos... eran de un tono dorado pálido, con la pupila marcada de un gato.

Le arrancó de la mano el remo izquierdo a Ryn. Oyó a Ellis gritar y una garra cayó en el lado del barco y lo inclinó de forma precaria. Ryn bajó el hacha, pero era demasiado tarde.

El mundo se volcó y cayeron al lago.

El frío le arrancó el aire de los pulmones. Tensó cada músculo de forma dolorosa y se hundió unos segundos antes de empezar a moverse en el agua. La capa era una soga alrededor del cuello y buscó con dedos torpes hasta que el cierre cedió y la prenda se alejó con una corriente invisible.

Todo era calma. El caos se había visto reemplazado por el silencio pesado del agua. Ryn pateó y notó que el pie impactaba contra algo vivo. Se impulsó hacia arriba y agitó los brazos en el agua.

Su cabeza emergió a la superficie y tomó aire. Tenía el pelo en los ojos y trató de apartarlo rápidamente.

El barco estaba volcado y el remo que quedaba flotaba, inservible, a su lado. Ellis estaba agarrado al barco y pateaba en el agua con las largas piernas. Tenía el pelo oscuro pegado a la frente y los labios pálidos, pero estaba vivo.

Ryn nadó hacia él. Con cada patada, estaba segura de que notaría unas garras o unos dientes hundirse en su piel y arrastrarla hacia abajo. El miedo pareció ralentizar el mundo a su alrededor, convertir los segundos en minutos, y pasaron varias eternidades en el tiempo que tardó en llegar hasta Ellis. Él, que había agarrado el remo, se lo acercó. Ryn se aferró a un extremo y él al otro, y juntos nadaron hacia la orilla.

Algo cambió en el agua. Ryn no supo qué fue lo que le hizo querer mirar abajo, pero lo hizo.

El agua era oscura debajo de ellos. Demasiado oscura. Como si nadara una criatura por debajo, a la distancia de una patada. Las escamas refulgieron y vio las crestas a lo largo de las articulaciones. El *afanc* se movía debajo de ellos con la facilidad de una anguila.

Este era su hogar y ellos eran intrusos.

Si esto fuera tierra, podrían haber corrido. No tenían ninguna oportunidad con el agua fría tirando de su ropa, recorriendo una distancia ínfima con cada patada. Ryn ni siquiera podía gritar, se había quedado sin aliento. Y aunque pudiera, el miedo le había robado las palabras. Se le resbalaron los dedos del remo y tuvo que agarrarlo una segunda vez, después una tercera. El frío del lago la ralentizaba y sabía que este la mataría con la misma facilidad que el *afanc*, solo que esta sería una muerte más lenta. Y se uniría a todos los cadáveres del fondo del Llyn Mawr. Su cuerpo despertaría con los demás y nunca podría descansar en una tumba tranquila.

Se preguntó si este sería el plan del *afanc*: dejar que el frío y el agotamiento le robaran las fuerzas. Tal vez el lago no era solo su hogar, sino también su trampa.

—Sigue —decía Ellis, o más bien resollaba. Sonaba fatal y Ryn dudó que fueran a lograrlo. Aunque el *afanc* no atacara, tal vez no eran lo bastante fuertes para llegar a tierra firme.

Algo le agarró el tobillo.

Y se hundió.

Forcejeó. Agitó los brazos y la pierna libre en el agua, formando burbujas. La criatura la agarraba como una banda de hierro y no podía liberarse.

Miró abajo. Le ardían los ojos de mantenerlos abiertos para mirar al *afanc*.

Debió de ser un guardián en el pasado. Una criatura mágica de las profundidades para mantener Castell Sidi a salvo de intrusos. Lo hacía incluso ahora, después de que los residentes de la fortaleza se hubieran marchado.

El *afanc* tiró más y más de ella hacia abajo, al corazón del lago, y Ryn lo permitió. No podía luchar con una criatura con semejante fuerza. La luz se disipó y entonces notó algo duro en la espalda. Una roca.

El fondo del lago. La había llevado al fondo. Las garras del *afanc* la retuvieron ahí abajo, pero con delicadeza, para no lastimarla.

No cortaban ni devoraban. Ahogaban.

Ryn parpadeó; el sol era un astro distante y tambaleante. Salieron burbujas de sus labios y nariz, y notó un dolor crecer detrás de las costillas. El dolor se convertiría pronto en una agonía ardiente y acabaría intentando respirar. Su cuerpo la obligaría y ella solo inhalaría agua y se atragantaría.

El *afanc* la observaba, impasible, la cola en constante movimiento. Adelante, atrás, meciéndose, manteniéndose estable en las corrientes. Estaba esperando, solo esperando, porque esta criatura tenía una eternidad mientras que Ryn solo contaba con un momento.

Arrastró los dedos por el suelo rocoso. Estaba suave por el cieno y se desmoronaba bajo su roce. Los pulmones comenzaban a arderle y, si iba a actuar, tenía que ser ahora.

Tocó una piedra que parecía más grande que el resto. Curvó los dedos en torno al exterior rugoso y, antes de que pudiera dudar, golpeó con ella uno de los ojos dorados del *afanc*.

El dolor sorprendió a la criatura, que enfureció. Se retorció y movió la cola en el agua. Por un momento, apretó tanto a Ryn con las garras que sus costillas crujieron. Movió la boca y pensó que, de ser humana, estaría gritando.

Se palmeó la cara, su presa olvidada, al parecer. Ryn estaba en el lecho del lago, liberada, y el pecho le dolía tanto que, por un momento, se preguntó si podría nadar siquiera. Dio la vuelta y pegó las botas al suelo. Echó un vistazo y vio lo que había usado para golpear al *afanc*.

Tenía un cráneo medio destrozado en la mano. Era de un tono marrón lodoso y tenía los dedos en uno de las cuencas de los ojos.

Entendió entonces sobre qué reposaba. No eran rocas, sino huesos. Estos fragmentos destrozados debían de estar demasiado rotos para que la maldición les afectase, o tal vez solo faltaban las partes para que pudieran arrastrarse hasta la orilla.

Ryn se impulsó con las piernas y usó el suelo para propulsarse hacia la superficie. Las botas eran demasiado pesadas, pero no se atrevió a parar para quitárselas. Flexionó los dedos en el agua y se impulsó hacia arriba. Tenía la visión salpicada de gris y le dolía tanto que pensó que se pondría a llorar.

Algo detrás de las costillas pareció quebrarse. Inspiró como por reflejo, y sintió como si alguien vertiera barro en su pecho. Le ardía, le pesaba e iba a morir aquí. Sola, en un lago, muy cerca de Castell Sidi. Como muchos otros. Había sido una arrogante al pensar que podría sobrevivir cuando tantos otros habían muerto.

Salió a la superficie. Al principio no se dio cuenta y siguió moviendo los brazos, tratando de nadar. El aire era cálido y dulce como el sol del verano, y lo inhaló. Seguía doliendo, le ardían los pulmones, incluso cuando el resto de su cuerpo estaba helado.

Nadó. No sabía si le quedaban fuerzas para nadar, pero se entregó al movimiento en dirección a la mancha oscura que era Castell Sidi.

Con cada brazada, estaba segura de que sentiría las garras del *afanc* de nuevo. Que la criatura se recuperaría y vendría a por ella, cegada por el dolor y la furia.

Sus dedos tocaron algo duro. Nunca antes había estado tan exhausta y asustada, y lo único que quería era...

Orilla.

Estaba tocando la orilla.

Con la poca fuerza que le quedaba, salió arrastrándose del lago. El suelo estaba húmedo y lleno de guijarros, y era tan cómodo como cualquier cama. Se quedó allí tumbada, con la mejilla pegada al suelo, respirando. Tan solo respirando.

Y entonces notó unas manos encima. Unas manos cálidas que le apartaron el pelo de los ojos y le tocaron la garganta. Fue vagamente consciente de que alguien pronunciaba su nombre y la ayudaba a ponerse de lado.

Ellis. Era Ellis.

Le dieron ganas de llorar de alivio. De rodearlo con los brazos, aferrarse a él hasta asegurarse de que ambos estaban bien, hasta tener el valor de presionar la cara en el hueco de su hombro.

Ryn no hizo nada de esto. Lo que hizo fue ponerse de lado y vomitar el agua del lago.

26

No fue su momento más digno.

Hubo muchas arcadas y jadeos, le ardía la garganta y tenía los ojos llorosos. Y luego estaba Ellis, ayudándola a arrastrarse orilla arriba, lejos del agua agitada del lago. Se alegraba de alejarse de él, no creía que volviera a nadar en un lago en lo que le restaba de vida.

Cuando dejó de escupir, se tumbó de espaldas y se concentró en respirar.

Al fin, se apoyó en los codos para incorporarse. Ellis se sentó a su lado, con las piernas cruzadas. Se había apartado el pelo mojado de los ojos y su frente parecía más amplia de lo normal. En la mejilla le había salido un cardenal rojo y veía lugares donde el tono se oscurecería hasta formar hematomas.

—He salvado mi mochila —dijo. Sonaba al mismo tiempo agotado y victorioso—. Solo se le ha metido un poco de agua.

—Bien —resolló ella—. Al menos tendremos un montón de pergamino.

Ellis inspiró profundamente y exhaló el aliento.

—¿Y tú qué?

La pérdida de un hacha no debería de haberle producido una punzada de dolor, pero así fue. Cerró los ojos y volvió a abrirlos. No iba a ganar mucho lamentándose.

—No he podido salvar nada. Estaba muy ocupada intentando no morir.

—Me alegro —respondió con una sonrisa leve.

Ellis le tendió una mano y ella la aceptó y dejó que tirara de ella para poder incorporarse.

Ryn miró detrás de él y se le aceleró la respiración.

Castell Sidi se alzaba ante ellos.

No había puente levadizo, no era necesario con el monstruo que guardaba el lago. Pero vio las almenas, la piedra descascarillada donde las flechas habrían chocado. Había al menos ocho torres distintas, más altas que cualquier árbol, que proyectaban sombras largas en el suelo. Trató de recordar relatos antiguos de la batalla de Gwydion de Dôn y su familia contra Arawn y su corte.

Gwydion ganó al final. No con magia ni espadas, sino con un nombre. Pronunció el nombre verdadero del campeón de Arawn, redujo el poder del campeón y terminó la batalla.

Levantó la mano y tocó el pesado muro de la fortaleza. El viento lo había desgastado.

—Vamos a buscar la forma de entrar —dijo.

Mientras rodeaban el catillo, Ryn comprendió cómo pudo haber sido en el pasado esta comunidad: dentro de las murallas de la fortaleza, la estructura principal estaba acompañada de varios edificios más pequeños. Había casas a lo largo de los muros de piedra y más al oeste se distinguía la forma de un granero. La hierba estaba llena de flores silvestres blancas. Los pájaros volaban en círculos por encima de ellos, piando. Había nidos en las piedras, muy por encima del alcance de cualquier depredador.

Entraron por la torre del granero. Todo cuanto quedaba del horno de exterior era un montón de piedras que parecían más un montículo funerario que un horno. Había una puerta pequeña y Ryn usó una de esas rocas para golpear las bisagras hasta que cedieron. Con un empujón, la puerta cayó a medias. Quedó espacio suficiente para que se colaran dentro.

El aire estaba en calma. Casi demasiado, ajeno a la brisa y al movimiento de los animales. Había una humedad rancia y Ryn se estremeció cuando accedió a la sala grande. Contenía mesas de todos los tipos, barriles apilados y frascos brillantes de vidrio sellados con cera polvorienta. Levantó la mano de pronto, pero Ellis le tocó el brazo y tiró de ella.

—Yo no tocaría nada —le dijo en voz baja—. ¿Y si hay otros encantamientos?

Ryn comprendió su inquietud, porque también la sentía. El techo era demasiado alto, las habitaciones demasiado grandes y las sombras demasiado espesas. Esta fortaleza no era para humanos, a menos que tuvieran invitación para unirse a la caza salvaje o fueran invitados de los *tylwyth teg*.

Recorrieron un pasillo que llevaba a una de las salas interiores. Debía de ser una especie de salón de reuniones, con una larga tabla de madera que hacía las veces de mesa. Parecía cortada del corazón de un árbol milenario.

Nadie vivía aquí, de eso estaba segura. El polvo estaba asentado y la quietud era absoluta. No había signos de ocupación, de nada que respirase ni...

Algo silbó sobre su cabeza y Ryn se agachó y cayó de rodillas. Ellis emitió un sonido agudo de sorpresa.

Un pájaro se posó en la lámpara del techo y los miró.

La lámpara de araña no estaba hecha de metal ni cristal, sino de astas. El pájaro movió la cabeza para examinar a los intrusos. Ryn levantó la mano en un saludo silencioso, como si el pájaro fuera a comprenderla. Tal vez sí.

Cruzó una puerta y encontró otra habitación. Sintió casi como si hubiera salido de nuevo afuera, el techo era muy alto.

En el centro de la habitación había una estatua.

Parecía fabricada en madera, pero tal vez no era así, la madera habría perdido parte del lustre. Solo cuando vio las hojas secas esparcidas por el suelo comprendió que la escultura era un árbol vivo, dormido por el invierno. Las ramas, el tronco e incluso las raíces tenían una forma que parecía la de un hombre. Se encontraba en reposo, con una mano alzada para saludar y la otra aferrada a una espada. El casco se curvaba alrededor de los cuernos de un ciervo y le confería una belleza sobrenatural.

—El rey Arawn —declaró. Casi esperaba que la estatua respondiera, pero permaneció inmóvil. Ryn inclinó la cabeza, solo un segundo.

Esta debió de ser una magnífica sala en el pasado, un lugar donde los visitantes podían admirar las maravillas de Castell Sidi. Su belleza permanecía intacta, como una flor prensada entre las páginas de un libro. Los colores se habían difuminado, pero las líneas y las formas seguían siendo bonitas. Seguramente se celebraban aquí las fiestas del rey del Otro Mundo y, por un instante, Ryn se lo imaginó. Vestidos de espuma de mar y encaje, frentes adornadas con hojas y gemas brillantes, cálices rebosantes de vino y, en especial, el rey del Otro Mundo con su corona de astas. Se movió despacio, con temor a molestar incluso a las hojas con sus pasos. Esta era la sala de un rey y ella se sentía mugrienta y torpe, todavía temblorosa por el frío del lago.

—No puedo creerme que abandonase este lugar —comentó Ellis con tono suave.

—Debió de acabar desesperado por los humanos —señaló Ryn—. Después de que Gwydion le robara y después iniciara una guerra. Arawn pensaría que no merecía la pena quedarse aquí con los humanos. Reunió a su corte y toda la magia y se marchó.

Contemplar la magnífica sala le producía una sensación agridulce. Era una muestra de un mundo pasado y ella anhelaba más. Una parte de ella quería barrer las hojas del suelo y limpiar las telarañas, encender las velas y devolver la calidez a Castell Sidi. Parecía una bestia dormida que podía despertar si la atendían las manos adecuadas.

Pero, aunque maravillada por la imagen, sabía que este lugar nunca podría ser suyo. No estaba hecho para los humanos. La madre y su hijo se atrevieron a vivir aquí y los actos de la madre despertaron a los entes de hueso. Sería una estupidez quedarse, morar aquí, pero Ryn comprendía por qué querría hacerlo cualquier persona.

—Tenemos que encontrar el caldero —dijo en voz baja.

Ellis revisó el salón y se fijó en los ventanales altos y los pájaros que anidaban arriba. Movió en silencio los labios un momento y luego sacudió la cabeza.

—Ah, sí. —Apretó los labios—. Seremos más rápidos si nos separamos.

—¿Te parece seguro?

Ellis alzó el hombro bueno.

—Nada es seguro en este lugar, por eso yo no me quedaría mucho. Tu leyenda afirmaba que había que hervir agua en el caldero, deberíamos de empezar por las habitaciones con chimenea.

—De acuerdo. —Una parte de ella anhelaba la soledad; el caos de los últimos días era un peso sobre sus hombros y podía desmoronarse bajo él—. Pero quedamos en unas horas. ¿Dos?

—Yo iré a las torres del este —señaló Ellis—. Tú te encargas de las del oeste. —Vaciló y echó una mirada al árbol antes de volverse. Parecía distante, distraído. Se dirigió a una puerta y desapareció en el pasillo que había al otro lado.

Ryn no se movió. Sintió un temblor en el pecho y el ruido que emitió sonó como un hipido. Le temblaban las piernas y tuvo que sentarse en uno de los sillones polvorientos. No sabía por qué le afectaba tanto este lugar, pero así era. Representaba cada historia antigua, cada cuento para dormir, cada imagen de vegetación salvaje que había visto en las inmediaciones del bosque, cada monstruo y cada héroe. Y desearía profundamente poder compartirlo con su padre.

Pensó en el hombre muerto que vagaba por el bosque con una capa gris y la mitad de una cuchara de amor de madera.

Notó otra punzada aguda en los pulmones. No estaba llorando, pero casi. Cerró los ojos con fuerza para aliviar el ardor de las lágrimas.

Su padre la había traído hasta aquí, como si conociera su intención. Y puede que fuera así. Puede que siempre hubiera sabido que ella vendría, que perseguiría las historias antiguas hasta su origen, porque ella era de esa clase de personas que no dejaban ir.

Pensó en su mano en la de él, en ella aferrada a los dedos estropeados de su padre con los suyos pequeños.

Pensó en una anciana muerta en una mecedora porque su hija no podía soportar la idea de que se marchara.

Pensó en el rey del Otro Mundo, que dejó su hogar porque no podía quedarse.

Y pensó en una madre con su hijo muerto en brazos y el caldero roto de la resurrección.

Apretó la cuchara rota con la mano y le embargó un dolor agudo.

* * *

Ellis no sabía qué esperar de Castell Sidi.

Conocía algunas de las historias. Los bardos las cantaban en el salón de Caer Aberhen, intercambiaban canciones por un plato de caldo de conejo caliente y un colchón de paja. Había escuchado historias de los *tylwyth teg* inmortales, de las batallas sangrientas y de las fiestas. Esperaba que el castillo fuera algo nacido de un mito: desconocido y hostil.

Nunca esperó sentirse tan cómodo aquí.

Mientras caminaba por los salones de la vieja fortaleza, el corazón adoptó un ritmo estable y se le calmó la respiración. Tal vez era porque había crecido en un lugar muy similar a este: Caer Aberhen era menos grandioso, pero era una fortaleza. Tenía torres y murallas, un gran salón, ventanales altos y sirvientes que intentaban echar a los pájaros de las vigas.

Para él, hogar era... era cartas entre las páginas de un libro encuadernado en piel y pequeñas flores silvestres blancas que crecían bajo la ventana de su habitación. Era miel sobre unas gachas calientes, el olor a piedra húmeda durante las lluvias de primavera y las murmuraciones de las cocineras en la cocina.

Hogar era sabor, olor y sensación. No era un lugar.

Pero este lugar podría ser el hogar de alguien.

Caminó por un pasillo tras otro hasta llegar a las habitaciones más profundas. Debían de ser los salones del rey; con muros de piedra entre las habitaciones y el exterior, parecían los lugares más seguros de la fortaleza. Una gran chimenea se extendía a lo largo de una pared; había todavía cenizas en el suelo y los tapices estaban cubiertos de telarañas, pero no le restaba majestuosidad al lugar.

Rozó con los dedos la mesa de madera de roble. Casi podía oír el repiqueteo de soperas y copas, imaginar el olor de carnes braseadas y vinos. Cerró los ojos. Castell Sidi bien podría estar construida con recuerdos en lugar de piedras.

—¿Adónde fuiste? —murmuró.

Había una paloma gris posada sobre un sillón de respaldo alto. Por supuesto, habían abandonado a su suerte a los pájaros mensajeros. El ave lo miraba con desconfianza, desacostumbrada a ver humanos en su hogar.

No pudo abrir con facilidad la puerta del dormitorio del rey. Ellis frunció el ceño y en un segundo intento, giró con fuerza el pestillo y lo levantó para que las bisagras no se quedaran atascadas. Se abrió despacio.

La habitación olía a moho. Aunque en el pasado fue la habitación de Arawn, servía ahora de hogar para algún animal que había anidado en la cama. El polvo cubría el suelo y con cada paso levantaba una nueva nube.

Si el caldero de la resurrección estaba en algún lugar de esta fortaleza, Ellis suponía que sería aquí, escondido detrás de los muros de la fortaleza y las puertas pesadas, dentro de un castillo que nadie había visitado en casi dos décadas.

Miró la amplia extensión de mantas de lana y almohadas rellenas de plumas de ganso. Una de ellas estaba perforada y se le salían las plumas.

No creía que pudiera esconderse un caldero debajo de la cama, pero miró de todos modos. En las almohadas, debajo de la estructura de la cama y luego en los armarios y el escritorio. A cuatro patas, pasó los dedos por cada rincón de la habitación.

Había una pequeña puerta que daba a la habitación de la reina y la cruzó agachado para no tocar las telarañas. El dormitorio de la reina era más pequeño, con alfombras suaves y cortinas adornadas que tapaban las ventanas. Vio una hilera de cucharas de amor con mangos tallados y bonitos, colgadas justo encima de la cama. Apartó una cortina y la luz del sol entró a raudales en la habitación.

Miró afuera, la hierba que se extendía por debajo. Había casas y cobertizos; las fortalezas contaban a menudo con construcciones periféricas para curtidurías o herrerías, cualquier cosa que molestara a los ocupantes del castillo con olores o sonidos. Puede que esas pequeñas casas albergaran en el pasado a los herreros legendarios que forjaron espadas para matar dragones. Y también valdría la pena buscarlas.

Cuando salió, se encontró con Ryn. Estaba sentada bajo un viejo árbol retorcido, con la mirada perdida.

—Ya veo que te estás esforzando en la búsqueda —le increpó con tono cortante mientras se sentaba a su lado.

Ryn lo miró.

—Es broma —añadió y alzó ambas manos en señal de rendición—. Te has ganado un descanso.

Se acomodó a su lado en la hierba con movimientos rígidos. Le dolía el hombro y pensó si esa noche encontrarían un lugar donde poder hervir agua para darse un baño. Meterse en agua caliente le parecía una bendición.

—He buscado en tres torres —le informó Ryn—. Una debió de servir de mazmorra, porque he encontrado cadenas y… otros instrumentos. Otra estaba llena de bridas y aperos. Y la última… —Levantó la mano. Tenía una daga corta en la palma. La piel de la vaina era suave y tenía runas antiguas grabadas en la hoja. Aunque Ellis prefería bolígrafos a espadas, incluso él podía admitir que se trataba de un arma bonita.

—¿Has encontrado la sala de armas?

—Sí. —Bajó la daga al regazo—. Esta no será una carga para tu hombro. Deberías quedártela, por si acaso.

Se fijó entonces en la espada larga que llevaba amarrada a la cadera. Estaba menos adornada que la daga, pero no era menos mortífera.

—No es mi hacha, pero es mejor que nada —declaró Ryn.

Claro que prefería su hacha, vieja, firme y familiar, antes que cualquier arma de Castell Sidi. La idea le tiró de las comisuras de los labios y escondió la sonrisa detrás de una mano. Nunca le había parecido que la testarudez pudiera ser un rasgo atractivo en una persona, pero formaba parte de ella.

Ryn estiró las piernas, con la mirada fija en el lago. Tenía un aspecto engañosamente pacífico a la luz de la tarde, con el agua inmóvil y opaca. Como si no acecharan monstruos bajo la superficie.

Un pensamiento había estado molestándolo y por fin le dio voz.

—¿Y si no lo encontramos?

Ryn no preguntó a qué se refería. Entrelazó los dedos en el regazo. Cuando habló, lo hizo con voz tranquila.

—Los muertos seguirán despertando. No nos faltará comida aquí con los graneros abastecidos, pero Colbren probablemente no sobreviva. Mi familia huirá, seguro, Gareth es un superviviente. Se llevará a Ceri a una de las ciudades del sur.

—¿Podría expandirse?

—¿La maldición? —Sacudió la cabeza—. Creo lo que dijo Catrin. La magia debe tener sus límites y la distancia será uno de ellos. Ni el hierro ni la aulaga disuadió a los entes de hueso. La cercanía de la magia en el bosque los habrá contenido. Si se alejan demasiado, puede que vuelvan a estar muertos. —Ladeó la cabeza con la mirada puesta en el lago—. A lo mejor esta era la intención de Arawn. Una parte de mí se pregunta si dejaría el caldero a propósito para que los humanos se condenaran con él.

Se produjo un silencio.

—Es un poco morboso —observó Ellis.

Ryn movió los ojos y se encontró con los de él un momento antes de desviarlos de nuevo al lago.

—Perdona, nunca he sido muy alegre.

—Me gusta.

Ryn dirigió toda la fuerza de su mirada hacia él. Ellis sintió que lo perforaba con ella, el dolor más dulce y agudo que podía imaginar. Ella tenía los labios ligeramente separados, enrojecidos de mordérselos. La luz del final de la tarde le incendiaba el pelo y, en ese momento, le pareció verdaderamente adorable. No importaba que tuviera las uñas llenas de tierra ni que oliera a lago y a barro. Estaba aquí. En este lugar imposible junto a él. Quería tocar el hueco de su garganta, sentir el latido de su corazón bajo la punta de los dedos. Quería apartarle el pelo detrás de las orejas y besar las pecas que le salpicaban los hombros. Quería decirle que no se iría como los demás. Se quedaría si ella así lo quería. No tendría que perderlo nunca como había perdido a tantos otros.

Pero no hizo nada de eso.

Se limitó a sonreír.

—¿Vamos a ver qué comida dejó el rey del Otro Mundo? —sugirió en cambio.

El momento de tensión se esfumó y Ryn sacudió la cabeza, no en desacuerdo, sino divertida.

—De acuerdo. Vamos a buscar comida y después buscaremos un lugar donde dormir esta noche. Mejor en una parte del castillo que tenga puertas funcionales que podamos cerrar. Mañana continuaremos la búsqueda, cuando hayamos descansado.

Ellis asintió y se levantaron juntos.

27

Sus sueños sabían a humo amargo.

Ellis sabía a qué se suponía que olía el humo, conocía la dulzura de la madera de cerezo, el aroma denso de la ceniza. Pero este humo no era natural. Era intenso y húmedo, y, en cierto modo, Ellis lo sabía: sencillamente sabía que estaba oliendo cuerpos quemándose.

Y de pronto estaba en la orilla del lago, el agua iluminada por el fuego y el sol de la tarde. Alguien se alzó del agua; no era el *afanc*, sino un hombre. No podía distinguir los rasgos del extraño, pero la imagen le provocó un estremecimiento de pánico.

Mírame. Ellis oyó a alguien decir las palabras, pero se sentía inquietantemente desconectado. Era la voz de una mujer, y una que había oído solo en el momento entre el sueño y el despertar. *Ellis, mírame*.

Sintió un dolor fuerte que se concentró bajo la clavícula, en el hombro izquierdo. Se tocó con los dedos, tratando de encontrar una forma de aplacarlo.

Los dedos tenían un aspecto extraño. Los alzó al cielo y la luz del sol se coló entre los huesos.

Estaba muerto. No era más que hueso.

Y entonces reparó en que era él quien estaba quemándose.

* * *

Ellis volvió en sí. Estaba sudando mucho, tenía la camiseta empapada. Estaba todo demasiado caliente y cerca. Intentó desesperadamente desenredarse, escapar de las mantas y del recuerdo del sueño. Trató de inspirar con calma. Hacía años que no lo despertaba una pesadilla.

Habían encontrado barracas en una torre del norte. La habitación circular estaba llena de catres que eran poco más que cuerdas y mantas; era un lugar para que los guardias durmieran unas horas. Sin embargo, después de días descansando sobre raíces y piedras, hasta el colchón más delgado resultaba maravilloso. La suave luz de la luna entraba por las rendijas de la piedra y una brisa leve le movió el pelo. Ellis se sentó y se frotó la cara, como si así pudiera desprenderse del sueño.

Echó un vistazo a Ryn. Estaba muy quieta bajo las mantas y el pelo castaño rojizo se extendía por el colchón. Dormida y a salvo. Ellis exhaló un suspiro tembloroso. Era un miedo estúpido, sabía que ningún sueño podría tocarlo, pero se alegró de verla descansar.

Había una taza de té de matricaria frío al lado de su cama y se lo bebió entero. Aunque sabía a flores amargas, le ayudaba con el dolor.

Salió de la cama. El suelo de piedra estaba frío bajo los pies descalzos, pero le tranquilizaba, le hacía sentir más despierto. Se dirigió a la puerta y la abrió. El sueño parecía una esperanza lejana; a lo mejor podía caminar un poco y cansarse así.

Los salones de Castell Sidi estaban hechos para la noche. La luz más pálida atravesaba la piedra tallada del techo y se reflejaba en el cristal brillante y los espejos. Era un lugar de luz de estrellas y magia antigua, no estaba hecho para personas como él.

Alzó la mirada al oír unas pisadas suaves. Ryn estaba de pie en el salón, vestida únicamente con la camiseta interior larga y unos pantalones. Tenía la cara demacrada y Ellis tardó un momento en ver la espada en su mano.

—Está bien —dijo—. No ha sido… nada.

Ryn le acercó la mano libre. Posó la palma en su pecho, justo por debajo de la clavícula. Notó su mano fría en la piel febril y le pareció agradable.

—¿Te duele?

Intentó sonreírle. Pero Ryn merecía más que las mentiras que acostumbraba a ofrecer a sus conocidos.

—Siempre, pero no ha sido eso lo que me ha despertado.

Ella no movió la mano y Ellis se relajó.

—Cuéntame —le pidió en voz baja y, sin embargo, exigente.

Si Ellis no estuviera tan cansado, podría haber sentido vergüenza. Porque ¿qué clase de persona perdía los nervios por un sueño? Pero Ryn no se movió, no habló, tan solo aguardó.

—Ha sido una pesadilla —admitió él.

Ryn pareció considerar sus palabras. Bajó la mano y Ellis notó de inmediato la ausencia.

—Ven conmigo.

—¿Adónde?

—Tengo que enseñarte algo.

Ellis la siguió.

—¿Adónde vamos?

—Ya lo verás. —Cruzaron el salón y Ellis desvió la mirada a la estatua de Arawn. Tenía los rasgos cubiertos de sombras, los ojos fijos en algo distante.

Ryn tomó una puerta lateral que él no había cruzado, debía de pertenecer a la zona de la fortaleza que había explorado ella. Había una escalera en espiral incrustada en la piedra y Ellis descendió. Los muros eran viejos y estaban muy cerca, y sintió que dejaba el mundo atrás. La oscuridad los engulló y entonces oyó el chasquido y el silbido del pedernal. Una de las antorchas cobró vida y la luz danzó en el rostro de Ryn. Estaba sonriendo y, a la luz del fuego, parecía que este era su lugar. Era uno de los *tylwyth teg*, ajena al tiempo y entretenida con alguna travesura.

Se adentraron en silencio y, cuando la habitación se abrió ante ellos, Ellis se dio cuenta de que habían entrado en una bodega. El techo era demasiado bajo y tuvo que encorvarse para no tocar las telarañas. Había barriles apilados en las paredes, junto a frascos llenos de líquidos no identificables. Algunos eran oscuros y otros claros, el cristal permanecía limpio por obra de alguna magia. Ryn se acercó a una de las estanterías, sopló el polvo y miró dentro.

Una botella.

—Cuando el rey del Otro Mundo se llevó a su corte y su magia de estas islas, no se llevó los vinos —comentó y Ellis entendió de pronto su sonrisita.

—Esto va a ser atroz o delicioso —observó él—. O a lo mejor nos vuelve locos a los dos. —Había escuchado historias de humanos que bebían y comían comida del Otro Mundo, y nunca acababan bien.

—No beneficia a nadie que acumulen polvo aquí abajo. —Ryn le sonrió—. Vamos, ¿quieres subir a la parte más alta de una torre?

Encontraron unas escaleras circulares y Ryn fue primero, con una cuerda vieja para mantener el equilibrio en una mano y la botella de vino en la otra. Ellis miró abajo una vez, solo una, antes de mirar hacia arriba. La torre se estrechaba conforme ascendían y, cuando llegaron a un saliente, estaba un poco mareado.

Las vistas durante el día debían de ser increíbles; se verían las montañas y más allá, se extendería casi hasta el mar.

En la oscuridad, apenas podía distinguir las formas de los árboles y las colinas. Le pareció ver la forma de una construcción, puede que un almacén o un establo. Se sentaron con las piernas colgando por el borde y Ellis notó el lugar donde la pierna de ella tocaba la suya. Solo una sensación leve, pero el corazón le dio un vuelco.

Ryn le quitó el sello a la botella con un cuchillo pequeño y la cera se desprendió en pequeños trozos. Se puso la botella bajo la nariz, olió y jadeó.

—No es un buen presagio —dijo Ellis.

Ryn le dirigió una mirada.

—Voy a probarla. Aunque acabe siendo solo vinagre, podré decir que he bebido los vinos del rey del Otro Mundo en su fortaleza. Será una historia que contaré a mis nietos.

—Lejos de disuadirte de hacer realidad tu sueño, intentaré sujetarte si te tambaleas —respondió él con voz cortante.

Ryn se llevó la botella a los labios. Le dio un leve escalofrío y, por un momento, Ellis temió que el vino la volviera loca de verdad. Pero entonces echó la cabeza atrás y se rio.

—Ah, tienes que probarlo.

La botella estaba llena de polvo y la aceptó un poco inquieto.

El líquido era denso en su boca. Tragó rápido, pero, incluso en su ausencia, el vino permaneció en la lengua. Sabía a miel tostada y cáscaras de naranja. El calor floreció en su pecho.

—Parece que está bien —señaló Ryn—. Pero yo no bebería mucho si queremos encontrar el caldero mañana.

Él le devolvió el vino.

—¿Estás segura de que vamos a encontrarlo?

Ryn movió las piernas adelante y atrás, como si necesitara el movimiento.

—Hemos llegado muy lejos, ¿no?

—Sí, pero…

—No —lo interrumpió—. Hemos llegado muy lejos. Nos hemos quedado en un campamento de muertos vivientes, hemos atravesado la mina, llegado hasta las montañas, superado un *afanc* y ahora estamos bebiendo vino en una fortaleza en la que no ha vivido nadie durante casi un siglo. Bueno, sin contar a la mujer que inició la maldición. —Apretó el cuello de la botella con los dedos—. Hemos hecho lo imposible tres veces. Vamos a lograrlo una vez más.

Su seguridad era más embriagadora que el vino.

—¿Y qué vendrá después? —preguntó Ellis.

Ella se encogió de hombros.

—Regresaré. Comprobaré si Eynon ha podido quitarle la casa a mi familia o si Gareth se ha enfadado y le ha golpeado en la cabeza con su libro de cuentas. —Parte de su bravuconería se esfumó y su voz se tornó más suave—. No… no lo sé. Enterraremos a nuestros muertos, supongo. O al menos nuestros recuerdos de ellos. —Dio otro sorbo de la botella y se aclaró la garganta—. ¿Y tú qué, cartógrafo? ¿Vas a continuar la búsqueda de tus padres? ¿O harás tal vez un mapa de estas montañas? ¿Regresarás a Caer Aberhen?

Ellis vaciló.

Ella había respondido con honestidad y él haría lo mismo.

—No estoy seguro. ¿Aún piensas cobrarme por este pequeño viaje?

—Puede —contestó—. Depende de los objetos de valor que encuentre aquí. A lo mejor me llevo unas cuantas botellas de este vino y compro a Eynon con ellas.

Ellis tomó la botella, le dio un buen sorbo y se la devolvió. No solía beber, pero esperaba que esto le diera coraje.

—¿Puedes añorar algo antes de que se acabe?

Ryn chocó la uña contra la botella.

—Creo que voy a añorar esto cuando se acabe.

Él sacudió la cabeza.

—Me refiero... a otra cosa. Un lugar o una persona.

El silencio que le siguió estaba cargado de palabras sin pronunciar. Ellis se preguntó si se habría adentrado en territorio doloroso, si no debería de haber dicho nada. Pero entonces prosiguió:

—Yo sí. La anticipación de la pérdida duele casi tanto como la propia pérdida. Te intentas aferrar a cada detalle porque nunca volverás a tenerlos.

»Aderyn —comenzó y se corrigió—. Ryn. He de decir que no voy a echar de menos este viaje. Dormir en el suelo, la lluvia, los cadáveres putrefactos, el miedo constante de que algo emerja en la noche y nos asesine a los dos. —Bueno, estaba yendo bien, pensó una parte de él, pero se obligó a seguir—. Pero incluso con los monstruos y los cuerpos muertos, una parte de mí no quiere que esto acabe. Bueno, sí quiero que acabe. Los entes de hueso y todo eso. Pero cuando volvamos... echaré de menos... eh... lo que intento decir es que... te echaré de menos a ti.

El silencio se impuso pesado entre ellos y, por unos terribles segundos, Ellis consideró arrojarse por el borde. Sería un final menos doloroso.

Pero entonces Ryn se echó a reír. Solo fue una carcajada, un sonido ahogado que se transformó en una risita.

—Esto es maravilloso —dijo una vez que había controlado la risa—. Bueno, no tan espectacular como aquella vez en la que el hijo del encargado de recolectar la turba intentó cortejarme llevándome de visita al pantano, se me quedó una bota atascada y tuve que dejarla allí.

—Vaya, me alegro de superar al pantano y tu bota perdida —contestó él con tono áspero.

—¿Todas tus declaraciones empiezan con la parte de los cadáveres putrefactos?

—Con la última chica probé llevándole flores, pero prefería un caballero a un cartógrafo.

Ryn volvió a reírse, pero esta vez más tranquila.

—Ellis. Ellis. —Le gustaba cómo pronunciaba su nombre, las sílabas suaves en su boca—. Soy un desastre. Ya lo sabes. Soy irritable. Prefiero a los muertos antes que a los vivos. Solo se me da bien cavar tumbas y sobrevivir en el bosque. Mi hermano cree que he abandonado a la familia y mi hermana me quiere, pero es que ella quiere a una cabra muerta, por lo que sus estándares no son muy exigentes. Ah, ¿y qué pasó con el último miembro de la familia que me irritó? Lo enterré en una tumba sin nombre.

—Y yo soy un cartógrafo que se pierde con bastante frecuencia —comentó Ellis—. No tengo familia, no sobreviviría ni dos días en el bosque y probablemente nunca pueda levantar nada más pesado que una jarra con el brazo izquierdo.

—Ese no eres tú. —Le tomó la mano—. Tú eres... eres bueno, Ellis. Eres amable, eres bueno y yo... no.

—Pues me gustas así.

Eso pareció sorprenderla y se quedó en silencio.

—Me gustas irritable y desastrosa, con tierra de las tumbas bajo las uñas y hojas del bosque enredadas en el pelo. Te niegas a ser nada que no eres. Y a mí me encantaría ser así de valiente.

Ryn bajó la mirada.

—Yo no soy valiente.

—Ryn...

—Si fuera valiente, habría hecho esto hace días.

Y antes de que pudiera terminar lo que fuera que quería decir, Ryn pegó la boca a la suya. Las palabras se desmoronaron y se quedó muy quieto.

Lo besó como lo hacía todo: con una ferocidad determinada. Tomó y él se entregó encantado, sintió la calidez de su cuerpo presionado contra el propio. Le pasó las manos por el cuerpo y tocó lo que pudo. El músculo apretado de sus brazos. La extensión sedosa del pelo. La amplitud de los hombros y las muescas de la columna, que se flexionaron cuando se movió para buscar una postura más cómoda. Este no era el lugar ideal para besarse. Ellis era vagamente consciente de la altura y de la certeza de que un mal movimiento podría tirarlos de la fortaleza. Un ruido suave escapó de sus labios, el anhelo convertido en sonido.

En ese momento, no le importaba si volvían a Colbren algún día. Podían vivir aquí, en esta fortaleza sobrenatural, con la bodega de vino y su cabra muerta. Si es que esa cabra muerta conseguía cruzar el lago sin que se la comiera un *afanc*.

Los pensamientos se le estaban fragmentando, se tornaban salvajes mientras sentía las manos de Ryn bajar por su pecho. Por los reyes caídos, lo único que quería era perderse en esa caricia. Desear y ser deseado era una certeza embriagadora, y casi estaba mareado. De todas las personas en el mundo a las que podría haber besado Ryn, lo había elegido a él.

Y, sin embargo, Ellis se apartó. Respiraba de forma entrecortada y vio que a ella se le sonrojaban las mejillas.

—¿Ha estado... bien? —preguntó Ryn.

—Sí. —Una parte de él quería acercarse de nuevo, sentir la suavidad de su boca, pero se obligó a permanecer quieto—. Pero estamos... en una cornisa. Y aunque estoy disfrutando esto, preferiría no caer y morir.

—Comprensible.

Aun así, la besó una segunda vez, un destello breve de calor y dulzura antes de levantarse.

—Voy a regresar a las barracas antes de que el vino me llegue a la sangre. —Sacudió la cabeza—. A lo mejor ahora sí que duermo algo.

Ryn asintió.

—Bajo enseguida. —Fijó la vista en el horizonte y apretó con los dedos el cuello de la botella—. Yo... necesito unos minutos.

Ellis pensó si parte del motivo por el que Ryn había subido aquí era para contar con un punto ventajoso. Puede que quisiera ver a su padre.

—Lo entiendo.

Ella le ofreció una sonrisa breve y honesta que hizo que el corazón le diera un vuelco. Entonces dio media vuelta y comenzó a bajar por las escaleras circulares. La cabeza le daba vueltas y, con cada latido del corazón, la emoción lo asaltaba. Lo había besado. Ryn lo había besado. Se tocó la boca con una mano. Apenas podía creérselo. Parecía una especie de sueño febril y casi esperaba despertar.

La distancia hasta las barracas era corta, pero estaba tan absorto que no se dio cuenta de que había andado demasiado. Demasiados pasillos, demasiadas puertas. Presionó una mano en la cara e intentó borrar la sonrisita que tenía. Estaba comportándose como un necio enamorado y nunca pensó...

No vio las manos agarrándole. Estaban frías y resbaladizas por el agua del lago, las uñas le arañaron el hombro. Un grito de sorpresa brotó de él y se retorció para intentar soltarse.

La luz de la luna arrojaba a este ente de hueso tonos de un gris pálido, incluso a los emblemas grabados de la armadura y los huecos de donde se le habían caído los dientes. Los que le quedaban eran gruesos, desgastados tras una vida entera masticando comida dura.

Un soldado. Probablemente del lago, arrastrado hasta las profundidades por el *afanc*. Se había ahogado y ni siquiera se le había permitido la dignidad de la muerte. En cambio, se había visto forzado a despertar, una y otra vez, al servicio de una maldición.

Por primera vez, Ellis sintió una oleada de empatía por los entes de hueso.

Se acordó de la anciana en camisón, en los que danzaban junto al fuego, en el músico... y en todos los muertos olvidados que no podían descansar. Ryn le había contado que había podido hablar con uno. A lo mejor él también podía.

—Estoy... ¡Estoy intentando acabar con la maldición!

El ente de hueso se irguió. Lo miró con las cuencas vacías de los ojos y la cabeza ladeada, como si le preguntara algo.

¿Qué dirías si pudieras hablar?

El ente de hueso que sostenía a Ellis no se movió. Solo lo retenía. Todos sus instintos le gritaban que forcejease, que se pusiera a salvo, pero, tal vez, si lograba hacer que comprendiera...

El ente de hueso movió la mano.

Ellis se mantuvo quieto. Los dedos delgados le tocaron el pecho y se movieron hacia el hombro del mismo modo que una araña ascendería por una telaraña. El corazón le latía fuerte.

El ente de hueso se acercó. Le goteaba agua del lago por la mandíbula y mojaba la camiseta de Ellis.

La criatura inspiró. Ellis no estaba seguro de cómo lo hacía, no tenía nariz ni labios. Pero oyó la inhalación al pasar entre los dientes rotos.

Y entonces retrocedió y abrió la boca en un aullido silencioso.

28

Ryn se sentó en la cornisa, con las piernas todavía colgando, hasta que las nubes taparon la luna.

Quería unos minutos a solas, aclarar los pensamientos antes de volver a ver a Ellis. Tenía un barullo en la cabeza y una extraña calma había descendido sobre ella. No sabía qué sucedería cuando encontraran el caldero o regresaran a Colbren, pero sí sabía una cosa: no estaría sola.

La idea la calmaba y al mismo tiempo le provocaba un temor en las entrañas. Querer a alguien era enfrentarse a la posibilidad de perderlo y temía que otra pérdida pudiera romperla.

Había otro motivo por el que se había quedado aquí: bajo la brillante luz de la luna, podía ver el terreno, atisbar cualquier criatura que se moviera, viva o muerta. Una parte de ella deseaba distinguir a un hombre muerto con una capa gris de viaje, volver a verlo.

No vio nada.

Y cuando las nubes cruzaron la luna, Ryn se levantó. No tenía mucho sentido seguir ahí vigilando cuando no podía ver nada. Tocó con la mano la pared de piedra suave y bajó guiándose por el tacto y la memoria. Las escaleras eran fáciles de bajar, la cuerda la guio abajo en espiral, al castillo, y recordó el camino de vuelta a las barracas.

El aire era frío en su piel y se estremeció. Sería muy agradable meterse bajo las mantas de lana de su catre, aunque olieran a lanolina húmeda y a polvo.

Cruzó la puerta que daba a las barracas y parpadeó.

No era Ellis quien la esperaba. Era una cabra.

La cabra de hueso estaba olisqueando su bolsa, buscando algo que comer.

Por un segundo, Ryn la miró con la boca abierta. Tenía un aspecto horrible; había empezado a hincharse y olía a podrido. Pero allí estaba, tan viva como podía estarlo una criatura muerta.

—Lo has conseguido. Has cruzado el lago a nado, criatura estúpida. ¿Y no te ha comido el *afanc*? —Arrugó la nariz—. Aunque no me extraña, no eres muy apetecible.

La cabra la miró.

—No me lo puedo creer. —Se acercó para tocar al animal, pero se lo pensó mejor—. Nos has seguido todo el camino. Eres el animal más leal, el más estúpido, el más...

Se quedó callada.

La cabra los había seguido hasta aquí. Se había adentrado en el castillo sin ser vista, ni oída, y había encontrado a sus humanos. Y si ella podía hacerlo, entonces...

—¿Ellis?

No obtuvo respuesta y experimentó un miedo retorcido en el vientre. Sostuvo con más fuerza la espada. De pronto, la fortaleza parecía demasiado silenciosa, demasiado tranquila. Le vino a la mente que los gatos se quedaban inmóviles antes de abalanzarse sobre su presa. No sabía qué temía exactamente, si era la magia, a los entes de hueso o algo monstruoso, pero sabía que algo iba mal.

Se movió rápido, pero con cuidado, y anduvo con paso tranquilo. No volvió a llamarlo, se mantuvo atenta. Oyó el suave repiqueteo de las pezuñas en la piedra cuando la cabra de hueso la siguió; se oía el susurro del viento, el aleteo de unas alas, y...

Oyó el choque distante del metal contra el metal y una voz ahogada.

Ryn agarró mejor la espada envainada y aceleró el paso. Le hubiera gustado tomar algo más de la sala de armas, no solo el cuchillo y la espada. Vestía con poco más que la ropa de noche. Pensó con nostalgia en unas cotas de malla y en pecheras, pero no había tiempo para ponerse una armadura. Tendría que luchar con la camiseta y la espada.

Oyó otro sonido, el ruido de unos pies y una puerta de bisagras viejas. Apretó los labios en un reto silencioso y se adelantó. Aunó toda su rabia, la avivó hasta convertirla en un fuego ardiente en el pecho y la usó como combustible en cada paso. Si podía enfadarse, tal vez podría quemar todo el miedo.

Giró una esquina y los vio.

Vestían armadura, como los que habían atacado Colbren. Había al menos cinco.

Y dos habían agarrado a Ellis.

Él forcejeaba y gruñía mientras uno de los entes de hueso le presionaba la boca con los dedos esqueléticos. Morder no servía de nada.

La idea de perderlo a manos de estas criaturas muertas confirió a la ira de Ryn un tono más afilado y algo que atacar. Un grito brotó de sus labios y se lanzó hacia los entes de hueso. Sin dudarlo, se dio la vuelta. Alzó la espada y la bajó con todas sus fuerzas. Fue un golpe demoledor, había talado árboles pequeños con su hacha.

El primer ente de hueso cayó de rodillas y se le desprendió el brazo. La espada chocó contra un escudo de hierro y saltaron chispas.

Vio la cara del ente de hueso, que llevaba un casco y tenía el rostro congelado en el rictus de la sonrisa de una calavera.

El ente de hueso se adelantó y obligó a Ryn a retroceder varios pasos. Ahora se encontraba en una posición defensiva, trataba de parar los golpes con la espada. Ella no tenía escudo y contaba con mucha menos experiencia con la espada que cualquiera de estos soldados muertos.

«Los príncipes del cantref enviaron a sus mejores caballeros a las montañas».

Y ahora no tenían piel que pudiera cortar ni arterias que seccionar. La muerte los había vuelto más peligrosos.

Oyó a Ellis pronunciar su nombre, pero no respondió. Tenía toda su concentración puesta en el ente de hueso. Este empujó de nuevo, con más fuerza, y ella notó que sus pies resbalaban, que cedían terreno. Con los dientes apretados y los músculos tensos, posó una mano en la hoja de la espada y se valió del peso de ambos brazos. Una gota de sudor resbalaba por su cuello hasta la camiseta. Le temblaban los músculos del esfuerzo.

Los entes de hueso arrastraron a Ellis por la puerta al patio. Se aferró al marco con una mano, con los dedos tensos, pero estos se soltaron y desapareció en la oscuridad.

Con un impropio, Ryn pateó. Golpeó con el talón el lateral de la rodilla del ente de hueso y se dobló de malas formas. Algo crujió y la criatura abrió la boca en un grito silencioso. Con solo una pierna funcional, el ente de hueso cayó de rodillas. Ryn le cortó la cabeza con un solo golpe. Pasó al siguiente y la espada cortó el aire cuando otro ente de hueso se acercó.

No contó el tiempo en segundos, sino en los golpes que intercambiaron. Se sentía imprudentemente invencible. La empuñadura de una espada le golpeó el hombro y notó un dolor punzante en la espalda. Lo ignoró y esquivó golpe tras golpe, contraatacó y luchó con tal ferocidad que no importaba que la superaran en número y en pericia. Estos caballeros y soldados estaban entrenados para sobrevivir, para portar armas, escudos y armaduras, para esquivar ataques. Ryn no tenía tantos escrúpulos; ella se entregó a la batalla y gruñó y escupió como un animal salvaje.

Se había apoderado un instinto de ella y lo único que sabía era que tenía que llegar hasta Ellis.

La muerte ya le había quitado demasiado, no iba a permitir que se lo llevara a él.

Arrojó la espada a otro ente de hueso y le hizo un corte en las costillas y armadura, hasta que la punta de la hoja chocó con la pared de piedra. Unas chispas iluminaron la oscuridad. El ente de hueso estaba clavado y también su arma. El hombre muerto levantó la mano, agarró la hoja de la espada y se echó hacia delante. El hierro se arrastró por su caja torácica cuando la criatura se acercó a ella y le alcanzó la garganta con una mano.

Ryn retorció la espada y apoyó todo su peso en la empuñadura. La espada se convirtió en una palanca y el hierro crujió contra el hueso. Se rompieron vértebras, cayeron al suelo y ente de hueso se derrumbó con ellas. Tenía las piernas inmóviles, aunque la buscaba a ella con los brazos.

Ryn lo apartó con una patada y salió a la noche.

El miedo le tensó todo el cuerpo y agudizó cada sentido hasta el punto de que sentía que el mundo se había ralentizado a su alrededor: el peso de la espada en su mano, la imagen de la luz de la luna en la hierba y el sabor del invierno en el aire. Cada parte de ella corría adelante. El patio estaba vacío, pero oyó el sonido de una lucha. Giró una esquina tan rápido que tuvo que levantar la mano para evitar golpearse con un muro y la palma chocó contra la piedra.

El castillo parecía más grande en la oscuridad, se alzaba sobre ella, a su alrededor. Trató de recordar lo que había delante de ella, en qué dirección estaba el lago. Si los entes de hueso intentaban entregar a Ellis al *afanc*, tendría que llegar ella primero. O puede que tan solo quisieran ahogarlo, convertirlo en uno de ellos. Tenía que haber una razón; los muertos estaban muertos, pero no eran tontos.

Otro ente de hueso salió de la oscuridad y le golpeó con la empuñadura de la espada en la mandíbula. El hueso se desprendió y el hombre muerto se tambaleó, sorprendido. Ryn le arrancó la cabeza con un golpe, sin apenas perder el ritmo.

Dobló otra esquina y los vio. Los entes de hueso no llevaban a Ellis al lago, sino hacia la hilera de casas. La confusión desvió la rabia y el miedo, pero solo un momento. Echó a correr.

Algo chocó contra ella con una fuerza que hizo que se estremeciera. Cayó al suelo y se quedó sin aliento. Se quedó allí tumbada, jadeando, buscando inútilmente con los dedos el arma que se le había caído.

Un ente de hueso se sentó encima de ella; no llevaba armadura, solo harapos, y se movía con la gracia de una serpiente. Un explorador, pensó. O uno de los espías que había enviado el príncipe del cantref. Tenía el pelo largo y gris y huesos del color del limo del lago. Le agarró el brazo y la retuvo al tiempo que se agachaba. El hueso susurró en su mejilla cuando la olió y respiró profundamente en su piel.

Ryn se puso a patear por la repulsión, pero fue inútil, las piernas solo se movían en el aire. Este ente de hueso parecía más experto en el combate sin armas y Ryn no contaba con el elemento sorpresa.

La criatura se apartó, al parecer satisfecha con su examen. El metal destelló en su cinturón, donde había un cuchillo corto de caza.

Ryn se retorció como un conejo atrapado en una trampa; no había ninguna estrategia en sus movimientos, tan solo la fuerza y la desesperación alimentadas por el miedo. No podía morir aquí. Así no, sin haber encontrado el caldero y después de que se hubieran llevado a Ellis. No había llegado tan lejos para que un explorador muerto le cortara la garganta. Imaginó que el calor la abandonaba, imaginó quedarse tirada en el suelo hasta la noche siguiente.

Puede que despertara de nuevo. Puede que fuera ella misma o puede que se convirtiera en un monstruo: una de esas criaturas legendarias que tanto le gustaban de niña. Podría deambular por la noche, silenciosa e inquieta, hasta que llegara un héroe de verdad para dar fin a la maldición. Tal vez incluso encontraba a su padre en el bosque.

Por un ínfimo momento, dejó de forcejear.

Pero entonces pensó en Ellis, su boca sobre la de ella. En Gareth, aquel último abrazo antes de pedirle que regresara. Y en Ceridwen, su pelo brillante a la luz del sol. Pensó en la mano de su padre en la de ella, en cómo le había dicho que no abandonara.

No había abandonado.

Era hora de dejar ir.

Y de vivir.

Levantó la rodilla y golpeó al ente de hueso en la curva de la columna. La criatura se tambaleó, pero no aflojó la mano. La calavera le sonreía y acercó el cuchillo de cazador a la piel suave de su garganta.

El pánico ardía dentro de ella. *No*. No podía, así no. *No...*

Y fue entonces cuando la cabra se abalanzó sobre el ente de hueso.

Golpeó el hueso con los cuernos y el explorador muerto soltó a Ryn. Ella jadeó, se llenó los pulmones de aire con un suspiro tembloroso. Permaneció ahí unos segundos, respirando, y entonces se incorporó sobre los codos.

La cabra de hueso estaba atacando. Bajó los cuernos largos y curvados, pateó el suelo con las pezuñas en una advertencia silenciosa. Se lanzó hacia el ente de hueso una segunda vez y golpeó con tanta fuerza que Ryn oyó un chasquido. El explorador se retorció como un gusano aplastado y sufrió espasmos en los dedos.

La cabra resopló y reculó junto a Ryn. Si una cabra podía parecer complacida consigo misma, ella tenía ese aspecto.

—Criatura estúpida, hermosa y putrefacta —dijo Ryn y se le escapó una risa nerviosa—. Vamos.

Le dolía la muñeca, pero agarró la espada y avanzó por la hierba. Los entes de hueso casi habían desaparecido.

Llevaban a Ellis a la casa más retirada. Uno de los entes de hueso lo arrastraba por la pierna. Ryn aceleró, pero la cabra de hueso se le adelantó.

La cabra chocó de cabeza contra el soldado muerto, cuya pierna se dobló bajo su cuerpo. Ellis gritó y pateó fuerte cuando otra criatura intentó agarrarlo. Se liberó y se puso en pie con dificultad. Miró a Ryn y ella vio el alivio extenderse en su rostro. No por él, sino por ella. Por supuesto, ese necio estaba más preocupado por ella cuando lo habían capturado a él.

Atacó a otro ente de hueso con la espada, le rompió las costillas y cayó al suelo. Le estampó la parte plana de la hoja en la cara y le quebró el cráneo. El casco se le cayó y la criatura se retorció en el suelo, agarrándose la cabeza rota.

Ellis fue a por un tercer ente de hueso y le agarró el cráneo con los dedos. Con un fuerte tirón, le torció la cabeza a un lado. Un crujido resonó en la noche y el muerto cayó inerte en el suelo. Ryn le clavó la espada y notó que la espalda de la criatura se quebraba por el golpe.

Y entonces todo quedó en silencio, excepto por los sonidos de los vivos. Ryn respiraba tan fuerte que gemía con cada inspiración; Ellis se apoyó en las rodillas y temblaba tanto que le castañeaban los dientes.

—¿Estás... estás bien? —logró preguntar Ryn.

Él asintió. Aún tenía que recuperar la voz. Buscó las manos de Ryn con las suyas y se aferraron el uno al otro. Una sonrisa apareció en los labios de ella, a pesar de que jadeaba.

—Vivos —dijo Ryn; parecía lo único que podía pronunciar. Él tiró de ella para acercarla, solo un breve instante, y entonces giró, la agarró por la cintura con un brazo y tiró de ella.

Ryn los vio un momento después que él.

La luz de la luna danzaba en la superficie del Llyn Mawr. El agua lamía la orilla de piedra y habría sido una imagen hermosa...

De no ser por las criaturas que emergían del agua.

Seres muertos. Toda clase de cadáveres. Hombres y mujeres. Cientos de ellos, algunos rotos, otros enteros. Ryn recordó la pila de huesos en el fondo del lago y se quedó helada.

—Por los reyes caídos —oyó que susurraba Ellis.

Muchos. Demasiados.

No podían luchar con todos.

Ryn acercó la mano a la puerta de la casa. Sacudió el pomo, pero estaba cerrada. No era mucho, pero cuatro paredes eran algo. Un lugar donde podían protegerse y aguantar hasta que saliese el sol. Lo único que necesitaban era el amanecer. Ryn retrocedió un paso y miró la puerta. Era de madera de roble pesada y tenía el emblema del rey del Otro Mundo grabado en el marco. Una obra de arte preciosa, ojalá tuviera su hacha para poder destrozarla.

La golpeó con el talón de la bota. Una sacudida le recorrió la pierna, pero no sucedió nada. Maldijo, levantó la espada y estampó la empuñadura en la cerradura de la puerta. Saltaron chispas en la noche que cayeron en el suelo húmedo.

Golpeó una segunda vez la cerradura, luego una tercera. Los dedos sudados le resbalaban por el mango, el cual aferró con más fuerza. Si se le escurría, podría cortarse la mano con la hoja, pero no había tiempo para eso.

Con el tercer golpe, la cerradura crujió y se soltó de la madera. Ryn vio las astillas y lanzó el cuerpo contra la puerta. Esta se abrió un poco; la madera se había hinchado y raspaba el suelo duro. Ellis se le unió y empujaron juntos hasta que el hueco era lo bastante amplio para que se colara Ellis. Ryn se agachó y miró atrás.

La cabra de hueso se quedó ahí, observándolos.

—Vamos —le dijo Ryn—. Cabra de hueso, ¡ven!

El animal parpadeó.

—Maldita sea —exclamó Ryn y fue a salir.

Ellis le agarró al brazo y ella se detuvo.

—No —jadeó él—. No podemos.

—Pero...

—No podemos —repitió y Ryn vio entonces lo cerca que estaban los entes de hueso. Tan cerca que atisbó una telaraña en las grietas de un cráneo y el brillo del cieno en los dedos de otro. La cabra de hueso bajó la cabeza en un gesto de desafío y se volvió hacia los atacantes.

—No —dijo de nuevo Ryn. Negación cuando sabía que no podía hacer nada más.

Ellis tiró de ella hacia adentro y entonces echó todo su peso contra la puerta. Ryn oyó el crujido de la madera al encajarse en el marco. Ellis se movió entonces y arrastró algo. Una silla. La pegó a la puerta y se puso de rodillas.

Ryn apoyó la frente en la madera, su propia respiración resonaba en sus oídos.

Así y todo, oyó los sonidos de las criaturas muertas fuera.

29

La casita estaba a oscuras. Ellis se sentó con la espalda apoyada en una pared; las piernas le habían cedido y no tenía muchas ganas de volver a levantarse. Le dolía todo el cuerpo. No se había dado cuenta de los pequeños cortes y los moratones cuando estaba luchando con los entes de hueso, pero ahora los vio todos.

Esperó. A oír a la gente abalanzándose contra la casa, los sonidos de la batalla, algo... cualquier cosa.

Todo se había quedado en silencio.

Cuando se encontró con la mirada de Ryn, vio que tenía los ojos muy abiertos.

—¿Por qué no me tranquiliza el silencio?

—Porque eres un necio —contestó ella—. Vamos a ver qué ha espantado a los entes de hueso.

Había una lámpara colgada en un gancho, al lado de la puerta, posiblemente para que quien viviese en este lugar pudiera salir de noche. Había un pedernal en un pequeño hueco, junto a la puerta, y Ryn le pasó la espada a Ellis y encendió la llama en el primer intento.

Esta habitación pequeña era para sentarse; había sillas talladas y una mesa. Sin pensarlo, Ellis tomó un bastidor de la mesa. Pasó los dedos por la superficie suave, notó los surcos y el recuerdo de los puntos. No había ninguna tela, pero su mente le propició la sensación.

—¿Qué es? —Ryn miró por encima del hombro del chico—. No sabía que los seres mágicos hacían bordado.

Ellis no contestó, pero soltó el bastidor con cuidado. Dio otro paso, cruzó la puerta y entró en lo que debía de ser la cocina. Había una estufa en una esquina. La chimenea estaba torcida y le pareció oír un susurro, como si dentro anidara algo. En los estantes reposaban varias botellas y frascos con el cristal cubierto de polvo.

—¿Moras? —murmuró Ryn.

—Grosellas. —La respuesta acudió a sus labios sin pensarlo y supo que tenía razón, aunque no sabía por qué.

Se sentía muy lejos. Como si estuviera contemplando a otro joven que se movía por esta casa, como si fuera una persona completamente diferente la que exploraba el lugar.

Observó a esa otra persona... (porque no era él, no podía ser él) mientras exploraba la pequeña cocina y pasaba después a otra habitación.

Había una cama en un rincón. Las mantas olían a polillas, pero estaban intactas. Una colcha con un bordado azul, el diseño de una hoja. Supo sin necesidad de tocar que el bordado era suave como la mantequilla bajo sus dedos. Supo que olía a hierba seca, porque las mantas estaban colgadas en una cuerda fuera. Y una parte de él quería acurrucarse en esa cama, ser lo bastante pequeño para caber ahí. Tal vez si cerraba los ojos, el mundo se desvanecería.

No se atrevió a mirar más esa habitación. No pudo.

Cruzó entonces la puerta de enfrente. Este dormitorio era más grande y tenía una ventana que daba al lago. Las cortinas de encaje colgaban alrededor y la cama estaba bien hecha. Había una mesa... y pergaminos. Un libro encuadernado en piel con una pluma todavía entre sus páginas. Recordó la suavidad de la pluma, hacer cosquillas a alguien con ella, la sensación de un beso suave en el pelo antes de que se la quitaran.

Oyó a Ryn inspirar. Un siseo entre sus dientes, y en lugar de ver, notó que buscaba el arma.

No quería darse la vuelta. No quería ver. Ver lo haría todo demasiado real, lo devolvería al presente, a la casa con los entes de hueso esperando fuera, y no quería estar aquí.

—Ellis.

Su nombre había sido muchas cosas: una riña, una pregunta, una advertencia. Pero nadie lo había pronunciado nunca como Ryn. Como si fuera una palabra cariñosa.

Se obligó a mirar.

En una esquina había una silla. Y en esa silla descansaba una figura.

Era una mujer. O, más bien, había sido una mujer. Conservaba el pelo, liso y delicado, y le caía alrededor de los huesos del hombro. Estaba envuelta en telas plateadas y una capa de pelo. Y, debajo de eso, Ellis pudo ver muy poco. No tenía piel, ni labios, ni ojos. Era solo hueso, blanqueado por el tiempo, intacto al cieno del lago. Tenía el pelo castaño oscuro y había algo familiar en el mechón que le caía sobre los ojos.

Y en el regazo de la mujer reposaba un caldero.

Era más pequeño de lo que esperaba. Los bordes estaban oxidados y tenía una grieta en el lateral.

Ellis emitió un sonido de sorpresa. Ryn le apretó la muñeca con los dedos, una confirmación silenciosa de que había visto lo mismo que él.

Era la mujer de la historia, la mujer que había intentado salvar a su hijo, el niño asesinado por un ladrón.

Ellis dio un paso adelante. Sentía que no controlaba su cuerpo, que lo había obligado a venir aquí, igual que los muertos se veían obligados a despertar. Él no podía negarse.

—¿Qué es esto? —preguntó con voz temblorosa.

Ryn no apartó la mirada de la mujer.

—Creo... que es lo que estábamos buscando.

De todas las formas en las que pensaba Ryn que podría encontrar el caldero, nunca se imaginó esta. Ellis levantó la mano, como si quisiera tocar al ente de hueso. Ryn le agarró el hombro y trató de apartarlo. Cuando él soltó un quejido de dolor, la enterradora se dio cuenta de que le había tocado el hombro izquierdo. Lo soltó enseguida, pero era demasiado tarde.

El ente de hueso levantó la cabeza. Tenía las cuencas de los ojos vacías, pero Ryn supo que la estaba mirando. Movió la mandíbula, silenciosa excepto por el repiqueteo de los dientes, y entonces se puso de pie. El vestido estaba hecho jirones, una prenda elegante que había sobrevivido décadas...

El sonido del dolor de Ellis pareció despertar al ente de hueso. Sujetó el caldero con el brazo izquierdo y se lo acercó más. En la otra mano llevaba un cuchillo.

La hoja pertenecía a un carnicero, estaba hecha para cortar carne. El ente de hueso se adelantó, el filo de la hoja silbó en el aire y Ryn oyó el susurro cuando pasó junto a su oreja. Se agachó bajo el arma y dio una patada.

Golpeó con la pierna a la criatura en el costado. Se tambaleó y se golpeó el codo con la cama. Debido a su renuencia a soltar el caldero y el cuchillo, tuvo que esforzarse por mantenerse en pie. Su mandíbula chasqueaba una y otra vez, como si estuviera gritando. Levantó el brazo, el cuchillo destelló y Ryn le estampó el antebrazo en el codo para repeler el ataque. La hoja chocó contra la pared y se clavó en la madera.

Ryn vio a Ellis en medio de la habitación. El brazo izquierdo le colgaba inmóvil junto al costado y sostenía con la mano derecha su espada. Tenía el rostro contraído en una expresión que no quería volver a ver nunca. Era la de un niño cuando se raspaba la rodilla o se quemaba con el fuego. Sorprendido de que pudiera existir semejante dolor. Dio un paso hacia él para recuperar la espada; si alguno de los dos iba a derribar a este ente de hueso, tendría que ser ella.

Un dolor agudo le partió el cráneo en dos.

La habitación daba vueltas y de pronto tenía la mejilla pegada al suelo de madera. Estaba respirando polvo y había una hoja en su brazo. Se encontraba en el suelo sin saber por qué. Parpadeó; abrir los ojos fue una batalla.

Algo caliente le resbalaba por el cuello y trató de levantar la mano, ver qué pasaba. Tenía los dedos ensangrentados.

El caldero. El ente de hueso debía de haberle golpeado con el caldero.

Le dolía tanto que se preguntó si le habría roto algo vital. Intentó sentarse, pero sintió unas náuseas tan fuertes que no volvió a intentarlo. Cerró los ojos con la esperanza de que su estómago permaneciera donde estaba y trató de respirar.

* * *

Sucedió demasiado rápido.

Ellis supo que ese sonido lo seguiría en sus pesadillas: el crujido resonante del caldero al golpear a Ryn y después el golpe sordo de su cuerpo al caer al suelo. Estaba tan quieta que podría estar muerta. Y por un terrible segundo, pensó que lo estaba. Pero entonces ella retorció los dedos y emitió un sonido. Un quejido con la garganta.

Se había acostumbrado a la idea de que Ryn era invencible. De que podía acabar con cualquier amenaza con una broma y una mirada fulminante, con el hacha en su hombro y una sonrisita en los labios. Verla inmóvil y ensangrentada rompió algo dentro de él.

Bajó la espada sobre el ente de hueso. La criatura levantó un brazo y la hoja chocó con el hueso. Abrió la boca, como si deseara poder gritar, pero no tenía voz.

Envolvió la hoja del arma con los dedos y tiró. Ellis se tambaleó y perdió el equilibrio. Alzó el brazo izquierdo y agarró la empuñadura con las dos manos, tratando de sostenerla. El dolor le abrasó la clavícula. Atrapó un grito entre los dientes y lo silenció.

No pensaba perder su arma.

No podía perder su arma. No con Ryn en el suelo, no con este ser mirándolo con los ojos vacíos.

Abrió las piernas para cambiar de postura y se lanzó hacia delante. La hoja atravesó los dedos del ente de hueso y este se echó a un lado. La espada susurró en el pelo de la criatura y cayeron varios mechones al suelo.

Los juntó con los pies y, tan cerca, pudo oler la muerte. Blandió la espada e intentó asestar un golpe en el cuello de la criatura. Si podía cortarle la cabeza, a lo mejor podría acabar con esto.

Pensó en Ryn y en su hacha, asestando golpe tras golpe la noche que se conocieron. Ella se disculpó con la criatura al desmembrarla y ahora mismo Ellis no podía imaginar el motivo. Los muertos debían seguir muertos. No había lugar para ellos aquí.

El ente de hueso intentó quitarle la espada. Cayó en la cama y el arma se le deslizó de las manos hacia Ryn. Ellis rodó hasta caer al suelo. Con una mueca, se incorporó sobre los codos y el brazo izquierdo se derrumbó bajo él.

El caldero rodó al suelo.

Ellis lo vio, los bordes rojos, la grieta en el lateral. Era oscuro, tanto que la luz no parecía reflejarse en su superficie. Se abría como una boca hambrienta y Ellis no quiso tocarlo.

Sin embargo, tenía que hacerlo. Agarró una de las asas y lo lanzó.

El caldero repiqueteó en el suelo hasta que rodó al alcance de Ryn.

El ente de hueso lo agarró. Casi esperaba sentir el susurro del hueso en la garganta, el estrangulamiento y el peso aplastante de sus manos.

Pero la criatura no hizo eso. Posó las manos en sus hombros, subió por la garganta y las dejó suavemente en la mandíbula. La mujer muerta le ladeó la cara hacia ella... y le apartó un mechón de pelo de los ojos.

Ellis se quedó completamente inmóvil.

Ese pequeño gesto era una muestra de familiaridad entre tanta rareza. El pelo apartado de los ojos.

Nadie se movió. Ni el ente de hueso, ni Ellis, ni Ryn. Fue como si se hubieran quedado congelados en ese momento.

Y entonces Ryn habló:

—Tu hombro —dijo de forma entrecortada—. El izquierdo... el que te duele. Fue una clavícula rota, ¿no?

Su respuesta salió despacio. No se atrevía a moverse demasiado por miedo a molestar al ente de hueso. Las manos esqueléticas estaban posadas sobre sus hombros.

—Eh... sí. Los físicos dijeron que se había roto el hueso y que no había sanado bien. —Sonaba desconcertado—. Debí de rompérmelo de pequeño...

—O tal vez una flecha rompió el hueso.

Se imaginó a un niño en el suelo, a su madre echándole en la boca agua del caldero de resurrección. Un vaso tras otro hasta que la magia funcionó.

—Fuiste tú. —Ryn fue la primera en pronunciar las palabras—. El niño que murió. Tuviste que ser tú. Las historias se equivocaban... el niño resucitó antes de que se rompiera el caldero.

—No. —Pronunció la palabra y se giró hacia ella. Tenía la cara de un niño que no quería que los monstruos fueran reales y la cara de un adulto que había luchado contra ellos—. No puede ser verdad. Yo no soy... no soy...

La voz le falló y, cuando volvió a hablar, lo hizo en un suspiro.

—Solo soy un cartógrafo.

La voz de Ryn adoptó un tono urgente.

—¿Cuánto tardaste en llegar a Colbren? ¿Cuánto tiempo estuviste viajando?

Tardó varios intentos en responder.

—Eh... ¿una semana y media desde los puertos del sur? Fui despacio para poder documentar mi progreso.

Ryn asintió, como si no le sorprendiese la respuesta.

—El primer ente de hueso salió del bosque cuando te aproximabas... y luego lo hicieron otros. ¿No lo ves? —Soltó un suspiro entrecortado—. No he dejado de preguntarme qué fue lo que cambió... y no fue la valla de hierro. Fuiste tú.

Ellis se rio, un sonido que fue terrible, un gemido.

—¿Crees que me estaban buscando?

—Creo que ella te buscaba. —Ryn miró al ente de hueso.

Ellis pensó en su primera noche en las inmediaciones de Colbren, en aquel ente de hueso que trató arrastrarlo hacia el bosque. Hacia Annwvyn. En cómo los había seguido la cabra de hueso sin siquiera vacilar. No, la cabra no los había estado siguiendo a ellos, lo había seguido a él. Pensó en el ente de hueso del bosque, que intentó llevar a Ryn a las montañas... porque él le había dejado su capa. Pensó en que había bailado con los muertos y que estos no se habían dado cuenta de que él era diferente...

Porque era uno de ellos.

No, no, pensó. Él estaba vivo.

Estaba temblando.

—No, no puedo ser...

Pero sí podía ser.

Y, más que eso: sí era.

Alzó la mirada y la fijó en la mujer muerta. Esta se arrodilló delante de él, todavía con los dedos en sus hombros. Como haría cualquier madre con su hijo. No lo había atacado a él, solo a Ryn cuando lo había agarrado por el hombro dolorido.

Ellis se volvió para mirar a Ryn.

—Rómpelo —le indicó—. Antes de que ella te detenga.

—¿Por qué iba a...?

Tardó unos segundos en comprender.

El caldero agrietado era lo que mantenía a los muertos aquí, atados a una mofa de vida. Para dar fin a la maldición, tenía que romperlo. Pero si había resucitado a Ellis, si él había muerto de verdad...

Ellis vio cuando lo comprendió al fin. Se le había ido toda la sangre de la cara.

—No —repuso ella—. No.

Ellis no podía dudar. Dudar sería deshacerlo todo. Todos sus esfuerzos para llegar aquí, toda la sangre derramada y los muertos abandonados en el camino... habrían sido para nada. No podía permitir que eso sucediera.

—Hazlo —insistió.

Agarró a la mujer muerta por las muñecas y ella se encogió. Ellis la retuvo.

Ryn tenía los ojos demasiado brillantes, demasiado llenos. Miraba a Ellis como si no pudiera soportar apartar la mirada.

—¡Rómpelo!

La palabra brotó de su boca, ronca y cargada de miedo. Contuvo a la criatura que había sido su madre. Ellis estaba resollando, con el rostro arrugado por el dolor.

Porque no sabía si esto era verdad, si lo había devuelto a la vida, si había crecido aquí, si su madre era la mujer que se había atrevido a utilizar un caldero mágico de Castell Sidi.

Pero sí sabía esto: tenía que acabar.

* * *

Ryn no podía moverse, apenas podía respirar.

El caldero reposaba a su lado. Era muy pequeño. Mucho más de lo que había imaginado. Tenía que romperlo.

Terminar con la maldición. Salvar Colbren. Ser una heroína.

Levantó la cabeza. La mirada de Ellis se encontró con la suya y vio cómo bajaba y subía su pecho. Bajaba y subía.

—Hazlo —repitió él, pero más calmado esta vez; era una súplica en lugar de una orden—. Hazlo para proteger a tus hermanos. Por cada persona muerta que no ha podido descansar. Por tu padre, Ryn.

Por los reyes caídos. Quería hacerlo. No quería.

Al final, no tenía elección.

—Lo lamento.

Con un grito, aunó todas sus fuerzas en los brazos... y bajó la empuñadura de la espada.

Y el caldero de la resurrección se rompió.

30

Ryn no levantó la mirada. No podía.

Tenía la vista fija en el caldero.

Estaba hecho pedazos en el suelo. Se quedó mirándolos. Si levantaba la mirada, sería real. Todo se cristalizaría. Ya no sería Aderyn, la enterradora; sería la chica que había matado a Ellis.

Y entonces oyó ruidos. Hueso sobre piedra, un siseo entre dientes.

Levantó la mirada.

Ellis estaba vivo. Estaba inclinado sobre la cama, respirando con dificultad; contemplaba al ente de hueso.

Estaban los dos vivos. En su mayor parte, al menos.

No había funcionado.

No había funcionado.

Ryn no podía moverse. El caldero estaba hecho pedazos, pero la maldición seguía intacta.

La sensación de derrota hizo que todo su cuerpo se desplomara. Le dolía todo. Sentía como si tuviera un atizador pegado a la nuca y le dolía el cuello. Tragó saliva una y otra vez, midiendo la respiración para ganar cierto control sobre sí misma.

—¿Por qué no ha funcionado? —gimoteó. Las palabras eran una súplica infantil. Quería cerrar los ojos de nuevo, taparse la cabeza con una manta y fingir que era pequeña, que estaba teniendo una pesadilla y que, si se despertaba, todo estaría bien.

—No lo... —comenzó a decir Ellis, pero se quedó callado. Como si no supiera qué decir. Bajó las manos y soltó a su madre—. Debió de resucitarme antes de que se agrietara el caldero. Antes de que la magia se distorsionara. No lo sé. Si romper el caldero no pone fin a esto, no sé qué lo hará.

La mujer muerta le pasó las manos huesudas por el pecho para alisarle la camiseta.

Y algo encajó por fin en la mente de Ryn. No era solo el caldero lo que ataba a los muertos a este lugar, era ella. Una mujer que había perdido a su hijo: primero por la muerte y luego por la distancia. Ellis debió de alejarse después de resucitar, o tal vez el ladrón se lo llevó y lo perdió en el bosque. Suponía que nunca sabrían la verdad sobre eso.

Pero sí tendrían esta certeza: la madre de Ellis seguía aquí. Incluso después de haber muerto, después de que la magia la trajera de vuelta, ella había esperado. A Ellis.

—Ellis —dijo—. Es tu madre.

—¡Ya lo sé! —Habló con los dientes apretados—. Ya hemos dejado eso claro.

—No —repuso Ryn—. Me refiero a que... es tu mamá.

La palabra le sorprendió. En su rostro apareció la confusión. Miró a Ryn y a su madre, con la frente arrugada.

—Ha estado aquí, esperando a que volvieras. —Las lágrimas corrían por la cara de Ryn, y solo lo supo cuando las notó caer.

La madre de Ellis había estado en esta casa mientras se le podría la piel solo por si podía volver a ver a su hijo. Se había quedado incluso cuando la muerte había intentado llevársela.

Había en ello algo tan humano, tan reconocible, que del pecho de Ryn escapó un sollozo. Sabía lo que era aferrarse a algo, retener los pequeños fragmentos de la memoria e intentar vivir en ellos. Aunque eso no fuera vivir.

Ellis estaba muy quieto. Recorría al ente de hueso con la mirada, como si tratara encontrar algo. Él también lloraba. Los hombros le temblaban en silencio. Abrió la boca como si quisiera hablar, pero no conocía las palabras.

Entonces levantó la mirada al rostro del ente de hueso.

A la cara de la mujer.

A la cara de su madre.

Tenía los labios pálidos cuando habló por fin.

—¿Mamá?

El ente de hueso alzó la mirada. La luz de la luna incidía en los pómulos y la mandíbula.

La mujer muerta se acercó más, hasta pegar el hueso de la frente a la de Ellis. Como si deseara sentir su calidez.

Ellis volvió a pronunciar la palabra con voz temblorosa.

—¿Mamá?

El ente de hueso lo envolvió en sus brazos y lo pegó a ella. Y entonces hizo algo que Ryn no esperaba. Algo que los muertos no deberían poder hacer.

Habló.

—Ellis. —Su voz sonaba como la de cualquier otra mujer, las palabras preservadas por la misma magia que la había mantenido aquí a ella. Volvió a hablar y lo hizo con una voz plena—. Mi Ellis.

—Mamá. —Esta vez no era una pregunta. Ellis emitió un sonido leve, roto, y le devolvió el abrazo, pegó la cara a donde estuvo antes su hombro. Como un niño que quería olvidar el mundo y recordar solo el único lugar donde siempre se había sentido a salvo.

Ryn recordó cuando ella escondía la cara en el hombro de su padre y sentía su fuerza, y cuando se sentaba en el regazo de su madre y se sentía completamente segura. Y tal vez... tal vez por esto se retiró al bosque cuando sus padres murieron. Querer a alguien era perderlo. Ya fuera por la enfermedad, por una herida o por el paso del tiempo.

Querer a alguien era un riesgo. Hacerlo con la certeza de que un día se iría.

Y dejarlo ir cuando lo hiciera.

Ellis gritó de repente y Ryn parpadeó entre lágrimas. Su madre se estaba tambaleando, tenía los brazos caídos. Daba la sensación de que la magia que la había mantenido con vida se estaba disipando.

—No, no —dijo Ellis, ahogándose con las palabras. Su rostro se contorsionó con un dolor visible.

Su madre cayó al suelo. Ellis intentó mantenerla erguida con los brazos alrededor de ella, pero no sirvió de nada. Su madre se estaba desvaneciendo, la magia se esfumaba. Le acarició la mejilla con los dedos y entonces se derrumbó en el suelo.

Todo se quedó en silencio.

Ryn se acercó. Con piernas temblorosas, se arrodilló al lado de Ellis y lo rodeó con los brazos. Le dio la sensación de que iba a quebrarse con los sollozos que soltaba y lo abrazó con fuerza. Sabía cómo se sentía. El dolor aumentaba como una marea que amenazaba con arrasar a una persona.

Lo abrazó. Sabía que a veces eso era todo cuanto podía hacer una persona.

31

sí fue como derrotaron a los entes de hueso. Con un nombre susurrado.

DESPUÉS

32

Cuando contaban la historia de los entes de hueso, lo hacían más o menos así:

Érase una vez una joven. Era una criatura valiente, una chica que persiguió a la muerte hasta las montañas. Con solo un hacha como compañera, pasó junto a *pwcas* y *afancs*, luchó contra soldados muertos y encontró a la mujer responsable de la maldición. Se produjo una gran batalla y la joven decapitó a la mujer muerta y acabó con el caos.

O érase una vez una joven y un joven. Se fugaron juntos porque la familia de la mujer no lo aprobaba a él y se llevaron con ellos al hermano y a la hermana menores de ella. Fueron a la montaña en busca de refugio y encontraron Castell Sidi. Allí terminaron con la maldición derritiendo el caldero.

O érase una vez una joven delincuente. Robó un mapa de una mina con la esperanza de que la condujera a un tesoro, pero en cambio la llevó a las montañas. Robó el caldero y, en su ignorancia, lo rompió por accidente y acabó con la maldición.

O tal vez fue algo así: una cabra puso fin a la maldición. Se cansó de sus humanos y se distrajo con hordas de soldados muertos, así que fue a las montañas y se comió el caldero.

Años más tarde, Ryn se enfrentó a Ceridwen por esa versión de la historia. Ceri negó saber nada.

Pero a pesar de todas las variaciones, las historias no mencionaban nunca qué sucedió después de que acabara la maldición. Incluso en la mente de Ryn se desdibujaban los detalles.

Fueron días de limpieza. Había cuerpos muertos por toda la fortaleza y Ryn no podía dejarlos allí. Encontró las herramientas de su oficio en una de las construcciones aledañas y empezó a trabajar a la mañana siguiente. Casi le resultaba natural dar con lugares en el suelo rocoso donde podía cavar tumbas, limpiar los cuerpos lo mejor posible, envolverlos en telas y enterrarlos.

Dar a estos muertos la paz que merecían, pero que no habían conocido.

Ryn trabajó hasta que se le llenaron los dedos de ampollas, hasta que el débil sol de otoño hacía que se le acumulara sudor en el cuello, hasta mancharse la ropa de tierra.

La primera noche, miró una hilera de túmulos fúnebres y sintió algo parecido a la satisfacción.

Encontró a la cabra de hueso el segundo día, acurrucada bajo un árbol. Parecía dormida. Pero estaba muerta, esta vez de verdad.

Ryn la enterró también a ella y dejó flores silvestres en el montículo.

Fueron días extraños. Viviendo en Castell Sidi, enterrando a personas que llevaban mucho tiempo muertas por el día y durmiendo en una vieja barraca por la noche.

Ellis durmió en la casita.

Ryn lo visitó varias veces, pero Ellis no hablaba y ella no lo presionó. Le llevó un cuenco con estafado de conejo, patatas y puerros. Se lo dejó en la puerta y, cuando regresó, el cuenco estaba vacío.

Debía de estar ubicando la casa en sus recuerdos. Lo vio varias veces paseando por el terreno. Pasaba los dedos por una pared, como si tratara de hacer un mapa de esta estructura solo con las manos. Después desapareció de nuevo dentro de la casa.

El tercer día, Ellis regresó a la fortaleza. Ryn se estaba tomando un descanso bien merecido a media mañana. Mantenía las distancias con el Llyn Mawr y prefería lavarse las manos en un riachuelo cercano. Cuando Ellis se acercó, Ryn se puso en pie.

Tenía los ojos rojos y ojerosos, y se movía con la pena que tan bien conocía Ryn. Las palabras de consuelo no significaban nada, así que no se las ofreció. Esperó a que hablara él.

Cuando lo consiguió, su voz sonó ronca e insegura.

—Quiero… enterrarla —dijo. Su garganta subió al tragar saliva—. ¿Me puedes ayudar?

Ryn le dirigió una leve sonrisa.

—Eso se me da bien.

Ellis encontró un lugar detrás de la casa. El suelo estaba lleno de rocas viejas y tardaron media tarde en cavar un agujero. Ellis envolvió a su madre en una sábana de lino limpia y la bajaron a la tierra.

Cuando terminaron, el sol estaba bajo en el cielo y a Ryn le dolía la espalda. Ellis no habló, pero posó una mano en la pila de rocas.

—Me quería —musitó con voz suave—. Aguantó… durante años porque quería volver a verme. —Había un temblor en sus palabras, como si no se atreviera a creerlas.

Ryn posó la mano entre sus hombros. Tenía la espalda caliente, húmeda por el esfuerzo.

—Claro que sí.

Notó que se estremecía. Ellis se volvió y Ryn lo acercó a ella, notó su aliento en el pelo cuando espiró. Olía a tierra fresca y a luz del sol.

Esa noche, Ellis durmió en las barracas.

Salieron de Castell Sidi con una buena provisión de comida, armas antiguas y muy poca conversación. Ellis se llevaba varias cosas de la casa: una camiseta bordada, un libro y una manta.

Cuando Ryn salió del salón, miró por encima del hombro la estatua viva del rey del Otro Mundo, con una mano levantada como si saludara... o se despidiera. En primavera, las hojas llenarían la estancia, la convertirían en algo vivo, verde y maravilloso. Era hermosa incluso ahora, con la crudeza del invierno y la lluvia en el aire.

Esta vez rodearon el lago. Mientras Ryn caminaba con dificultad a lo largo de la orilla de piedra, encontró un cráneo medio roto. Con una mueca, lo alcanzó y lo arrojó al agua.

No estaba preparada para ver un hacha salir del lago volando. Voló hacia la cabeza de Ryn y esta se apartó a un lado.

La hoja del hacha se clavó en el suelo.

Por un momento, ni Ellis ni ella se movieron. Ryn miró el lago, miró el hacha y de nuevo el agua.

—¿Qué? —preguntó.

—¿No les disgusta el hierro a los habitantes del Otro Mundo? —Ellis se inclinó y tomó el arma. Le quitó una hoja y se la tendió a ella.

—Gracias.

El mango tenía marcas de dientes. Ryn se encogió de hombros y se la echó al hombro.

* * *

El viaje a casa duró más.

Por una parte, rodear el lago añadió otros dos días al viaje, y fueron horas de duro ascenso por picos escarpados y resbalones en el suelo cubierto de liquen mojado. Se cuidaron de no tocar el agua y se bastaron con las cantimploras hasta llegar al río.

Desde ahí, fue un avance lento entre las montañas.

Pero también fue tranquilo. No había criaturas muertas a su alrededor. Ryn y Ellis dormían de noche y caminaban durante el día.

Incluso la mina daba poco miedo ya. Era oscura y húmeda, y a Ryn se le aceleró el corazón cuando la atravesaron, pero no sintieron terror. No esperaban encontrarse una mano en la oscuridad. Solo era una mina abandonada.

Ryn cerró los ojos y se preguntó dónde descansaría su padre. Le hubiera gustado enterrarlo.

Pero al menos descansaba ahora.

Todos descansaban.

* * *

Los habitantes del viejo campamento de la mina estaban quemando a sus muertos. Esta vez, las hogueras no tenían el dulce olor de la comida cuando pasaron. No, estas eran piras. Ryn y Ellis bordearon el campamento, en los límites del bosque. No se atrevieron a acercarse demasiado; Ryn recordaba el miedo y la desesperación de Catrin. La pena podía convertirse en rabia y ella sabía lo fácil que sería para esta gente blandir la rabia como un arma.

Se preguntó si se quedarían en el campamento o si buscarían otro lugar donde vivir. A lo mejor algunos se irían a Colbren.

* * *

En cuanto a Colbren, lo encontraron maltrecho, pero vivo.

Ryn se adentró en el pueblo y vio a Dafyd trabajando, reconstruyendo una puerta. Cuando él la vio, soltó un improperio y le dio una palmada en el hombro.

—Sabía que lo lograrías —le dijo y luego le dio un fuerte abrazo a Ellis que hizo que el joven gimiera en busca de aliento.

—¿Cómo lo sabías? —preguntó ella, desconcertada.

—Tu hermana ha estado alardeando delante de todo aquel que la escuchaba. —Sonrió—. Decía que habías ido al bosque a arreglar el tema de la maldición. Y al día siguiente, la mayoría de los muertos se esfumaron. Los que llevaban armadura se marcharon y fue fácil lidiar con los rezagados.

Lo entendía. Los soldados muertos habían venido en busca de Ellis y debieron de seguirlo al bosque. Ellis bajó la mirada al suelo y Ryn distinguió la culpa en su cara. Le tomó la mano y se la apretó.

Morwenna sonrió cuando los vio y volvió a la forja. Parecía estar trabajando en unas barras nuevas para construir una verja.

La casa de Ryn estaba hecha un desastre. La puerta estaba rota y había una gallina en la cocina, comiendo alegremente grano en el suelo.

Ryn estaba en casa. Inhaló los olores familiares y algo se aflojó en su pecho.

—¿Ceri? —la llamó—. ¡Tu gallina está en la casa!

Un chillido emergió de una de las habitaciones de atrás. Después un repiqueteo, el golpeteo de pies descalzos en la madera, y Ceri se abalanzó sobre ella. Se tambalearon y cayeron, pero Ceri no la soltó. Lloraba y reía, y sacudía a Ryn con sus pequeños puños.

—… habérmelo dicho —estaba diciendo—… haberte despedido, idiota, impulsiva… —Enterró los insultos en el hombro de Ryn y ella la abrazó con fuerza.

Gareth estaba en el patio de atrás reparando la puerta de la despensa. Tenía un clavo entre los dientes y parecía concentrado en su trabajo... al menos hasta que Ryn pronunció su nombre.

El clavo cayó de los labios pálidos.

Ninguno se movió durante un segundo.

Y entonces él extendió un brazo y Ryn se acercó y lo abrazó.

—Lo has conseguido —se limitó a decir él.

—Lo hemos conseguido —respondió ella—. Creo que Ellis se ha ganado la mitad del agradecimiento.

Ryn se apartó y le echó un vistazo. Gareth parecía mayor que ella ahora, las últimas semanas estaban grabadas en sus ojos y boca.

—¿Has conseguido evitar que Eynon se quede la casa? —preguntó, sonriente—. Y veo que el pueblo está de una pieza. En su mayor parte.

Gareth resopló y apartó un momento la vista. Cuando volvió a mirarla, su cara era una mezcla de irritación y diversión.

—Eynon vino unos días después de tu marcha para avisarnos que nos iba a echar. Dijo que, con el tío muerto, no teníamos ningún derecho legal sobre el cementerio, por lo que no podríamos pagarle nunca. Pero cuando empezó a gritar, Morwenna lo oyó. Vino y aseguró que el hombre muerto no podía ser nuestro tío, que era su padre, desaparecido desde hacía tiempo.

—¿Qué?

Gareth se encogió de hombros.

—Dafyd también dijo que el cadáver guardaba un cierto parecido con un primo segundo suyo.

—Dafyd no tiene primos.

—Los tribunales no lo saben.

—No hablas en serio.

Gareth asintió.

—Cuando te marchaste, Ceri le contó a todo aquel que quiso escuchar que su hermana mayor había partido para acabar con la maldición. Y cuando los entes de hueso se marcharon, pareció obra de un milagro. La gente vivirá gracias a ti. Y aunque tus hazañas no salgan nunca del pueblo, la gente de aquí lo sabe. En cuanto a nuestras deudas... bueno, espero que Eynon pueda esperar unas semanas. Hay unos cuantos cuerpos que enterrar y Enid dejó muy claro que, si Eynon trataba de echarnos pronto, enviaría a las gallinas a su habitación.

Ryn apartó la mirada en un intento de ocultar la humedad repentina en los ojos. Por mucho que amaba el pueblo, nunca había pensado que acudirían en su ayuda de este modo.

—Y en cuanto al tío —prosiguió Gareth—, creo que es mejor que su nombre aparezca entre los desaparecidos. —Se encogió de hombros—. Al fin y al cabo, aquel hombre muerto pudo ser cualquiera.

Ryn sintió una punzada. Nunca le había gustado su tío, pero merecía algo mejor que morir sin que lo lloraran y acabar en una tumba sin nombre.

—Debería...

—Deberías hablar pronto con la gente —la interrumpió Gareth—. Todavía hay muertos por aquí. Seguimos encontrándolos en lugares extraños. Un ente de hueso logró arrastrarse por el hueco que hay debajo del Red Mare. Y la gente está cansada de quemarlos, el olor se ha vuelto atroz. Creo que querrán los servicios de una enterradora. —Asintió en dirección al cementerio—. Y me pareció que ese sería el primer lugar que visitarías.

Ryn siguió su mirada. Antes, habría acudido ahí de inmediato. Habría visitado la tumba de su madre, echado un vistazo al resto. Pero los muertos podían esperar, los vivos la necesitaban más.

Se metió la mano en el bolsillo y sacó dos mitades de una cuchara de amor de madera. Gareth se quedó sin aliento.

—Luego —dijo Ryn—. Tengo que contarte algo primero.

* * *

Ellis fue a ver a Eynon al día siguiente.

La casa estaba hecha un desastre. Tenía las ventanas rotas y las plantas del jardín arrancadas.

Entró en el estudio de Eynon y encontró al hombre sentado a su escritorio. Tenía los ojos hundidos y el pelo enredado. Tenía aspecto de no haber dormido en varios días.

—Tú —dijo—, ¿qué haces todavía aquí? Pensaba que habías regresado con el príncipe.

—Ah, cierto —contestó Ellis—. Soy un espía, se me había olvidado.

Eynon frunció el ceño.

Ellis no le tenía miedo. No temía la desaprobación ni el poder del hombre. Y si la noticia de este encuentro llegaba a Caer Aberhen, que llegara. No le preocupaba eso tampoco. Su sonrisa era afilada y pasó los dedos por el escritorio de madera de roble.

—Va a perdonar las deudas de la familia de Aderyn —declaró.

Eynon soltó una risotada burlona.

—Ah ¿sí?

—Oh, sí —afirmó Ellis—. Va a hacerlo.

—No veo...

—Aunque es un bastardo codicioso, no es muy astuto. Si lo fuera, nunca me habría amenazado. —Se acercó un poco más—. Me acusó de ser el espía del príncipe. Y después me amenazó. Debo decir que, si su intención fuera la de complacer al príncipe, no es la mejor forma de hacerlo. —Se irguió y dio un rodeo a la habitación. Miró las hojas de papel desperdigadas, la botella de vino rota y los libros caídos.

Eynon se puso del color de una seta.

—Yo... yo nunca —balbució.

La sonrisa de Ellis se hizo más ancha.

—Por supuesto que sí y es precisamente eso lo que contaré al príncipe en mis cartas. Me tiene mucho aprecio.

Eynon empezó a respirar más rápido. Parecía a punto de desmayarse... o de arrojar algo a la cabeza de Ellis.

—¿Qué quieres? —preguntó.

Ellis se volvió para mirarlo.

—Esto es lo que quiero: va a perdonar las deudas de Ryn. Ah, y la mina, debería reabrirla.

Se produjo un momento de silencio desconcertante.

—La... la... la mina. No puedo... la gente que hemos perdido allí...

—Los muertos ya no serán una molestia. Nos hemos asegurado de ello. Ese era el problema, ¿no? El que nunca mencionó al príncipe. Le dijo que era el derrumbamiento del túnel, pero en realidad eran los muertos que vinieron después. Pero no podía contarle eso sin parecer un loco. Bien, los muertos ya se han ido. Y los túneles que quedan son estables. Yo mismo he estado allí.

Un mínimo atisbo de avaricia apareció en el rostro de Eynon antes de hacer un esfuerzo por sofocarlo.

—Esto es no por usted —dijo Ellis—. No vaya a pensar que ha sido por usted. La reapertura de la mina volverá a situar a Colbren en el centro del comercio. Habrá trabajo y dinero, y los habitantes se llevarán la mayor parte. —Bajó la voz—. Se acabó quitar a los habitantes lo que ha de ser de ellos.

—¿Y si no lo hago? —preguntó Eynon.

—Entonces —respondió Ellis, todavía sonriendo— regresaré a Caer Aberhen con una historia fascinante sobre un señorito que puso en peligro a su pueblo al no informar sobre una maldición, al retirar el hierro que lo protegía, y que se ha estado llenando los bolsillos con dinero que pertenece a las arcas reales. —Asintió—. ¿Tenemos trato?

Eynon miró a un lado y a otro, como si estuviera buscando una salida.

No había, por supuesto.

Tensó la mandíbula y Ellis oyó el crujido del músculo y el hueso.

—De acuerdo —cedió.

—No haga como si esto fuera una adversidad. La mina seguirá haciéndolo rico. Y en cuanto al resto del pueblo... también ellos estarán más cómodos.

Ellis se volvió para marcharse, pero Eynon le llamó la atención.

—No vas a decirme cuál es tu apellido.

Ellis lo miró por encima del hombro.

La respuesta acudió a sus labios rápido y, por primera vez, indolora.

—No lo sé. Y no importa.

* * *

Ellis se quedó con la familia de Ryn una semana.

Colaboró en la casa; barrió el suelo, ayudó a Ceri con la comida y se ofreció a ayudar a Gareth fregando los platos. Ryn lo sorprendía en momentos de tranquilidad, cuando pensaba que nadie estaba mirando. Ellis le tocaba el pelo, se lo apartaba detrás de la oreja, igual que había hecho el ente de hueso con él. Había una distancia en él que no había existido antes, pero también una seguridad.

Comían juntos. Recorrían juntos el cementerio y Ellis escuchaba mientras ella le mostraba las tumbas donde estaban enterrados su abuelo y su abuela. Escuchaba con los dedos entrelazados con los de ella, mientras caminaban por los límites del bosque.

—¿Qué tal tu hombro? —le preguntó—. Nuestras camas no son tan cómodas.

Él le dirigió una sonrisa.

—Me duele. Como siempre. Pero he aprendido a vivir con el dolor. —Inspiró profundamente—. He usado parte de mi dinero para comprar corteza de sauce, pero recibirás tu pago.

—¿Pago? —preguntó, confundida.

—Por guiarme hasta las montañas. —Señaló el bosque con la cabeza—. Aceptamos que te pagaría.

Ryn le golpeó el hombro bueno con el suyo.

—Ah, para.

—Dijiste algo sobre saquear mi cuerpo si moría en la misión.

—Pero los dos volvimos con vida —Le ofreció una sonrisa—. Creo que el asunto del pago está resuelto. —La sonrisa desapareció—. ¿A qué viene esto?

—He estado pensando. En lo que viene después.

Ryn lo miró.

—¿Después de la muerte?

—No, después de los próximos días —contestó con una sonrisa—. Hemos logrado lo imposible, no estoy seguro de qué vendrá ahora.

Ryn consideró sus palabras.

—Creo que... si todo va bien, Ceridwen crecerá. Yo seguiré cavando tumbas. Conservaremos nuestra casa. Gareth seguirá trabajando con los libros de cuentas. Y en cuanto a ti... —Lo miró—. Depende de ti.

—Tengo que volver a Caer Aberhen —señaló con un suspiro—. Tengo que contarles lo que ha sucedido aquí. El príncipe querrá saber que se puede reabrir la mina y voy a hablarle de la maldición. No le contaré todos los detalles. Creo que el detalle de que yo he regresado de entre los muertos será demasiado.

—Ah, entonces vas a volver a casa. —Ryn se detuvo y tiró de sus dedos. Él se paró a su lado y la miró a la cara. Ryn intentaba ocultar la decepción, pero Ellis pareció entender.

—Caer Aberhen será siempre muy querida para mí, pero no la considero mi casa. No más que Castell Sidi, ya no. —Le dio un pequeño apretón en la mano—. Todavía me fastidia.

—¿El qué?

—El mapa que me trajo a Colbren. Los caminos estaban mal dibujados y las medidas eran incorrectas. Más gente podría perderse si usan ese mapa. Y no siempre pueden depender del maravilloso rescate de una encantadora enterradora.

—Cierto —coincidió y el corazón empezó a latirle más rápido.

—Debería redibujar esos mapas. Así Colbren podrá tener más paso. Sin los entes de hueso y con un medio adecuado para encontrar el pueblo.

Ryn inspiró. Solo tomó una pequeña cantidad de aire.

—¿Cuánto… se tarda en hacer un mapa como ese?

Ellis se encogió de hombros.

—Podría ser un tiempo. Semanas, meses inclusos. Tendré que buscar una casa para quedarme aquí. Y tal vez a alguien que me guíe por el bosque. Una persona que conozca esta tierra mejor que nadie.

A Ryn le dieron ganas de reír. Se alzó sobre los talones, le agarró la camiseta y tiró de él.

Cuando lo besó, tenía una sonrisa en los labios.

Esto. Esto era lo que venía después. Vivir.

Los muertos la acompañarían, pero ya no serían una carga. Serían un peso que aflojaría con cada paso, no porque los recuerdos fueran a desvanecerse, sino porque ella sería más fuerte para soportarlos.

Y posiblemente esta era la verdad sobre los muertos.

Tienes que seguir adelante.

Es lo que ellos querrían.

AGRADECIMIENTOS

Hola, querido lector. Volvemos a encontrarnos

Hemos llegado al final del libro. Antes que nada, gracias por leerlo. Agradezco mucho tu apoyo. Son necesarias muchas personas para crear los libros y los lectores son una parte vital del proceso.

Tengo que hacer un reconocimiento a Lloyd Alexander. Cuando era muy joven, me regalaron el segundo libro de *Las crónicas de Prydain* y así empezó 1) la costumbre de leer series sin seguir el orden y 2) mi amor por la fantasía. Cuando crecí, valoré la opción de escribir al señor Alexander para contarle lo que significaba su obra para mí, pero ya había fallecido. Esta novela es mi reconocimiento para él.

Gracias, señor Alexander. Espero que este libro le hubiese gustado.

Esta novela no existiría de no ser por mi maravilloso grupo editorial de Little, Brown Books for Young Readers. Gracias a mi encantadora editora, Pan Gruber, quien escuchó mi discurso de «enterradora versus zombis medievales» y comprendió mi visión para este libro antes incluso que yo. A Hannah Milton, por su trabajo incansable y su energía. Y un enorme gracias a Marcie Lawrence, Marisa Finkelstein, Chandra Wohleber, Clare Perret, Erika Breglia, Stefanie Hoffman, Natali Cavanagh, Valerie Wong, Katharine McAnarney, Victoria

Stapleton, Alvina Ling, Jackie Engel, Megan Tingley y el maravilloso equipo de ventas. Si tuviera que elegir a unas personas con las que sobrevivir a un apocalipsis zombi, seríais todos vosotros.

A la familia de Adams Literary, gracias por estar de mi lado.

Le debo otro reconocimiento a las personas que viajaron conmigo a Gales: mi madre y Brittney. Gracias por acompañarme por minas de cobre abandonadas y castillos antiguos.

A todos los libreros que ofrecieron su apoyo a este libro: Kalie Young, Sami Thomason, Alena Deerwater, Anna Bright, Zoe Arthur, Jane Oros y muchos otros. Muchas gracias.

Al equipo de Tillabook: Alexa, Rosiee, Kat, Mary Elizabeth, Lainey y G'Norm el Gnomo. Hemos pasado ratos muy divertidos escribiendo.

A s.e. smith por ser la persona que ha hablado conmigo de la trama y de los cuerpos en descomposición.

A las encantadoras personas de OwlCrate. No llegué a daros las gracias en mi último libro y lo hago aquí.

A todos los blogueros, booktubers, instagrammers y booklrs. Sois una parte increíble de la comunidad lectora y os lo agradezco mucho.

A mi familia. Mamá, papá y Dianna, os envío muchos abrazos.

Y, por último, a Josh, del centro de información turística de Conwy. Sin él no habría podido escribir este libro porque aún estaría intentando averiguar cómo funciona el sistema de transporte público de Gales.

Diolch yn fawr.